MR. PHILLIPS

John Lanchester

MR. PHILLIPS

TRADUÇÃO:
Cristina Laguna Sangiuliano Bôa

2003

EDITORA BEST SELLER

Título original: *Mr. Phillips*

Coordenação editorial
Janice Flórido

Editores
Eliel Silveira Cunha
Fernanda Cardoso

Editoras de arte
Ana Suely S. Dobón
Mônica Maldonado

Revisão
Levon Yacubian

Editoração eletrônica
Dany Editora Ltda.

EDITORA NOVA CULTURAL LTDA.
Direitos exclusivos da edição em língua portuguesa no Brasil
adquiridos por Editora Nova Cultural Ltda.,
que se reserva a propriedade desta tradução.

EDITORA BEST SELLER
uma divisão da Editora Nova Cultural Ltda.
Rua Paes Leme, 524 – 10º andar
CEP 05424-010 – São Paulo – SP
www.editorabestseller.com.br

2003

Impressão e acabamento:
RR Donnelley América Latina
Tel.: (55 11) 4166-3500

Para Miranda

Um homem sozinho no universo não teria absolutamente nenhum direito, mas teria obrigações.

SIMONE WEIL

1.1

À noite Mr. Phillips deita-se ao lado de sua esposa e sonha com outras mulheres.

Nem todos os sonhos são sobre sexo. Nem todas as mulheres são reais. Existem sonhos em que garotas compostas, ninguém que ele conheça, apenas assistem, enquanto Mr. Phillips prossegue em suas tarefas de sonhos, preocupando-se com as coisas, ou procurando as coisas, ou sentindo-se obscuramente culpado sobre as coisas. Há um sonho que ele tem desde os dez anos de idade, no qual salva um grupo inteiro de mulheres de uma tragédia desviando um trem descarrilado, ou aterrissando um avião com segurança, ou encorajando-as a se segurar nas vigas do teto de um navio em naufrágio até o momento certo. Mr. Phillips já teve até mesmo alguns sonhos nos quais fazia algo vago, porém heróico, com relação ao túnel sob o Canal da Mancha.

Logo após esses feitos, Mr. Phillips age de maneira adequadamente casual, quase modesta. Para as equipes de câmeras e a imprensa mundial, ele explica que não fez nada demais; mas as mulheres do sonho sabem que isso não é verdadeiro.

Mr. Phillips tem sonhos ansiosos sobre conhecer a rainha e ser agraciado com alguma homenagem, sem conseguir lembrar-se do motivo pelo qual está sendo homenageado. Ele tem sonhos sobre ser elogiado pela sra. Thatcher. Tem sonhos sobre encontrar sua mãe e não saber ao certo se estão na Austrália (onde, na vida real, ela vive na companhia da irmã de Mr. Phillips) ou em Londres (onde, na vida real, ele vive), ou em um outro lugar qualquer. Uma vez ele sonhou com Indira Gandhi. Nenhum desses sonhos foi sobre sexo. Mr. Phillips nunca contou nada sobre eles à sua esposa. O que ganharia se contasse?

Quanto aos sonhos de sexo, ele também nunca contou nada. Seria muito mais grave se contassse...

Mr. Phillips dá notas de um a dez a seus sonhos sobre sexo. Um sonho nota um é bastante inocente. Por exemplo, ele sonha freqüentemente com Christine Wilson, sua vizinha de rua quando ele ainda era menino, em Wandsworth. Aos doze anos ela era um pouco mais elegante que a maior parte das crianças da rua; tinha cabelos castanhos, que usava em tranças, e um toque travesso em sua personalidade, que era mantido muito bem escondido dos adultos. Christine costumava instigar tumultos, sem jamais ser acusada de os ter provocado. Mr. Phillips passara do estágio de mal perceber a existência dela ao de estar totalmente, perdidamente, irreparavelmente apaixonado por ela, no decorrer de um único sábado. Haviam passado o dia brincando nas fundações de um novo edifício de escritórios, que estava sendo construído em um terreno que permanecera vazio desde que uma bomba perdida o atingira, treze anos antes. Brincavam de esconde-esconde entre os misturadores de concreto, esgueirando-se pelas paredes parcialmente construídas. Quando um adulto gritou para eles, os dois correram para casa. Deitado em sua cama, naquela noite, Mr. Phillips descobriu estar perdidamente apaixonado.

No sonho, ele e Christine freqüentam a mesma escola, o que na vida real jamais aconteceu. O sr. Phillips senta-se ao lado dela, na velha carteira dupla de madeira rabiscada.

Estão resolvendo, em condições de teste, uma série de equações algébricas simples: a + b = x, se a = 2 e x = 5, qual é o valor de b? Ele tem uma ereção tão forte que chega a temer que sua braguilha estoure. O final da aula se aproxima, e ele terá de se levantar, e todos verão o seu pênis. A grande injustiça é que ele não se sente sexualmente excitado, mas tem a ereção porque sua cueca está muito apertada. Na verdade, seu pênis ficou preso na entrada da cueca e, por isso, mantém-se na posição vertical. Mas ninguém vai acreditar nisso. Mr. Phillips não acreditaria, se estivesse no lugar deles. No sonho, ele começa a corar, sentindo o sangue subir e seu rosto tornar-se muito quente. Então, ele acorda. Esse é um sonho nota um.

Os sonhos nota três já possuem um componente sexual mais definido. Mr. Phillips está beijando sua secretária, Karen, na face, quando o telefone começa a tocar. Ele sabe que deve atender, mas os olhos de Karen estão fechados, e ela parece tão feliz que ele não quer parar. Mr. Phillips tem uma visão tão nítida e privilegiada das penugens minúsculas que crescem na lateral do pescoço dela que, quando finalmente interrompe o beijo, diz:

— Você vai ter de começar a depilar o pescoço muito em breve.

Ela abaixa uma das mãos, para pousá-la sobre o pênis de Mr. Phillips. O sr. Monroe, o colega escocês nascido em Aberdeen, com quem Mr. Phillips divide a sala e os serviços de Karen, observa a cena com ar de aprovação. Então, Mr. Phillips acorda.

Um sonho nota cinco pode envolver o que se poderia chamar de carícias ousadas, ou algum tipo de comportamento explícito. Os sonhos mais claros, nessa categoria, são os que envolvem a personalidade da televisão Clarissa Colingford.

Ela tem cabelos loiro-platinados e o que pode ser considerado uma figura adorável, além de olhos cor de chocolate. Mr. Phillips está escondido no armário dela, aterrorizado e excitado ao mesmo tempo, enquanto a observa masturbar-se, coberta apenas por um lençol fino de algodão. Esse é, na verdade, um de seus sonhos mais excitantes, mas recebe apenas nota cinco, devido ao sistema de graduação dos sonhos estabelecido por Mr. Phillips, que não considera o quanto eles são estimulantes, mas sim o quanto seu conteúdo sexual é explícito.

Em um sonho nota sete, o componente sexual é tamanho que se torna difícil encarar a mulher do sonho na próxima vez em que Mr. Phillips a encontra na vida real. Há, por exemplo, um toque embaraçoso ou delirante no ato de esbarrar em Janet, secretária de seu chefe, sr. Mill, o incompetente chefe do departamento de contabilidade, quando ela atravessa o corredor levando dois biscoitos digestivos sobre o pires de uma xícara de chá, tendo de fingir para o mundo inteiro que, na noite anterior, ela não reagiu com ardor ao pedido amedrontado porém excitado de Mr. Phillips para ser sodomizado com um pênis de borracha de vinte e dois centímetros.

Mr. Phillips sente que isso não pode acontecer somente com ele. A vida em escritórios é uma conspiração erótica. Todas as pessoas que trabalham em escritórios pensam em sexo o tempo todo; é exatamente o que fazem. Se o ar na Wilkins and Co. fosse como uma daquelas piscinas que mudam de cor quando uma pessoa urina na água, de maneira que o ar se tingisse de azul todas as vezes que alguém olhasse para seus colegas com desejo ou, no mínimo, algum tipo de interesse sexual, a atmosfera lá dentro seria tão densa e carregada quanto um dos famosos nevoeiros londrinos.

Será que ele insiste em sonhar com suas colegas de trabalho, um claro princípio de priapismo, para que o seu dia de trabalho carregue a pálida sombra da noite anterior? Talvez a própria Karen já tenha imaginado, em um momento ocioso, como seria fazer sexo com Mr. Phillips. Afinal, ela é apenas humana. Homens apaixonam-se por suas secretárias o tempo todo, e vice-versa, principalmente porque a maioria dos homens apresentam-se mais atraentes no trabalho, com sua atenção dirigida para fora de si mesmos, com tarefas a realizar e decisões a tomar, todos muito diferentes dos carrancudos e astutos tiranos do palco doméstico, querendo tudo a seu modo e empenhados em uma batalha de morte para conseguir tal feito.

Não é preciso dizer que as pessoas usam seus escritórios também para o sexo, o tempo todo. É rara a fotocopiadora que jamais foi utilizada para fotografar o traseiro de alguém. É muito incomum uma mesa que nunca teve um casal fazendo sexo sobre seu tampo. Em certo sentido, é para isso que servem os escritórios. O próprio Mr. Phillips já fez sexo sobre uma mesa, quando trabalhava na Grimshaw's, seu primeiro emprego. Sua namorada, Sharon Mitchell, passou em seu escritório após o expediente para irem juntos ao cinema, onde assistiriam a um faroeste com James Stewart. Isso aconteceu em tempos anteriores ao dos guardas de segurança e faxineiros terceirizados, contratados para fazer a limpeza fora do horário de expediente. Haviam feito sexo sobre a mesa de Mr. Phillips, ou melhor, sobre o seu mata-borrão. Sharon foi a primeira garota que tomava pílula com quem Mr. Phillips se relacionou. Ela o trocara por um músico. Uma lembrança dos anos 60.

Uma coisa que todos os sonhos têm em comum é o fato de Mr. Phillips jamais conseguir, de fato, fazer sexo. Mesmo nos sonhos nota dez, Mr. Phillips nunca chega ao clímax. Ele olha, vê, sente, beija, faz planos, traça estratégias e convence as mulheres a concordar em fazer sexo com ele, e em algumas versões elas chegam a persegui-lo para pedirlhe ("implorando", "suplicando") que faça sexo com elas, mas ele nunca, nos sonhos, chega a introduzir o pênis em uma outra pessoa, nem mesmo nos sonhos homossexuais que ocorrem de quando em quando, como se tivessem vontade própria, como se quisessem registrar sua existência.

Naquela manhã Mr. Phillips havia acabado de acordar de um sonho nota sete no qual tentava encontrar um meio de fazer sexo com a srta. Pettifer, ex-professora de seu filho caçula, Thomas, no colégio St. Francis Xavier. Ela já entrou na casa dos cinqüenta anos e, portanto, tem aproximadamente a mesma idade de Mr. Phillips. Na vida real ele não tinha consciência de se sentir nem mesmo vagamente atraído por ela, mas quando desperta do sonho, dá-se conta de que a verdade não é bem assim. O fato de ela estar, digamos, dez quilos acima do peso, ele considera uma libertação, como se, ao se livrar de um conjunto de preocupações como ser sensato e manter o peso ideal, outras preocupações podem ser esquecidas também. Por isso, o queixo duplo e os quadris avantajados da srta. Pettifer, realçados pelas roupas dela, um número menor que o adequado, guardam uma promessa: comigo você vai fazer *qualquer coisa que quiser*.

Essa não foi a primeira vez que Mr. Phillips sonhou com a srta. Pettifer. Da última vez em que isso aconteceu, ele se esforçou para conversar com ela durante a reunião da Associação de Pais e Mestres, na tentativa de tirar o sonho da cabeça. Quando trocaram um aperto de mãos na sala dos professores, cujas paredes apresentavam manchas de tabaco e onde o aroma de café instantâneo reinava absoluto, ele teve a impressão de que havia algo mais nos olhos dela além da luta costumeira para se lembrar de que aluno em particular era aquele pai. Talvez ela soubesse que havia passado parte de uma noite tentando encontrar um espaço entre as carteiras ou encontrar um armário onde eles pudessem fazer sexo de pé, entre vassouras, escovões e tábuas de passar roupa. (Esse é um detalhe do sonho que só pode estar errado: por que uma escola teria tábuas de passar roupa no armário?) No entanto, eram constantemente interrompidos: pessoas entravam e saíam, crianças que jogavam críquete nos corredores abriam a porta a todo instante para pedir a Mr. Phillips que atuasse como árbitro e, uma vez, Martin, o filho mais velho de Mr. Phillips, bateu na porta do banheiro justamente quando a srta. Pettifer abria a calça de Mr. Phillips e colocava seu pênis para fora.

1.2

À medida que Mr. Phillips começa a acordar, em prestações, a realidade vai gradualmente se fundindo ao seu redor, na forma de seu quarto, de sua casa, de seus lençóis, que são presentes de casamento que ainda sobrevivem bravamente por mais de duas décadas, desde o evento, as fotografias de seus filhos em um porta-retratos de prata sobre a cômoda e sua esposa, atrás de quem ele se encontra aninhado, sob cujas nádegas sua ereção, mais intensa do que as habituais nos dias de hoje, está pressionada. Por cima do ombro e das costas dela, Mr. Phillips pode ver o que repousa sobre a mesa-de-cabeceira partilhada pelo casal:

— um abajur, comprado impulsivamente pela sra. Phillips, baixo demais para funcionar como uma eficiente luz de leitura;

— um copo de água intocado, que pela manhã sempre terá sofrido uma alteração de sabor e se tornado estranhamente enjoativo;

— um despertador em forma de coruja, presente de Thomas, com ponteiros luminosos e orelhas que devem ser giradas para que o relógio funcione; Mr. Phillips nunca consegue lembrar-se se é a orelha esquerda que dá corda no relógio e a direita que programa o alarme ou vice-versa;

— seus óculos de leitura, de armação preta e resistente, como aqueles usados por Michael Caine no papel do agente secreto Harry Palmer no filme *The Ipcress File*;

— uma toalhinha de algodão e renda, dada por uma aluna da sra. Phillips como presente de Natal, que deveria ter sido jogada fora, mas foi se tornando, gradualmente, um membro constante dos acessórios domésticos (uma vez que, de fato, evitava as marcas de copos na mobília);

— um exemplar do livro que a sra. Phillips lia no momento: *The Choir*, de Joanna Trollope;

— um exemplar de uma das revistas de futebol de Tom, que Mr. Phillips havia pego por engano, pensando ser uma de suas *The Economist*;

— um exemplar da autobiografia de Bobby Moore; Mr. Phillips tende a ler somente autobiografias e livros de memórias, por considerar que há algo de reconfortante neles, talvez relacionado ao fato de que o herói nunca morre no final;

— uma caixa de lenços de papel com dois terços do volume inicial.

Porém, mais importante que tudo isso é a sensação da sra. Phillips tão perto. Os dois completam-se com perfeição quando estão dormindo. Deitado ali, Mr. Phillips tem certeza de que nada mais no dia será tão bom quanto estar deitado, aconchegado à esposa, parcialmente acordado, no intervalo entre ser despertado pelo ronco dos aviões que se aproximam do pouso em Heathrow e a explosão do despertador. O sono, os sonhos e a cama aproximam-se de um estado infantil para Mr. Phillips. Não há crítica nisso; é assim que ele aprecia essas coisas. Se ele e a sra. Phillips houvessem sido gerados no mesmo útero, juntos, ele acredita que teriam se dado muito bem. Embora, no útero, ele houvesse sentido falta do perfume dela, do qual, mais uma vez, ele não estivera tão consciente quanto agora. A pele cheira a leite e, às vezes, canela; os cabelos têm cheiro de folhas ou, às vezes, de Londres, um odor muito longe de ser desagradável, mas que lembra fumaça distante (que, caso se tornasse mais forte, mesmo apenas um pouco, ela os lavaria); os resquícios florais do banho da véspera, do suor metálico e almiscarado; talvez até mesmo dos gases exalados durante a noite, que poderiam ter se misturado democraticamente sob as cobertas com o autêntico odor da vagina, que se fazia sentir quando ela se movimentava ao seu lado. Às vezes, depois de usar espermicida, a interação da substância com o calor do corpo dela produzia de maneira mágica, pela manhã, o aroma de amêndoas torradas.

É uma prática costumeira para Mr. Phillips, ao acordar, pensar em algo "semipreocupante", como a sua Declaração de Imposto de Renda ou a proposta de Tom de "tomar emprestada" a casa para uma festa, como estratégia para se aquecer para o dia que começa.

Uma fonte constante e segura de preocupação e irritação é justamente o que o acordou: o som de aviões passando acima de sua cabeça a caminho de Heathrow. Já àquela hora eles rugiam lá em cima, a intervalos de noventa segundos. Naquela manhã, como acontecia na maioria das manhãs, os aviões haviam começado a passar pouco depois das quatro horas da madrugada. No início vinham com intervalos irregulares, mas àquela altura, às seis e meia da manhã, haviam estabelecido um ritmo constante. Algumas vezes Mr. Phillips dorme tranqüilamente, e só acorda quando o despertador dispara, às sete e meia. Em outros dias o primeiro avião a passar já soa como se estivesse aterrissando, não em Heathrow, a vinte quilômetros dali, mas no jardim da frente de sua casa, e Mr. Phillips é acordado com eficiência e grosseria, como se alguém houvesse entrado no quarto e sacudido seus ombros. Então ele fica acordado, virando de um lado para outro, ouvindo os aviões durante três horas, para então adormecer dois minutos antes da hora em que tem de se levantar. Seria possível que alguma vez as pessoas a bordo dos aviões se lembrassem dos milhares de adormecidos que elas estariam acordando?

Mr. Phillips tem um misto de história e devaneio para contar a si mesmo sobre aviões:

Ata da Reunião Trimestral da Associação dos Moradores do Bairro de Wellesley Crescent

1) Justificativas de ausência

2) Leitura da ata da reunião anterior

3) Outros assuntos

PRESENTES: *sr. Tomkins (presidente), sr. Davis-Gribben, Mr. Phillips, sr. Palmer (secretário), sr. Morris, srta. Griffin, sr. Cartwright, sr. e sra. Wu.*

1) Justificativas de ausência.
O sr. Cott telefonou de um telefone público, do hospital St. George, para dizer que não poderia vir porque ainda não haviam acabado de tratá-lo. Não houve nenhuma outra justificativa de ausência.

2) As atas da última reunião foram lidas e aprovadas.

3) Outros assuntos.

a) O sr. Davis-Gribben relatou ter havido dois incidentes de crimes envolvendo automóveis em Crescent. A sra. Palmer teve o toca-fitas de seu carro roubado, embora ela mesma diga que a culpa foi, em parte, dela, uma vez que não verificou se a porta do passageiro estava trancada, porque o seu Renault não possui sistema de trava central, como o seu antigo Honda, ao qual ela estava acostumada. No entanto, não tentaram roubar o rádio, pelo que ela se sentiu muito grata.

Uma perua com volante no lado esquerdo e placa alemã, que estava estacionada no Crescent, teve uma de suas janelas quebrada.

b) O sr. Tomkins relatou que o mistério do cachorro sem identificação que vagou pelas ruas de Crescent durante duas semanas, no final de junho, e sobre o qual o policial Constable Carson havia sido informado, foi solucionado. O cachorro, que se chamava Kevin, pertencia a um casal, sr. e sra. Hildon, de Gallipoli Row, perto da estação de trem. Rory, filho do sr. e sra. Hildon, havia retornado da faculdade para passar as férias de verão em casa, depois de ter se tornado vegetariano, e insistido para que todos na casa também se tornassem vegetarianos. O sr. e a sra. Hildon haviam concordado com isso porque, do contrário, Rory passaria o restante das férias em outro lugar, e eles têm poucas chances de vê-lo, mas a ração especial vegetariana para cães foi demais para Kevin, que fugiu. O cachorro foi encontrado porque a sra. Palmer viu um anúncio sobre o cão perdido na grande agência de correio, próxima à estação de trem, quando foi até lá para preencher um formulário de queixa de furto de veículo, quando seu toca-fitas foi roubado. Os Hildon ficaram muito felizes por terem Kevin de volta e, no mesmo instante, Rory sentou-se e comeu um sanduíche de bacon.

c) A questão da pixação na placa para Wilmington Park foi discutida, e todos concordaram que o sr. Tomkins escrevesse uma carta à prefeitura, em nome da Associação dos Moradores do Bairro de Wellesley Crescent, solicitando que medidas apropriadas sejam tomadas.

d) O sr. Davis-Gribben levantou a questão do barulho dos aviões que passam sobre nossas cabeças nas primeiras horas da manhã para aterrissar em Heathrow. Ele disse que escreveu para a Co-

missão de Fiscalização dos Aeroportos Britânicos, para a Câmara dos Deputados e para a prefeitura, e tudo o que obteve foram respostas padrão. Disse que todas as pessoas que ele conhece já não suportam mais o barulho e que ele não tem uma noite inteira de sono há meses, e embora não costume usar essa expressão com freqüência, concordou com o motorista de um táxi com quem conversou, um dia desses, que disse estar ficando "doido da cabeça" com aquele barulho. Perguntou se alguém teria alguma sugestão sobre o que fazer.

O sr. Cartwright contou que seu irmão, que está no Exército, hospedou-se na casa dele e foi acordado pelo barulho todas as noites durante uma semana. Então seu irmão sugeriu que eles adquirissem um lançador de mísseis e derrubassem um avião. Ele garantiu que o tráfego aéreo de Heathrow diminuiria dramaticamente depois disso. O sr. Cartwright disse que havia pesquisado a possibilidade de adquirir um lançador de mísseis, exclusivamente do ponto de vista da viabilidade da idéia, e que a fonte mais promissora parecia ser os mísseis Stinger, fornecidos pela CIA aos guerrilheiros Mujahedeen, que combatiam o regime patrocinado pela União Soviética no Afeganistão nos anos 80. Ele descobriu que a CIA havia fornecido mil mísseis, dos quais setecentos haviam sido usados, e que os guerrilheiros haviam derrubado mais de quinhentos aviões e helicópteros soviéticos, o que é um índice de acertos impressionante. A CIA tentou comprar de volta os mísseis pelo valor de um milhão de dólares cada, mas muitos continuam nas mãos dos guerrilheiros.

O sr. Phillips lembrou aos demais membros que o orçamento da Associação dos Moradores do Bairro de Wellesley Crescent para este ano é de quarenta e sete libras, e que a maior parte do dinheiro destinava-se a fotocópias e biscoitos.

O sr. Cartwright compreendeu a situação, mas explicou que os Mujahedeen poderiam concordar em lhes dar um míssil depois de serem informados sobre a finalidade que ele teria. Acrescentou que poderiam mostrar aos guerrilheiros um mapa de Wilmington Park, ao lado da estrada e sempre deserto durante a noite, para que eles verificassem tratar-se de um local ideal para o lançamento de um míssil Stinger contra um avião que voasse a menos de cem metros de altura.

Mr. Davis-Gribben perguntou quem iria buscar o míssil e o levaria para o parque.

O sr. Cartwright disse que ele mesmo iria buscar o míssil. Sua primeira esposa, com quem ele ainda mantinha um relacionamento amigável, chamava-se agora sra. Khan, e sua família vivia em Lahore. Ele poderia visitá-los, antes de seguir viagem para o Afeganistão. Disse ter examinado um mapa e descoberto que um lugar não fica muito longe do outro. Ele contrabandearia o míssil através da fronteira da Turquia, onde seu primo Roger, motorista de caminhão habituado a viajar longas distâncias com suas cargas, inclusive pela rota de Ankara, o apanharia.

O sr. Tomkins especulou sobre o que aconteceria se o avião fosse atingido e caísse em algum ponto do município de Wandsworth. Se ocorresse um desastre no município, isso não provocaria um grande abalo financeiro nos serviços locais e, conseqüentemente, um aumento ainda maior nos impostos?

Mr. Phillips declarou que, até onde ele sabe, o custo desse tipo de desastre é de responsabilidade exclusiva do governo federal. Sugeriu que a Associação dos Moradores do Bairro de Wellesley Crescent enviasse uma advertência sobre a atitude que pretendiam tomar, para que a ação fosse corretamente interpretada como um protesto contra o barulho dos aviões, e não considerada um atentado executado por um grupo de terroristas inescrupulosos. O sr. Cartwright concordou, mas o sr. Davis-Gribben e o sr. Morris não. A sra. Wu lembrou que não há pressa na solução dessa questão.

1.3

A sra. Phillips vira-se na cama, e Mr. Phillips permanece absolutamente imóvel para não acordá-la. Naquela manhã a cama exala um leve odor de suor, mas não de amêndoas. Esse aroma é muito menos comum do que fora um dia. Atualmente, na opinião de Mr. Phillips, é provável que não haja a menor necessidade do uso do espermicida, uma vez que ele tem cinqüenta anos, e a sra. Phillips... quarenta e seis. (Quando pensa na idade da esposa, ele sempre sofre um momentâneo ataque de pânico, enquanto calcula a data. Data de nascimento, catorze de outubro de mil novecentos e quarenta e oito; data de hoje, trinta e um de julho de mil novecentos e noventa e cinco — uau. Ainda faltam dois meses. E quase seis meses para o aniversário de casamento, em catorze de janeiro. Mr. Phillips sofre de um temor recorrente de que um dia vai se lembrar de uma dessas datas apenas para descobrir que é tarde demais, que já se esqueceu, apesar de sua presença registrada com caneta vermelha em sua agenda e da confiável memória de Karen, e ele se verá envolvido em uma orgia de autodegradação e pedidos de desculpas, além da dúvida perturbadora sobre por que ele se esqueceu. Estaria o casamento perdendo a paixão ou a sua memória estava se dissipando, ou as duas coisas? O casamento era, assim como a religião que Mr. Phillips abandonara havia muito tempo, uma questão de fé e dedicação, de constante esforço para acreditar na observância de determinadas rotinas, sendo as duas coisas necessárias, e nenhuma delas suficiente.)

Um dia o aroma de amêndoas se tornará uma coisa do passado, deixará de existir para sempre. Há um culpado por isso, pergunta-se Mr. Phillips, ou é isso o que, simplesmente, acontece? Ele descobriu que existe um grande segredo sobre sexo, um segredo que excede em muito todos os outros segredos que envolviam a questão quando ele era jovem e esperava com ansiedade pelo momento de fazer sexo, quando o sexo era um continente de possibilidades, o território dos filmes e das músicas *pop*, a coisa mais proibida, mais excitante do mundo. O sexo em si era um segredo no qual uma pessoa era iniciada de uma vez por todas; tudo o que se relacionava ao sexo tinha a ver com segredos, alguns dos quais não eram verdadeiros ("uma garota não pode engravidar a menos que tenha um orgasmo", "se você se masturbar demais, ficará cego"), e alguns, como se descobriria, eram verdadeiros (como o fato de que era a melhor coisa do mundo). Porém, todos esses segredos não são nada se comparados ao verdadeiro segredo, a verdade que ninguém quer contar e que nem mesmo os adultos discutem ou admitem, e que, assim como todos os segredos importantes, é surpreendente, radical e óbvio: *ninguém nunca faz*. Isso não é uma verdade absoluta, claro: algumas pessoas fazem, mas em princípio a idéia de que *ninguém nunca faz* é, com certeza, muito, muito mais verdadeira do que a afirmação oposta, de que *todos fazem todo o tempo*. Ninguém que Mr. Phillips conhece faz; não o seu horrível chefe imediato, sr. Mill, ou o seu horrível patrão, sr. Wilkins, nem os seus colegas, seja o sr. Monroe, de Aberdeen, seja o jovem sr. Abbot, ou o bêbado sr. Collins, ou o calvo sr. Austen; não os seus vizinhos, os Cartwright, à esquerda (que, em vez de sexo, têm ruidosas e embriagadas brigas bimestrais, nas noites de sexta-feira ou de sábado), nem os Cott, à direita (embora os dois já estejam na casa dos setenta anos e, portanto, sua condição óbvia de não fazer é tanto tida como um pressuposto garantido quanto recebida com gratidão, e ninguém precisa sequer pensar neles fazendo), e com certeza não os Davis-Gribben, do outro lado da rua, que não só não fazem agora mas, a julgar pela ausência de filhos, talvez nunca tenham feito, nenhuma vez, fosse para experimentar, fosse para livrar-se da questão, ou até por engano. Como é mesmo aquele adágio brutal sobre esposas velhas? Se um homem depositar uma moeda em um recipiente, cada vez que fizer sexo durante o primeiro ano de casamento, e depois retirar uma moeda cada vez que fizer sexo dali por diante, o recipiente jamais se esvaziará. Cruel mas justo, na opinião de Mr. Phillips. O contador que vive dentro dele aprecia o fato de que o tamanho do recipiente não tenha de ser especificado.

Então com que freqüência fazemos, ele se pergunta; sério, com que freqüência? É difícil chegar a um número exato, pois tudo o que é humano tende a se agrupar. É como no futebol, quando os times passam de uma série de derrotas a uma série de vitórias e descobre-se que, em um momento, o Crystal Palace (o time de Mr. Phillips) fez seis jogos sem vencer e, no instante seguinte, fizeram cinco sem sofrer nenhum gol, e logo depois que não sofrem uma derrota desde fevereiro. Tudo é assim. Mr. Phillips e a esposa não fazem sexo desde o dia em que Thomas caiu da bicicleta e quebrou o braço, o que aconteceu mais de cinco semanas atrás. Mr. Phillips recebeu um telefonema para ir buscá-lo no pronto-socorro em uma tarde de sábado — um *flashback* da infância dos filhos, quando ele tinha a impressão de passar metade do tempo transportando-os para o hospital e trazendo-os de volta, com ossos fraturados e alergias súbitas, e da vez em que Martin mastigara o termômetro, partindo-o ao meio, e a enfermeira, em uma atitude surpreendente, afirmara não haver nenhum motivo de preocupação. Talvez houvesse algum aspecto complicado na lembrança de ter feito sexo naquela noite? Mas, também, haviam feito três dias antes disso, depois de beber uma garrafa de champanhe que um dos alunos da sra. Phillips dera a ela para comemorar sua promoção para o oitavo estágio do curso de piano. Portanto, com base nas estatísticas daquela semana, o casal fazia sexo duas vezes por semana, o que está muito próximo da média nacional, embora Mr. Phillips desconfie, profissionalmente, desse número.

Uma vez ele mencionara suas dúvidas ao sr. Monroe.

— Nunca tive real confiança nos números que tendem a ser mencionados — dissera o sr. Monroe, um bem-organizado ex-fumante de cachimbo, com voz seca, rouca e amigável. Ele gosta de conversar, não os comentários rotineiros sobre os acontecimentos do dia, como alguns colegas de sala de Mr. Phillips preferiam fazer, mas assuntos específicos, como se ele houvesse se acomodado com seu cachimbo. — A ausência de confiabilidade em todas as estatísticas que envolvem auto-relato é algo que basta ser mencionado para ser visto como decisivo. Nesse caso particular, quando penso no número de pessoas solteiras, crianças, avós, viúvas, padres e freiras, criminosos presos, montanheses da Escócia em suas fazendas distantes, homens impotentes, sem esquecer dos irremediavelmente feios, a média nacional proposta de duas vezes, ou duas vezes e meia ou até mesmo três vezes por semana parece-me uma fantasia ridícula.

— Para chegar a esse número, seria necessário que algumas pessoas fizessem sexo cinqüenta vezes por dia — concorda Mr. Phillips.

Ele e a sra. Phillips, em termos realistas, faziam sexo provavelmente uma vez por mês, um nível para o qual haviam caído gradualmente, mas com algumas quedas vertiginosas quando Martin e Tom haviam nascido. O casal ficara quase enlouquecido de cansaço, as oportunidades pareciam inexistentes, e de repente haviam se tornado aquilo que, quando jovem, ninguém jamais imagina possível: *cansados demais para fazer sexo.*

Na verdade faziam com baixíssima freqüência quando a sra. Phillips concebera Thomas, nove anos mais jovem que Martin — uma vez a cada duas semanas, talvez (vinte e seis vezes ao ano, portanto vinte e seis chances em cada trezentas e sessenta e cinco de fazer em um dia qualquer). Mr. Phillips lembra-se bem de ter feito sexo depois de uma festa de Natal na casa da sra. e sr. Walter, um colega de trabalho que mais tarde fora transferido para Cardiff e nunca mais dera notícias. Mr. Phillips estava apenas sóbrio o bastante para manter uma ereção viável, mas bêbado o bastante para não pensar em outra coisa que não fosse sexo, uma excitação resultante, em parte, da visão das esposas de outros homens, especialmente da sra. Walter, cujo vestido deixava suas costas totalmente à mostra, exibindo os ombros magros e a pele coberta de sardas amareladas. Ela era feia e *sexy*, exatamente como a srta. Pettifer no sonho da noite anterior. O rosto dela parecia ter sido montado com distração: nariz alto demais, ou boca baixa demais, lábios caídos e de aspecto masculino, sobrancelhas grossas, parecidas com as de um macaco. Ela havia chegado tão perto enquanto conversava com Mr. Phillips em meio à multidão de convidados que se espremiam sobre o ridículo carpete exageradamente espesso dos Walter que ele chegara a sentir o calor emanado pelo corpo dela; se Mr. Phillips fosse outra pessoa, teria lhe passado uma cantada. Como por exemplo, Thomas, agora adormecido em seu quarto, que muito lembrava uma caverna.

Mr. Phillips mencionara a média de uma vez por mês ao sr. Monroe, e os dois haviam concordado em fazer alguns cálculos com base nesse número puramente hipotético.

— Uma vez por mês é o mesmo que doze vezes por ano — disse Monroe, tamborilando os dedos na mesa bem organizada. — Doze dividido por trezentos e sessenta e cinco, multiplicado por cem, dá uma chance de três ponto vinte e oito setecentos e sessenta e sete por cento de nosso casal hipotético, vamos chamá-los de nosso casal virtual, fazer sexo em qualquer dia. Ou, colocando de outra forma, em um mesmo dia há uma probabilidade de noventa e seis ponto setenta e um, duzentos e trinta e três por cento de eles não fazerem sexo.

— E as pessoas não fazem sexo sempre com a mesma freqüência — Mr. Phillips acrescentou. — A freqüência sobe e desce, por assim dizer.

— Isso mesmo. Para ser completamente preciso, seria necessário calcular a maneira como a probabilidade varia em função do tempo, e levar em consideração o fato de que, no dia seguinte a uma sessão de sexo, a probabilidade de se fazer sexo novamente será muito baixa, um por cento ou menos, subindo gradualmente com a passagem do tempo, até algumas semanas mais tarde, quando se tornará, provavelmente, digamos cinqüenta ponto zero um por cento. Ou, então, se nosso indivíduo hipotético passar três meses na Antártica, ou na prisão, ou algo parecido, teremos probabilidade zero durante o período.

No momento, o que mais se aproxima de uma certeza na vida sexual de Mr. Phillips é o fato de que eles quase sempre fazem sexo, ou fazem amor, ou trepam, ou — para usar a expressão que Mr. Phillips usa nos recantos mais íntimos de seu ser, no nível básico e fundamental de sua atitude perante sexo — "fazem aquilo" depois de assistir a um filme. Qualquer filme, e não apenas os filmes *sexy*. Após um filme a sra. Phillips fica visivelmente mais receptiva à idéia, e o próprio Mr. Phillips está mais preparado, como se a energia vital psíquica houvesse aumentado irresistivelmente enquanto ele estava sentado, olhando para a frente, em uma sala escura e apinhada. Talvez tudo não passe do efeito do calor corporal de desconhecidos, ou da admissão tácita de um apetite universal pelo voyeurismo; do ponto de vista de Mr. Phillips, ninguém que já tenha assistido a um filme no cinema pode alegar que não gosta de observar. Ou, talvez, seja resultado do fato de que os rostos na tela estejam aumentados e próximos, cada detalhe visível, como somente durante o sexo os rostos se aproximam; trata-se da única situação em que vemos um ao outro de maneira tão detalhada e com tamanha urgência. (Na opinião de Mr. Phillips, o filme mais *sexy* que já foi feito é *Railway Children*, embora ele saiba que não deve dizer isso em público.) Mas eles só vão ao cinema três ou quatro vezes por ano. Filmes em vídeo não produzem o mesmo efeito. Por um instante, Mr. Phillips especula o que acontece quando as pessoas se tornam críticas de cinema. Talvez sejam elas que elevem tanto as médias.

No entanto, mesmo levando em conta os filmes, Mr. Phillips continua com a média diária de probabilidade de noventa e seis ponto sete por cento de não fazer sexo. Como contador, ele é obrigado a admitir que se trata de um número bastante desanimador. Fora para isso, Mr. Phillips se pergunta, virando-se de costas e fitando o teto pintado de branco que, agora, exibe manchas cor de creme formadas pelo sol que atravessa a cortina amarela — a sra. Phillips, sempre mais determinada que ele, a dormir profundamente, ainda inconsciente ao seu lado —, fora para isso que ele, encurralado na beira do precipício da pubescência, havia esperado com impaciência e ansiedade pela vida adulta, como sendo um oceano ilimitado de sexo? Por aqueles anos durante os quais qualquer alusão a sexo, até mesmo palavras como "coisa" ou "aquilo", ou até mesmo, que Deus o ajudasse, "cachorro" (porque era oposto a "gato", que, na língua inglesa, é sinônimo de "*pussy*", intimamente relacionado à genitália feminina), podiam garantir risinhos instantâneos? Aqueles anos de masturbação, de fazer aquilo, que não deve ser confundido com Fazer Aquilo, pois isso foi nos anos que antecederam o Fazer Aquilo de verdade pela primeira vez, com Maureen, sua primeira namorada, na faculdade?

Quanto ao aroma de amêndoas, um casal usando preservativos e fazendo sexo com freqüência normal, seja ela qual for, tem noventa e quatro por cento de chance de não gerar um bebê ao final de um ano. Se ele e a sra. Phillips fizessem sexo uma vez por mês e a suposta média fosse dez vezes por mês (duas vezes e meia por semana, vezes quatro semanas), sem levar em conta o justificado ceticismo do sr. Monroe quanto a esse número, sua freqüência era um décimo da média. Suas idades diminuíam ainda mais a probabilidade, digamos, um décimo da probabilidade quando eram inteiramente férteis. Portanto, sua chance de concepção era dez por cento de seis por cento, isto é, zero ponto seis por cento, isto é, não muito alta. Quando levamos em conta suas idades, o preservativo parece ser menos uma necessidade e mais um tributo às forças biológicas que estão hesitando e oscilando dentro deles, como lâmpadas-piloto defeituosas. De qualquer maneira, por todas essas razões, o aroma de amêndoas é muito mais raro do que costumava ser.

1.4

Por volta de sete horas, Mr. Phillips ouve o caminhão do lixo dobrar uma esquina distante de sua rua. Os lixeiros chamam uns aos outros, gritam, batem latas de lixo, praguejam, produzem sons associados ao esforço de erguer os sacos pesados para atirá-los na carroceria do caminhão; todos os sons que são sempre diferentes, mas sempre os mesmos. O caminhão é parte do fato de ser segunda-feira, um processo que teve início no final da noite de domingo, com a lembrança de colocar o lixo para fora — uma ação que se tornou muito mais complicada do que foi um dia, uma vez que, agora, a prefeitura recicla o lixo, e existem sacos plásticos de cores diferentes e horários semanais diferentes para coleta de papel, plástico e vidro. Papelão, porém, ainda deve ser colocado junto com o lixo normal, ou levado ao posto da prefeitura, próximo à pista de corrida de cachorros, algo que Mr. Phillips e sua esposa decidiram formalmente, depois de terem feito isso pelo que lhes pareceu um milhão de vezes, não poderá mais ser feito.

O sentimento que acompanha as segundas-feiras é, em circunstâncias normais, bastante agradável, dadas as pressões exercidas pela estrutura da semana padrão: Mr. Phillips sente que se tivesse os olhos vendados, fosse desorientado, girado várias e várias vezes, tomado drogas alucinógenas, privado de estímulos externos e calendários, mas ainda pudesse conservar o seu estado de espírito, ele seria capaz de adivinhar que dia da semana era aquele. A segunda-feira, juntamente com a horrível tarefa de voltar ao trabalho, contém um toque de alívio, como o momento imediatamente após o mergulho em uma piscina gelada, quando nos damos conta de que a pior parte do choque já passou. As terças-feiras são os dias menos apreciados por Mr. Phillips, pois não trazem consigo o sentimento de "vamos recomeçar" das segundas-feiras e, ao mesmo tempo, o fim de semana seguinte ainda está longe demais. Além de tudo isso, uma vez um garçom de um restaurante grego dissera a Mr. Phillips que as terças-feiras eram dias de azar, e ele não consegue se esquecer disso. As quartas-feiras ainda carregam a presença fantasmagórica do meio período escolar, que paira com ar benigno sobre esse dia. As quintas-feiras são potencialmente difíceis de chegar ao fim, mas ao menos iniciam a ascensão do bom humor, que continua ao longo das sextas-feiras e sobre a qual Mr. Phillips se sente exatamente como todas as outras pessoas: Graças a Deus é Sexta-Feira, e Amanhã já é Sábado. E o sábado é, simplesmente, gloriosamente, sábado, e também é a noite da semana mais provável para se ter a trepada mensal. O domingo traz um sentimento particularmente estranho. Mr. Phillips descobre com certa surpresa que sobreviveu à provocação das compras de domingo e à chegada do futebol de domingo. Ainda toma conta do dia, como uma nuvem pesada e imóvel, a depressão típica desse dia. Sente-se a semana chegando, e a sensação não é nada agradável.

Quando o caminhão de lixo dobra a última esquina de Wellesley Crescent, o motor sempre roncando, a sra. Phillips se agita na cama, mas não acorda. Mr. Phillips abre os olhos e decide que, agora, está oficialmente acordado. Levanta-se da cama e caminha até o banheiro, vestido com seu pijama listrado. Quando pára diante do espelho, vê que o botão aberto da blusa deixa à mostra um punhado de pêlos cinza e brancos, encaracolados, de seu peito, dois tons mais grisalhos do que o que resta de cabelos em sua cabeça.

Agora, aos cinqüenta anos, Mr. Phillips descobre que seu corpo — que o serviu muito bem em certos aspectos, só causando três faltas ao trabalho, em toda a sua vida adulta — está, se não se revoltando, ao menos agindo como uma província rebelde, cansada de ser ignorada pela autoridade central. Em um sentido absolutamente central e literal, ele tem dez anos de idade — tudo o que se relaciona a sensações e sentimentos, excitação, garotas, não ser capaz de se controlar; e em um outro sentido absolutamente central ele sente que tem dezenove anos — tudo o que se relaciona com o corpo e sua transparência com relação a sua força de vontade: se ele quiser atravessar Londres a pé, por uma aposta, ou atravessar o Tâmisa a nado, na virada da maré, ou agredir alguém que risque o seu carro com um soco de direita, um soco de macho decidido. Mas basta olhar para o espelho, ou simplesmente olhar para baixo, para ver os pêlos e cabelos grisalhos, o peito flácido, assim como o resto de sua silhueta. Aquele não é o seu corpo, exceto, é claro, pelo fato de que é. O louco professor de religião que Mr. Phillips teve na escola, sr. Erith, embarcou uma vez em um famoso discurso retórico sobre a afirmação de Santo Agostinho de que o pênis era prova do pecado original, porque era resistente à vontade e, portanto, um lembrete constante de nossa desobediência, de nossa condição de pecadores. Para Mr. Phillips, é fácil demais, simplesmente, culpar o seu pênis. A história vai muito além disso. O corpo inteiro de Mr. Phillips é, de certa forma, resistente a muitas vontades, como no que diz respeito a subir um lance de escada sem ofegar ou cortar lenha sem deslocar um disco da coluna, ou mesmo olhar-se no espelho e não ver alguma coisa que o faça tremer.

Ao voltar do banheiro, onde foi urinar e escovar os dentes, Mr. Phillips faz uma pausa diante da porta do quarto de Tom. Uma placa aparentemente genuína de "ENTRADA PROIBIDA" foi pregada à porta. Foi preciso uma dose considerável de indulgência da parte de Mr. Phillips e sua esposa para evitar perguntar de onde viera a placa, pois o resultado seria ou uma negativa veemente de qualquer ilegalidade (se houvesse sido, como Mr. Phillips suspeitava, roubada), ou a exibição dolorosa, porém triunfante e virtuosa, de um recibo, emitido por uma loja de novidades (que foi o que Mr. Phillips pensou: "Parece nova demais".) Na opinião de Mr. Phillips, é difícil não reconhecer as próprias falhas nos filhos. Thomas fica mais furioso do que nunca quando está errado, e mais irritante do que nunca quando está certo. Mr. Phillips não encontra a menor dificuldade em reconhecer esse traço. Martin, por sua vez, tem a capacidade de estar, de maneira bem-humorada e fixa, sempre errado — o que parece não perturbá-lo. A primeira vez que Mr. Phillips notou tal habilidade foi quando seu filho tinha dez anos e quebrou o relógio da sala de estar, ao atingi-lo com uma raquete de tênis. A cena foi testemunhada pela mãe da sra. Phillips, que cuidava de Tom, com um ano na época, no andar de cima, e que descera, sem ser notada por Martin, para preparar uma xícara de chá. Martin negara o acidente, ou crime, com absoluta veemência, apesar do fato de existir uma testemunha, até que, subitamente, parou de negar, corando, sorrindo e pedindo desculpas, tudo ao mesmo tempo. Mr. Phillips compreendeu que, embora o filho se importasse por estar errado, até certo ponto, ele não se importava, de fato, como a maioria de nós se importaria — constatação esta que provocou em Mr. Phillips uma pontinha de medo e curiosidade com respeito à vida do filho fora de casa, desprotegida ou, então, duplamente protegida por essa invejável e misteriosa indiferença.

Não há qualquer som no quarto de Tom. Ele dorme profundamente, como de costume; Tom dorme uma quantidade de horas absurda e inexplicável. Mr. Phillips, porém, lembra-se de que ele também desejava dormir o tempo todo, naquela idade, mas infelizmente o pai não permitia. A única tarefa doméstica realizada por Michael Phillips era levar uma xícara de chá para o filho, nas manhãs dos fins de semana e feriados, como se fosse uma preparação para uma vida adulta repleta de despertares abruptos e partidas, situações em que uma pessoa precisa de vigilância constante. Ele encarava a vida adulta como um torneio, um decatlo desprovido da despreocupação e camaradagem entre os participantes.

Mr. Phillips discorda dessa visão; ele acredita que o filho deve dormir o máximo que puder. De seu ponto de vista, os adolescentes dormem tanto porque estão se preparando para os tempos de insônia e poucas horas de sono que virão mais tarde: a correria dos primeiros anos de trabalho e socialização (Mr. Phillips estava sempre exausto, durante os dois primeiros anos de trabalho em período integral na Grimshaw's, e sempre dormia no trem, quando voltava para casa); a exaustão inimaginável que acompanhava o nascimento dos filhos, as noites de sono interrompido, o esforço incessante, tanto físico quanto emocional, e a verdadeira batalha de educar uma criança pequena; o cansaço diferente da maturidade, o puro acúmulo de anos vividos, a sensação de que nunca nada mais será novo ou surpreendente, de que as reservas de energia vital e de sorte foram crítica e irreversivelmente esgotadas. À medida que se vai envelhecendo, o sono torna-se mais leve, como se o tecido da inconsciência estivesse se tornando mais fino e estendido; não se dorme tão profundamente, nem por tanto tempo; como se o período de descanso permanente do futuro que se aproxima em alta velocidade já esteja exercendo os seus efeitos, fazendo com que uma pessoa recupere as reservas de energia assim que o final de um filme ou jantar tedioso se aproxime. O sono é como uma conta bancária, na qual depositamos dinheiro quando somos jovens e sacamos quando ficamos mais velhos; então, você fica sem dinheiro e morre.

Mr. Phillips cola o ouvido à porta do quarto do filho e imobiliza-se por um instante, na tentativa de ouvir algo. Se ninguém o acordar, Tom não descerá antes de meio-dia. Quando descer, preparará uma tigela de sucrilhos e uma xícara de Nescafé na cozinha, para então sentar-se diante da televisão. Se ele acorda antes de meio-dia em um sábado, liga a televisão em um programa de música pop, que Mr. Phillips, secretamente, gosta de assistir, pois os vídeos costumam ter conteúdo erótico na forma de garotas que não param de serpentear o corpo. Eu sei o que elas estão fazendo, mas não entendo por que estão tentando fazer de pé, como costumavam dizer os velhos, antigamente. No entanto, ele tem consciência de que sua presença produz um efeito sufocante sobre Tom. Talvez o motivo de seu filho para assistir ao programa seja muito parecido ao do pai, o que torna o momento embaraçosamente íntimo; ou talvez assistir a qualquer coisa relacionada a sexo na companhia de nossos pais seja, até certo ponto, o mesmo que assistir aos nossos pais fazendo sexo. No último sábado, dois dias antes, Mr. Phillips desceu a escada e encontrou Tom assistindo a um vídeo que, ao som da costumeira barulheira e gritaria desprovidas de ritmo, consistia em nada mais do que o lindo ventre bronzeado de uma garota, com um *piercing* — uma simples e delicada argola de ouro — no umbigo, oscilando de um lado para o outro, para cima e para baixo, permitindo a visão ocasional da cintura baixa da saia, que era a única distração da cena descrita. Imagens que, na juventude de Mr. Phillips teriam sido consideradas pornográficas, estão em todos os lugares, uma linguagem visual plenamente aceita; o que é muito bom, acredita Mr. Phillips. Muito bom! Na quarta capa da última edição da *Vogue*, uma indulgência que a sra. Phillips se permite de quando em quando, há uma linda e sensual fotografia em preto-e-branco do traseiro de uma mulher... e um minúsculo vidro de perfume. Muito bom! Mr. Phillips, de pé, e Tom, deitado no sofá, haviam assistido ao rebolado da garota em silêncio embaraçado, porém fascinado, durante noventa segundos, quando Mr. Phillips disse:

— Isso deve doer. — Uma referência hesitante ao *piercing* no umbigo.

Mr. Phillips reconheceu o tom da meia-idade na própria voz, e odiou-se por isso. Tom nem sequer se dignara a erguer os olhos para fitá-lo, e ele saiu da sala.

Às vezes, uma imagem de um programa de televisão ou de uma mulher vista na rua, ou mesmo uma lembrança sensual que, simplesmente, veio à tona sem qualquer motivo, aloja-se na mente de Mr. Phillips como uma minúscula lasca de madeira debaixo de uma unha, e permanece ali durante semanas, de maneira que ele se descobre a passar e repassar tal imagem, diversas vezes (a expressão nos olhos de Sharon Mitchell, turvos de desejo, quando virou a cabeça para fitá-lo, enquanto ele a penetrava por detrás, no sofá da sala da casa dos pais dela: uma lembrança de trinta anos de idade que, um dia, quando ele se masturbava no chuveiro, surgiu diante de sua imaginação como se fosse um *slide* projetado). Atualmente, a imagem que o atormenta é de Clarissa Colingford, certamente não o seu verdadeiro nome, que Mr. Phillips viu pela primeira vez em um programa, no qual celebridades faziam papel de idiotas a fim de angariar fundos para caridade. Ela dançava uma música agitada, e algo na maneira como dançava, precisa em seus movimentos ritmados, embaraçada, mas também abandonada, sorrindo e corando ao mesmo tempo, havia cativado Mr. Phillips, que não conseguiu tirá-la da cabeça. Tratava-se de algo relacionado ao vislumbre de vitalidade que se tinha, ao olhar para ela, de sua vida cotidiana, de levantar-se da cama pela manhã, verificar os recados na secretária eletrônica, praguejar ao bater o dedinho do pé em alguma peça de mobília, sair para comprar ração para gatos e fio dental, jogar fora extratos bancários sem abri-los... Era possível imaginá-la fazendo todas essas coisas, com o mesmo ar de concentração e sensualidade. Mr. Phillips tinha certeza de que gostariam muito um do outro, caso se conhecessem. Ela era o tipo de pessoa a quem ele poderia dizer, digamos, no quarto encontro, que havia sonhado com ela, ou até mesmo, concebivelmente, se estivessem mesmo se dando bem, que se sentia atraído por ela havia muito tempo. Mr. Phillips é obrigado a admitir que seria capaz de fazer papel de idiota por Clarissa Colingford. E, como não poderia deixar de ser, assim como Mr. Phillips estava se tornando obcecado por ela, o resto do mundo também parecia estar. Ela havia mexido com a imaginação das pessoas e, de repente, começaram a surgir em programas de fofocas e em tablóides histórias sobre problemas com namorados. Ela era famosa, daquela maneira moderna, pura, quase abstrata, uma celebridade. Se parassem uma pessoa na rua e lhe perguntassem se já ouvira falar de Clarissa Colingford, a resposta seria provavelmente *Sim*. Se perguntassem pelo que ela era mais famosa, certamente haveria uma longa pausa. Mas a verdade era: quem precisava ser famosa por qualquer coisa se possuísse a sensualidade loira e, acima de tudo, inocente de Clarissa?

1.5

Pela manhã, quando deixa sua casa para ir trabalhar, Mr. Phillips sai pela porta da frente e pára por um instante, enquanto passa os olhos pela treliça ao lado da grande janela curva da sala. As trepadeiras da sra. Phillips voltaram a lutar por espaço. Enquanto faz isso, ele observa a rua sub-repticiamente, à procura de vizinhos. Embora se relacione bem com a maioria deles, graças em grande parte à Associação dos Moradores do Bairro Wellesley Crescent, Mr. Phillips sente, assim mesmo, um leve porém nítido desagrado ao se deparar com eles àquela hora do dia, quando todos se dirigem ao trabalho com expressões fechadas de concentração. O pior deles é o extraordinariamente bisbilhoteiro sr. Palmer, morador do número quarenta e dois, conhecido entre a família Phillips como Norman, o Vizinho Antipático. O humor de Mr. Phillips melhora ligeiramente quando constata que o caminho está livre. Nesta manhã, Norman não está presente, mas Mr. Phillips terá de passar pelo sr. Morris, do número trinta e dois, cinco casas abaixo, uma vez que ele está parado diante da porta aberta de seu grande carro, vestindo agasalho de ginástica.

— Bom dia — diz Mr. Phillips.

— Bom dia — diz, ou melhor, rosna o sr. Morris, deixando claro que aquele também não é o seu ritual favorito.

E esta é uma manhã bastante agradável, especialmente em se tratando de Londres, já quente, o céu azul razoavelmente visível entre nuvens mais brancas que o habitual, que se afastam rapidamente.

As casas de Crescent são construções baixas e geminadas, de estilo eduardiano — uma palavra que sempre provoca em Mr. Phillips a imagem mental de pessoas vestindo togas nos estúdios de filmagem de *Up Pompeii*. Parecem menores do que realmente são, com espaço decente nos fundos e, às vezes, sótão, assim como três quartos no andar de cima. Se casas fossem rostos, a rua seria uma fileira de bem alimentados seguidores do Partido Conservador, jogadores de golfe, fãs de Gilbert e Sullivan. Depois que Martin se mudou, sua casa passou de quase superpopulada a sombriamente espaçosa, e Mr. Phillips transformou o sótão (antes domínio de Martin) em escritório. De lá, ele pode observar, por cima dos jardins de seus vizinhos e dos telhados das casas, a torre que se ergue a quase um quilômetro dali. Em seu escritório, ele estuda preços de carros usados ou lê uma de suas autobiografias.

No final da rua, Mr. Phillips vira à esquerda novamente e segue por Middleton Way. Ele faz isto nesta manhã, assim como em todos os dias de trabalho. Essa rua é usada como atalho por carros que tentam se esquivar do sistema de mão única — embora sejam tantos os motoristas que conhecem o caminho, que ele se torna tão lento e congestionado quanto a rota oficial. Este é um acontecimento tipicamente londrino, em uma cidade onde conhecer ruelas e atalhos só ajuda enquanto outros poucos as conheçam também. Nesta manhã, os automóveis parados no atalho roncam e soltam fumaça no calor de julho, e o ar já se torna pesado e poluído. Mr. Phillips observa o ocupante de um Astra

Vauxhall azul-escuro, um homem na casa dos trinta anos, cujo paletó encontra-se pendurado junto à janela traseira. Ele dedica-se a enfiar um dedo no nariz, retirá-lo, examinar o produto da escavação e, então, com ar decididamente guloso, comê-lo. Três carros à frente, uma mulher em um Volkswagen Passat inclina-se sobre o volante e utiliza o espelho retrovisor para verificar os vãos entre seus dentes.

Mr. Phillips vira em Kestrel Lane, em frente à farmácia, cuja vitrine é um dos indicadores mais confiáveis das mudanças de estação. Nesse dia, o principal produto em exposição é um remédio contra febre do feno, anunciado por um imenso modelo transparente e tridimensional de uma cabeça, como o nariz e suas cavidades bloqueados por uma substância tubular vermelha, para indicar muco. Adeus febre do feno, adeus tonturas, diz o pôster. Quando Mr. Phillips tirou suas notas "A", em 1963, uma década após o fim do racionamento, um acontecimento de que ele ainda se lembra, o fiscal de exames, um professor-substituto que ele nunca vira antes, estava enfrentando o pior caso de febre do feno que ele já vira, com os olhos vermelhos e lacrimejantes, coriza, e respirando com dificuldade pela boca. Todos os alunos acharam a cena hilária. A febre do feno era mais rara, na época, do que é agora; a cidade inteira sofre de alergias graças ao óxido nítrico, que afeta o sistema imunológico, de maneira que as doenças atingem as pessoas com maior facilidade. Até mesmo o médico de Mr. Phillips passou a sofrer de asma, aos quarenta e cinco anos de idade.

Um homem branco, usando cabelos rastafári, sai da farmácia e é cumprimentado por seu alegre cachorro, que está usando uma coleira feita de fita vermelha.

Pedestres seguem em todas as direções, a maioria vestida para o dia de trabalho, a maioria com pressa.

Mr. Phillips pára diante da agência de viagens, duas lojas adiante. Na vitrine estão pôsteres mostrando pessoas felizes, em lugares onde o clima é bom. Uma mulher de aproximadamente vinte e cinco anos observa o marido jogar uma grande bola de praia para o alto, enquanto duas crianças pequenas e cobertas de areia agarram-no pelas pernas. Na imagem distante de uma outra fotografia, um homem aprende a usar o *windsurf*. Casais sem filhos caminham em praias, diante de um pôr-de-sol cinematográfico. Parado e olhando para as fotografias, Mr. Phillips tem uma visão de si mesmo ao lado de uma piscina, em algum lugar quente. À sua direita há um copo suado, gelado ao contato. À esquerda, Karen, a secretária, deitada de bruços, usando um biquíni com estampa de leopardo, com minúsculas irregularidades vulcânicas de celulite escapando por debaixo das extremidades da parte inferior do biquíni, um pêlo púbico castanho visível a um olhar mais atento, as costas também suadas, brilhantes pelo excesso de óleo para bronzear, quente ao contato. Sobre o abdome, bem mais liso e firme do que na vida real, Mr. Phillips equilibra um exemplar do *Daily Mail*, no qual está lendo sobre o triunfo europeu sobre a América na Copa Ryder, ou da Inglaterra sobre a Austrália, em Ashes, ou estudando um artigo da página de economia sobre uma determinada companhia da qual ele, por acaso, adquiriu recentemente um grande lote de ações e que subiu mil por cento na Bolsa, em uma semana; ou ainda examinando a página de moda e escolhendo um vestido rosa, com apenas um ombro e cujo decote ovóide e profundo cairia muito bem em Karen. Uma lista de preços está afixada ao lado das fotografias, especificando todos os pacotes de férias:

Málaga £179 duas semanas
San Francisco £239 ida/volta
Ilhas Feroé £85 ida/volta
Alicante £84 ida/volta
Atlanta £229 ida/volta diária

Marrocos £219 ida/volta
Costa Rica £299 ida/volta
Nova York £190 ida/volta
Paris £109 tarifa aérea e £15 por pessoa

Pergunte-nos sobre o Vietnã!

Tudo parece barato demais, dadas as distâncias envolvidas. Não era sempre assim. As férias da família Phillips eram estafantes, mas agora são uma falsa lembrança feliz. Quando os Phillips estavam reunidos, conversavam sobre elas com freqüência: o dia em que a canoa de Martin afundou na praia, em Maiorca, ou quando Tom vomitara sobre um garçom, na ilha de Corfu. A viagem da qual Mr. Phillips mais gostara fora a de lua-de-mel, em um chalé na Cornualha, alugado por meio de um velho amigo do pai de Mr. Phillips, que administrava uma agência imobiliária. Os recém-casados haviam feito amor vinte e sete vezes em uma semana. Mesmo naquela época, ele já gostava de contar.

Atualmente, há um plano, ou havia, de economizar o bastante para passar algum tempo ao sol, durante o inverno, uma visão que aparece para Mr. Phillips como o traseiro dourado de uma garota, com uma tira de tecido quase invisível mergulhando vertiginosamente entre as nádegas, uma imagem muito familiar da televisão mas nunca vista na vida real. Tratava-se de uma visão que ele acreditava merecer ter ao menos uma vez na vida. Essas férias representam o primeiro vislumbre de uma prosperidade prometida, que em teoria se aproxima agora, que só falta mais um ano para o término das prestações da hipoteca da casa, graças a Deus, e Martin mudou-se, e Tom está a apenas dois anos da maturidade oficial e da possibilidade de ir morar no campus de uma universidade — embora, por alguma razão, Mr. Phillips não consiga ver isso, uma vez que a pantomima de desafio e auto-suficiência de seu filho caçula esconda, ele sente, uma insaciável fonte de carência. Tom não é do tipo de se mudar da casa dos pais. Ainda assim, a família Phillips está, ou deveria estar, chegando àquele estágio da vida em que a prosperidade surge no horizonte, diante de casais de meia-idade, de classe média, como uma luxuosa e bem decorada ante-sala para o túmulo, ou uma igualmente luxuosa e bem decorada sala de espera do consultório de um médico, cujos prognósticos são exclusivamente fatais.

— O que pensa que está fazendo, Phillips?

Mr. Phillips experimenta a sensação momentânea e desagradável de que seus pensamentos são legíveis para qualquer passante. Mas não, trata-se apenas do sr. Tomkins, o arrogante co-fundador do sistema local de Patrulha dos Cidadãos, cuja filha a sra. Phillips conseguiu, com muito esforço, fazer passar no estágio quatro do curso de piano antes de ela se apaixonar pelo ex-professor de ginástica e emigrar para a Nova Zelândia. A visão de mundo de Tomkins não mudou. O que merece ser reconhecido. Ou não, ou tanto faz.

— Um homem pode sonhar — diz Mr. Phillips.

Tomkins está usando um terno de, no mínimo, três peças, mas que pode ter mais, sob uma inspeção mais detalhada. Ele trabalha em um banco, reprovando candidatos a empréstimos e saques a descoberto. É só com grande dificuldade que Mr. Phillips consegue imaginar um gerente de banco pior do que o sr. Tomkins.

— Está indo para o trabalho?

— Homens devem trabalhar — diz Tomkins, seguindo pela rua na direção da estação de trem, balançando na mão direita o guarda-chuva enrolado, em um dia seco como aquele —, e mulheres devem fazer compras.

Ele falou por cima do ombro e, agora, já desapareceu.

Assim que Tomkins sai de cena, Mr. Phillips segue na mesma direção. Uma multidão de passageiros está entrando em um ônibus de dois andares quando ele passa pelo ponto. A rua está bloqueada nos dois sentidos, pois um Mondeo tentou ultrapassar o ônibus parado, mas deu-se conta de que a perua da lavanderia, estacionada para fazer uma entrega, não deixava espaço suficiente e, portanto, o trânsito agora está oficialmente imóvel. As coisas que se movem com maior velocidade são os pedestres e um ciclista maluco, vestido como uma paródia de funcionário público, de chapéu-coco e suspensórios, desviando com impaciência dos ruidosos veículos parados. Quando está dirigindo e fica preso como aqueles motoristas estão agora, Mr. Phillips tem uma visão da cidade inteira entrando em colapso devido a um gigantesco congestionamento, uma trama de veículos parados e bloqueados se ramificando, como uma trama de cristais crescendo sob as lentes de um microscópio, de maneira que o congestionamento — uma rede totalmente sólida, não apenas movendo-se lentamente, mas fixa — espalha-se gradualmente por toda a capital, bloqueando cruzamentos, congestionando ruas secundárias, um câncer mórbido que toma conta de cada semáforo, cruzamento, via de acesso, rotatória, praça e sistema de mão única, enquanto a cidade inteira vai se apagando gradualmente, como um cérebro moribundo.

1.6

Mr. Phillips, com seu bilhete parcialmente enfiado no bolso do paletó como se fosse um lenço, posta-se na plataforma de Clapham Junction e espera pelo seu trem. O tempo já está esquentando, e já é possível lamentar-se por não ter vestido um terno mais leve. Até mesmo sua maleta parece prestes a começar a suar. Ao longo da plataforma uma linha irregular de passageiros prepara-se para correr para dentro do próximo trem, e passa o tempo lendo jornais, embora haja atividades variáveis, também: uma garota, vestindo uma saia com fendas até a altura dos joelhos, balança a cabeça enquanto ouve um *walkman*, e alguns tipos esquisitos lendo livros. Mr. Phillips não tirou o seu livro de dentro da maleta; ele prefere observar e esperar. A seu lado, um homem muito alto, vestindo calça jeans e camiseta, lê o *Daily Sport*, parando em uma página e outra para inspecionar com todo cuidado as fotografias de mulheres nuas, todas elas, na opinião de Mr. Phillips, com seios incrivelmente grandes e rígidos, nada eróticos, parecendo ter sido infladas especialmente para a ocasião. Não pela primeira vez, Mr. Phillips pergunta-se quem são essas garotas.

Ele faz um cálculo: os jornais publicam, digamos, setenta fotos de garotas sem roupas em uma semana — um número bastante conservador, dado o fato de que há uma todos os dias, no *Sun*, uma no *Mirror*, sete no *Sport*, uma no *Star*, além de, digamos, mais uma dúzia aos domingos, o que totaliza setenta e duas. Portanto, são setenta e duas vezes cinqüenta e duas garotas nuas por ano, ou seja, setenta vezes cinqüenta é igual a três mil seiscentas e quarenta, mais duas vezes cinqüenta e dois, igual a cento e quatro, o que dá três mil setecentas e quarenta e quatro garotas nuas nos jornais. E ainda há as revistas, mais especificamente, as revistas pornográficas, que são dezenas: *Fiesta, Men Only, Knave, Penthouse, Playboy, Mayfair,* e também as revistas especializadas, como *Asian Babes,* repleta de seios grandes e garotas gordas, *Reader's Wives,* e por aí afora; então, supondo, mais uma vez de maneira conservadora, que sejam vinte e cinco revistas publicadas toda semana, contendo, digamos, dez garotas por edição, que seriam mais, se contássemos as fotos pequenas dos anúncios, seções especiais e as melhores do ano, mas vamos ficar com dez por edição, que seriam vinte e cinco vezes dez, igual a duzentas e cinqüenta garotas nuas por semana, vezes cinqüenta e dois, que é cinqüenta vezes duzentas e cinqüenta, igual a doze mil e quinhentas, mais duas vezes duzentos e cinqüenta, que vai dar treze mil. Quando somamos o total dos jornais a esse número, chegamos a uma estimativa muito, muito conservadora, de três mil setecentas e quarenta e quatro mais treze mil, que é igual a dezesseis mil setecentas e quarenta e quatro o número de mulheres britânicas dispostas a tirar as roupas por dinheiro por ano. Todas elas, com exceção daquelas que posam para revistas de interesses especiais, têm corpos como o da garota na fotografia que o homem parou para olhar, antes de virar a página e começar a ler um artigo intitulado "Baixaria, Não Obrigado! Joguinho de Espancamento de Vizinhos Mantém Rua Acordada a Noite Inteira!".

Dezessete mil pessoas poderia ser a população de uma cidade, de uma vez e meia o tamanho de St. Ives, onde a família Phillips passou as primeiras férias, após o nascimento de Martin. Portanto, há uma cidadezinha inteira de mulheres britânicas nuas vivendo entre nós, disfarçadas de pessoas normais. Por um momento, Mr. Phillips distrai-se com a idéia de sua cidadezinha de mulheres nuas atravessando um dia do cotidiano, sem qualquer homem por perto, indo às compras, lavando roupas, trabalhando em escritórios, limpando janelas sobre aqueles andaimes aterrorizantes, os seios e nádegas balançando, muitas delas parecendo sentir muito frio, o que, evidentemente, as faz tremer, além de arrepiar seus mamilos. Teriam ficado ansiosas no dia em que as fotos foram lançadas, temendo ser reconhecidas na rua; ou orgulhosas, vangloriando-se para as amigas e os familiares? É claro que ser reconhecida poderia ser muito embaraçoso para algumas delas. Tenho certeza de que a conheço de algum lugar, sra. Whatsit. Com toda honestidade, tenho certeza absoluta de que o senhor está enganado, padre.

Dezessete mil mulheres nuas são muitas mulheres nuas. Mais que suficiente para a maioria dos propósitos. Mr. Phillips pensa com freqüência em como seria ter um harém. Se alguém começa a pensar demais nisso, é claro que vai começar a tomar consciência de todas as possíveis complicações; portanto, a melhor política é manter a fantasia o mais pura possível: restrita à idéia de mulheres à vontade para o sexo, tanto sexo quanto se desejar, o tempo todo, variedade e esquisitices livremente sancionadas, disponíveis. Uau! E, evidentemente, as mulheres não seriam mulheres, mas sim garotas, já que é isso o que a maioria dos homens deseja, e todas as tentativas de fingir o contrário são inúteis. Na verdade, um dos primeiros sinais de que um homem está ficando velho é quando ele pára de apreciar mulheres mais velhas. O ardor desesperado com que Mr. Phillips costumava olhar para suas professoras e amigas de sua mãe ainda é uma lembrança nítida. A fantasia era ser levado para a cama por uma mulher mais velha. Mrs. Robinson, era essa a idéia. "Seduzido" era a palavra costumeira, mas não era uma boa escolha, pois implicava relutância da parte dele, Mr. Phillips. Sugeria que ele não queria, quando a verdade era que aquilo era tudo o que ele mais queria. Ele não se importa com a falta de originalidade dessa fantasia.

Então, passou a notar mulheres muito mais jovens, até mesmo colegiais, de dezesseis anos, talvez, mas quem poderia saber ao certo? Era como se existisse um momento específico em que um homem mudava de um tipo de fantasia sexual para outro: saía-se para o trabalho, um dia, pensando em Anne Bancroft no filme *A Primeira Noite de um Homem*, e voltava-se para casa pensando em Jenny Agutter, em *The Railway Children*. Ou, talvez, houvesse um breve e abençoado interlúdio em que se apreciava os dois tipos, ou nenhum deles, da mesma maneira que alguns homens pareciam viver disponíveis para todas as mulheres, o tempo todo, enquanto outros pareciam viver em um casulo de assexualidade — o que, em muitos aspectos, tornaria a vida muito mais simples. Seria como viver em um país completamente plano, com um sistema de transportes espetacular, amenidades e nada de que se queixar.

Finalmente, com tristeza, ele reconheceu essa mudança de fantasia como sendo um sinal de envelhecimento: seus genes queriam impregnar uma fêmea jovem e, assim, permitir que seu veículo, o corpo de Mr. Phillips, desfrutasse do maior prazer. Na opinião de Mr. Phillips, essa é a beleza dos genes: pode-se culpá-los por quase tudo. A voz interior que diz "Arranje uma jovem", é como no momento do filme em que Sean Connery é um policial investigando um crime sexual e diz à esposa: "Por que você não é bonita?" Bonita, aqui, é apenas outra palavra para "jovem".

Mr. Phillips ainda se lembra do que deve ter sido a sua primeira vez, ou quase; o início da fase "Mulher Mais Jovem". Ela trabalhava no bar Frog and Parrot, onde ele bebia com os amigos, vinte anos antes, quando ainda fazia esse tipo de coisa. Ela estava abaixada, colocando copos em uma armação circular, dentro da máquina de lavar, a saia longa escorregando ligeiramente da cintura. A maneira como ela se mantinha naquela posição parecia impossível, como se ela fosse uma figura de origami. Mr. Phillips sentira a juventude dela invadi-lo, e foi tomado pelo puro desejo de penetrar e corromper. O que Tony Curtis dissera, quando lhe perguntaram qual era o segredo da eterna juventude? "A saliva das garotas." Quando dera por si, Mr. Phillips estava diminuindo a velocidade quando passava por pontos de ônibus.

Bem, o harém teria garotas para sexo. Parando para pensar melhor, percebia-se que a idéia não podia ficar apenas nisso. Seria preciso ter alguém para cozinhar, como a sra. Mitchinson, com quem Mr. Phillips havia trabalhado na Grimshaw's e quem só falava, pensava e comprava comida. O marido dela era um homem de baixa estatura, corpo roliço, muito silencioso, que parecia estar sempre sorrindo. Mr. Phillips comera a comida preparada por ela apenas duas vezes, e ainda se lembrava: não era sofisticada nem elaborada — frango assado e torta de maçã, uma vez, bolinhos de peixe e sorvete caseiro, na outra, mas o sabor parecia cheio de vida, como alquimia. Quanto ao sexo, definitivamente, não era a primeira coisa que vinha à mente quando se pensava na sra. Mitchinson, baixinha e gordinha como o marido, de rosto vermelho e brilhante, como uma daquelas bonecas russas, mas faria parte do acordo, e ele teria de cumprir o seu papel, não todas as noites, é claro, pois esse era um dos pontos principais nos contratos de harém, mas no mínimo uma vez a cada seis meses. Talvez fosse interessante ter uma ou duas vovós totalmente fora de cogitação, para manter a ordem e supervisionar o trabalho das empregadas (que também fariam parte do harém) e ajudar na inevitável tarefa de cuidar dos bebês. Mr. Phillips teria sua secretária, Karen, obviamente, para ajudá-lo na contabilidade e no orçamento doméstico (a sra. Phillips gostaria disso), mas também para sexo, talvez ao mesmo tempo, fazendo-a debruçar na mesa e arrumar os papéis espalhados depois — algo que Mr. Phillips havia imaginado mais de dez mil vezes. Ele também teria em seu harém a bela Clarissa Colingford, pois todos precisam de um toque de *glamour*. Sharon Mitchell seria trazida do passado. Talvez Tricia, a faxineira. Seu harém também contaria com a namorada do Super-Homem, da série da televisão, cujo nome ele não conseguia lembrar. A sra. Phillips, porém, seria sempre a esposa número um. Afinal, devia isso a ela.

Um trem, do tipo moderno, ou seja, pequeno, quadrado e sem graça, surge na curva a trezentos e cinqüenta metros da plataforma, e diminui a velocidade para entrar na estação. A pequena multidão de passageiros na plataforma reúne-se em torno das portas, que se abrem de uma só vez. Algumas dezenas de pessoas saem dos vagões, cuidadosas com o vão entre o trem e a plataforma, antes que umas duzentas embarquem no trem. Assim como a maioria dos passageiros experientes, Mr. Phillips tem uma grande variedade de técnicas para encontrar um lugar onde se sentar: esgueirar-se pela lateral da porta e deslizar para um dos assentos mais próximos, ou dirigir-se apressadamente para a extremidade oposta do vagão, através do mar de passageiros, pastas, maletas, jornais e pernas estendidas. Neste dia, porém, ele se contenta em segurar em um poste metálico, talvez por não estar ansioso o bastante para lutar por um assento. A batalha por um espaço prepara as pessoas, como se fosse uma alegoria ou imagem, para a batalha diária. Pode-se argumentar que as pessoas que lutam para conseguir um assento são aquelas que menos precisam sentar-se. Para elas, a batalha é o que importa.

Agarrado ao poste metálico diante da porta, Mr. Phillips olha em volta, examinando o vagão inteiro, e pergunta-se se ele é a única pessoa ali que não está a caminho do trabalho. Oitenta por cento dos homens no vagão estão de terno e gravata. Todos parecem cansados. Funcionários de escritórios a caminho do trabalho parecem cansados no início do dia, e incrivelmente energéticos, com pressa de fugir, no caminho de volta para casa. É como se a idéia de trabalhar drenasse o seu vigor, enquanto deixar o trabalho lhes desse uma injeção de ânimo. O próprio Mr. Phillips conhece bem essa sensação: seu coração está sempre mais leve quando ele desce os degraus de Clapham Junction, no fim do dia, do que quando sobe os mesmos degraus, pela manhã.

Um homem jovem senta-se em frente a ele, vestindo calça jeans e uma camiseta preta, com as palavras "Abaixo a Máquina" escritas no peito. Ele masca chiclete mecanicamente, como uma vaca ruminando o capim, e tem a barba por fazer, além de um olhar perdido no espaço; talvez ele não esteja indo para o trabalho. Mas não, o mastigador de chiclete enfia a mão em um bolso traseiro e retira um minúsculo telefone celular. Exatamente como todas as conversas por telefones celulares que Mr. Phillips já ouviu, aquela gira em torno, basicamente, de trabalho. Ele gostaria de ouvir as pessoas dizerem: "Venda, Venda, Venda! Livre-se de tudo, agora!" ou "Como se atreve a me perguntar se estou dormindo com a Janet?" ou "É você, a mimada nesta história!". No entanto, tudo o que consegue ouvir é: "Estou no ponto de ônibus/ na rua/ falando ao celular/ a caminho/ atrasado/ adiantado/ quase chegando" ou, como no caso atual:

— Sim, sou eu. Sim, estou no trem. Sim, ainda vou demorar para chegar, acabamos de partir de Junction. Sim, até logo.

O jovem guarda o celular no bolso e esfrega as nádegas no assento de plástico, com ar satisfeito. Mr. Phillips sente uma onda momentânea de aversão, que chega a provocar náuseas.

Mal o trem começa a acelerar, durante aproximadamente quarenta segundos, já diminui a velocidade. A paisagem lá fora provoca a sensação vazia de nenhum lugar em particular, comum à região sul de Londres: um armazém de móveis, os fundos das casas, uma Igreja Batista. Do outro lado da linha do trem, um *outdoor* destinado aos passageiros que viajam em sentido contrário diz: "Se você morasse aqui, já estaria em casa, agora". Alguns passageiros guardam os seus jornais, arrumam seus pertences e preparam-se para se dirigir à porta ou para se levantar.

O trem finalmente pára, as pessoas desembarcam e outras pessoas, de aspecto mais rude e vestidas com uniformes de trabalho, embarcam. Mr. Phillips está fora de combate e, mais uma vez, recusa-se a entrar no concurso por um assento. O trem está bastante lotado agora. Uma mulher magra, de rosto miúdo, de idade aproximada à de Mr. Phillips, insinuou-se entre ele e a divisória de plástico transparente que separa a área próxima à porta, onde só se pode ficar de pé, do resto do vagão.

Mr. Phillips acredita que muitas das capacidades humanas, como coragem, força, força de vontade, sorte, sensualidade são finitas, que as pessoas as sugam de um fundo que não pode ser realimentado como se fosse uma conta bancária e, por isso, quando se esgotam, esgotam para sempre. Este é um daqueles dias em que ele sente que sua capacidade de auto-afirmação é finita, de maneira que, se a usar agora, poderá não ter nenhuma disponível mais tarde.

Nós nos condicionamos firmemente a ignorar os detalhes das intimidades urbanas forçadas. Ah, mas às vezes é tão difícil! Nesta manhã, Mr. Phillips sente o odor do desodorante cítrico do homem em pé ao seu lado, também agarrado ao poste metálico, o odor químico aquecido pelas axilas, que nos tempos de escola era motivo de zombaria dos colegas. Ele vê os poros dilatados da pele de uma garota parada a cinqüenta centímetros de onde ele está, lendo a página de conselhos de uma revista, e também vê a ligeira vermelhidão e os sinais de caspa junto à linha dos cabelos presos na nuca. Dois *walkmen* competem na área junto à porta, ambos minúsculos e ruidosos. Seus proprietários são um garoto negro, vestindo agasalho de moletom, e uma mulher branca, de batom roxo. Martin costuma dizer que ouvir *walkman* é a pior coisa que se pode fazer aos ouvidos. Portanto, essas duas pessoas vão, supostamente, ficar surdas, embora não tão depressa nem completamente como Mr. Phillips gostaria. Aquele ruído sempre faz com que ele pense em insetos.

Embora uma onda de oxigênio novo invada o trem quando as portas se abrem, o ar dentro do vagão parece ter sido respirado diversas vezes, reciclado através dos pulmões, carregando consigo vírus, bacilos, minúsculas gotas de muco, mau hálito, gases estomacais, odores dos pés e virilhas de todos os passageiros, circulando sem parar por seus aparelhos respiratórios, antes de passar para o vizinho. É como aquela história sobre a água de Londres ter passado pelos tratos urinários de três pessoas, antes de ser bebida pela última vez (o que Mr. Phillips ouviu ser denunciado como ficção por um homem calvo da companhia de distribuição de água, o mesmo que estava sempre falando sobre a pequena quantidade de água nos reservatórios). Porém, mesmo que não fosse verdade, a sensação e o sabor eram verdadeiros, e o mesmo valia para o ar.

Olhando para o número de pessoas dentro do vagão, simplesmente não parece possível que haja oxigênio suficiente para todos. Especialmente se o trem está parado, como acontece neste exato momento, enquanto Mr. Phillips pensa sobre isso. Os trens londrinos têm vários tipos diferentes de paradas: uma parada trêmula e rápida (geralmente enganosa, uma vez que o trem pode permanecer naquela condição por vários minutos, ou até mesmo por horas); a parada exaustiva, irritada, que nos leva a perguntar o que aconteceu desta vez, por que o túnel está sempre ocupado, por que o trem nunca chega a adquirir velocidade antes de ter de parar outra vez (o que provoca a sensação de que existe um mecanismo secreto que força o trem a parar por um determinado número de minutos toda vez que ele exceder a velocidade máxima estipulada); a tão temida e horrivelmente desconcertante parada no meio do túnel totalmente escuro; e, como no caso atual, a parada pesada, quieta e definitiva, que deixa claro que será longa. É impossível não especular sobre o que aconteceu. Um suicídio? Com certeza, não na hora do *rush*. Ninguém seria tão inconseqüente. Um problema mecânico? E, se for, de que tipo — um sinal quebrado, uma luz de sinalização queimada, falha nos trilhos, outro trem quebrado, falta de energia? Ou algum tipo de cataclismo, como um incêndio? Graças a Deus, não estão debaixo da terra, em um túnel. (O recorde pessoal de Mr. Phillips preso em um trem parado no subsolo é de uma hora e meia.) O suprimento de oxigênio não poderia ser infinito, claro, mas então qual seria o seu limite?

Talvez a coisa mais opressiva seja o silêncio, não apenas do trem, mas dentro do vagão. Algumas pessoas devem estar experimentando um grande desconforto: fantasias sufocantes, terror da falta de oxigênio, medo de desmaiar, intimações urgentes da mortalidade iminente, cenários detalhados sobre perder a consciência, cair, bater a cabeça e urinar descontroladamente — mas ninguém demonstra. Isso, por si só, é tão enervante quanto se as pessoas estivessem explodindo em prantos e gritando: "Vamos todos morrer!" Trata-se de uma versão mais britânica da mesma coisa.

Mr. Phillips já pode sentir o corpo oscilando e o sangue cobrindo seus pés. Em algum lugar do mundo existem iogues, faquires e xamãs capazes de banir esse tipo de pensamento de suas mentes. Ele tenta forçar-se a isso, tentando concentrar-se em sua reunião imaginária da Sociedade do Bairro. No entanto, o vagão simplesmente não é nada confortável, pois o calor vem tanto do sol quanto dos corpos envoltos por ternos. A garota de cabelos presos na nuca está vermelha de calor, e não é a única. Nos escritórios da Wilkins and Co., onde as janelas não abrem e o ar-condicionado não funciona como deveria, será um dia desconfortável, até mesmo para a secretária do sr. Mill, a muito tímida Janet, que parece sempre prestes a fazer uma reclamação. No verão, ela usa vestidos cavados, que proporcionam vislumbres de suas axilas e, às vezes, das elevações preliminares da lateral de seus seios.

O trem retoma o movimento, e Mr. Phillips decide em um impulso desembarcar. Afinal, ele não tem de ir a lugar algum. Todas as pessoas a bordo deste trem vão trabalhar, pensa Mr. Phillips, mas então ele trata de afastar tal pensamento com esforço quase físico e, ao fazer isso, imagina um elefante sentando-se sobre uma pequena pilha de caixas de papelão e amassando-as, com pedaços de polistireno explodindo em todos os lugares.

1.7

As torres da estação Battersea Power erguem-se acima dos trilhos adiante, e Mr. Phillips dá-se conta de onde está: na parada próxima ao Abrigo de Cães Battersea. Esse é um lugar onde é mais comum os passageiros embarcarem do que desembarcarem, embora algumas pessoas devam, é claro, ir até lá para cuidar dos cães, preparar suas refeições, livrá-los das pulgas e recitar suas virtudes para possíveis futuros proprietários. "Ele tem uma natureza muito meiga", devem dizer sobre cachorros conhecidos por seu mau humor e compulsão a mordidas, ou "muito afetuoso" sobre vira-latas neuróticos e ingratos, que fingem não reconhecer ninguém. E, então, os cães serão sacrificados, se não encontrarem um lar até o prazo determinado. Mr. Phillips pergunta-se se as pessoas que trabalham ali se afeiçoam a determinados cachorros que não conseguem ser adotados, animais feios, ou com mau hálito, patas defeituosas e orelhas doentes, e fazem uma contagem regressiva até o dia em que os cães terão de ser sacrificados, de maneira que as tentativas de encontrar um dono se tornam mais desesperadas a cada dia, até o temido dia da injeção fatal. Provavelmente os aprendizes e novos funcionários do abrigo são levados a um canto, em seu primeiro dia de trabalho, para ouvir uma advertência: "Nunca se afeiçoe a um cachorro".

O trem pára e Mr. Phillips desembarca. Está mais fresco lá fora e por isso ele é tomado de um alívio imediato. É embaraçoso desembarcar vestindo terno e gravata, e carregando a maleta preta executiva, naquela região de Londres, desprovida de escritórios, mas ninguém parece notar. Não nos importaríamos tanto com o que as pessoas pensam de nós se soubéssemos quão raramente elas pensam em nós. A sra. Phillips costumava dizer isso aos filhos, quando eles ficavam aflitos por alguma questão típica da idade escolar que pusesse em risco a sua popularidade, ou por algum disse-me-disse. Uma grande diferença de temperamento tornava-se aparente nesse conselho. Para Mr. Phillips, o fato da indiferença alheia jamais trouxera o menor conforto.

Mais adiante, na plataforma, três garotas também desembarcaram do trem e estão se dirigindo para a saída da estação. Não é dia de aula e, portanto, não é surpresa o fato de elas não terem nada de colegial em sua aparência. São uma clássica combinação feia-bonita, com uma garota extra para proporcionar algum equilíbrio: uma garota baixinha e gorducha, de cabelos castanhos, usando calça jeans bem larga, de cintura baixa, que deixa à mostra uns cinco centímetros de pele clara; uma garota alta, de cabelos loiros e muito lisos, vestindo uma camiseta branca cortada na bainha para exibir seu ventre e uma calça de agasalho cinza com elástico na cintura. Mr. Phillips não pode ver-lhe o rosto, mas ela deve ser bonita, pois dois trabalhadores que sobem os degraus para embarcar no trem examinam-na da cabeça aos pés, ao mesmo tempo que se apressam para atravessar as portas que já começam a se fechar. Mr. Phillips considera impossível olhar para as costas estreitas da garota sem se perguntar como seria lambê-la (salgada, mas deliciosa, em sua opinião). A terceira garota veste um conjunto preto com listras azuis e calça tênis. Sua suposta postura firme faz com que pareçam ainda mais jovem do que são — dezesseis anos, se tanto.

Quando o trem parte, o ar em movimento agita páginas de jornais e outros tipos de lixo ao longo da plataforma. Mr. Phillips desce a escada e deixa a estação. As três garotas já desapareceram. Por um momento, Mr. Phillips pensa em descer a rua na direção de Vauxhall, como faria se estivesse indo de carro para o trabalho, passando pelas novas instalações da MI6, Lambeth Palace e do Hospital St. Thomas, onde Martin e Thomas nasceram, seguindo por Waterloo, para então atravessar a ponte Southwark. No entanto, ele vira à esquerda e segue para Battersea Park, ouvindo subitamente, durante uma trégua no trânsito, a menos que seja fruto de sua imaginação, o som de uivos nostálgicos e ganidos vindos do Abrigo para Cães, no final da rua.

A luz do sol torna a temperatura mais alta. O trânsito torna o ar ainda mais quente. Mr. Phillips solta o primeiro botão da camisa e dá um ligeiro puxão na gravata, a fim de afrouxá-la. Trata-se de um gesto que ele viu em filmes, indicando liberdade e/ou cansaço. Um caminhão tentando fazer um retorno proibido bloqueia o tráfego, e Mr. Phillips atravessa a rua em meio a uma nuvem negra de fumaça de motor movido a diesel. Àquela hora do dia, tudo em Londres gira em torno do trânsito. Na maioria dos automóveis parados, as pessoas se comportam como se não pudessem ser observadas e, como seus carros são um espaço particular, elas tendem a se comportar como se estivessem em particular. O que isso significa na prática é que um número muito grande delas está enfiando o dedo no nariz. Mr. Phillips já havia notado isso antes, mas nessa manhã a síndrome está especialmente aparente: nos cento e oitenta metros que separam a estação ferroviária do parque, ele passa por três motoristas com o dedo no nariz, todos eles com um ar de calma Zen. Seria essa amostra estatisticamente significativa de quanto as pessoas enfiam o dedo no nariz, em circunstâncias normais — caso em que Mr. Phillips sente-se um tanto incomodado —, ou trata-se de algo que as pessoas fazem especialmente quando estão dirigindo?

Quando finalmente entra no parque, depois de quase ter sido atropelado por um patinador a trinta quilômetros por hora, mais rápido do que qualquer carro que ele tenha visto naquela manhã, Mr. Phillips atravessa a alameda que circunda o parque e segue na direção de onde vem o som emitido pelos pavões. Um homem vestindo agasalho, a pele muito bronzeada, está praticando malabarismo com tochas. Um corredor, um homem alto, usando short branco, que dá passadas estranhas, erguendo os joelhos bem alto, passa por Mr. Phillips e o observa de canto de olho à medida que vai se afastando. Provavelmente não se vêem muitas pessoas vestindo terno e carregando maleta nos parques àquela hora do dia.

Diante do cercado dos pavões, uma pequena multidão encontra-se reunida, observando as aves. Um dos machos está exibindo a cauda aberta em leque, com sua imensa variedade de tons de azul. Para Mr. Phillips, a complicada estampa de cores seria apenas bonita, não fosse pelos desenhos em forma de olhos que enfeitam a cauda. A fêmea parece não prestar atenção à exibição, mas também não se afastou, e os outros machos e fêmeas continuam cuidando de suas próprias vidas. Há um toque de ridículo na exibição do pavão, o sacrifício que a ave tem de fazer para atrair atenção. Por outro lado, é sempre ridículo o que os machos fazem para serem notados pelas fêmeas, seja bater a cabeça contra a do rival, depois de uma corrida a quase sessenta quilômetros por hora, ou simplesmente vestir-se todo de preto e tentar parecer desinteressado, interessante e irresistível ao mesmo tempo. Parte do sucesso de Martin com as garotas deve estar relacionada a sua maestria na arte de parecer entediado e, ao mesmo tempo, muito sensual. Além disso, ele é muito bom com o cigarro. O que é mais um ponto a seu favor. É comum o desejo masculino de não parecer ridículo ser justamente o que torna os homens mais ridículos.

Um dos homens ali parados, observando os pavões, é mais um corredor que está se apoiando na cerca de arame e fazendo exercícios de alongamento, acompanhando o ritmo com respiração cadenciada. Há também dois grupos diferentes de mulher-carrinho-bebê, sendo que um deles parece constituído por uma babá filipina, enquanto o outro apresenta uma jovem mãe vestida sem cuidado, ou talvez, uma babá mais velha e mais relaxada. Um casal de idosos com um cachorro pequeno e cheio de energia parou para dar uma olhada nas aves e descansar. Os dois estão usando, mais ou menos, o dobro de roupas que todos os demais usam nesse dia quente, como geralmente acontece com pessoas mais velhas. Mr. Phillips sente calor com o terno, e os dois velhos usam casacos. No caso do homem, usa também um chapéu de lã. Um deles morrerá antes do outro.

O pavão está se virando, agora, descrevendo um semicírculo, como se tentasse refletir a luz do sol com seu leque de penas coloridas. E está produzindo ruídos altos, usando todo o poder de sua voz. Mr. Phillips, que visitava o parque regularmente nos fins de semana quando os filhos eram pequenos, conhece bem aquele som. Às vezes, faz lembrar um gato durante o seu ritual de procriação. Mr. Phillips gosta daquele som, assim como sempre gostou de ouvir outros casais fazer amor, especialmente o casalzinho franzino que morava na casa ao lado da primeira residência dos Phillips, logo após o casamento. Tratava-se de uma casa pequena, em Bromley, onde o som da esposa miúda e tímida atingindo o clímax com gemidos sufocados era uma constante. Isso sempre acontecia em horários bizarros, tarde da noite, entre uma ou duas horas da madrugada. Por quê? Simplesmente acordavam e decidiam fazer, ou era uma tentativa de afastar a insônia, ou, ainda, tinham tamanha vergonha do barulho que faziam que esperavam até a madrugada, na esperança vã de que os vizinhos estivessem dormindo e não ouvissem nada? Fosse qual fosse o motivo, Mr. Phillips jamais conseguira olhar para eles sem sentir uma ponta de inveja. Às vezes, quando a sra. Phillips sai de casa, ou viaja, ele encosta um copo à parede, na tentativa de ouvir os Cartwright ou os Cott. Infelizmente, não teve sorte, até agora. *Ninguém nunca faz.* De repente, Mr. Phillips decide que os gritos do pavão fazem lembrar uma voz feminina, dizendo: "Não", ou "Socorro".

Mr. Phillips segue o seu caminho, passando pelo cercado dos pavões e dirigindo-se ao lago. Dois varredores, um negro e outro branco, estão parados, apoiados em suas vassouras, conversando com as cabeças muito próximas, com ares de sigilo e importância. Um pouco adiante, o lago apresenta uma tonalidade acinzentada como lama, enquanto a margem está toda manchada de branco pelas fezes deixadas pelos gansos canadenses.

Algumas pessoas já estão no lago, divertindo-se em barcos alugados. Todos os homens dentro deles estão tentando parecer tão ruins com os remos quanto realmente são.

Quando ainda estudava contabilidade, Mr. Phillips havia se apaixonado pelo sistema de duplos lançamentos nos registros contábeis. Era como se, de repente, houvesse surgido uma linguagem totalmente nova para descrever o mundo; ou melhor, era como se, de repente, o mundo fosse descritível de uma maneira nova e melhor. As coisas tornavam-se mais claras, mais iluminadas. Isso era reconfortante. Durante algumas semanas, ele havia improvisado uma contabilidade de lançamentos duplos de tudo o que era possível, suas finanças pessoais, a casa e os pertences de seus pais, o Crystal Palace Football Club (onde os jogadores eram automaticamente listados na coluna de ativos, o que era questionável do ponto de vista dos torcedores, mas uma decisão inevitável sob a lógica cristalina do contador). Agora, caminhando por Battersea Park, Mr. Phillips sente a necessidade, há muito tempo suprimida, de realizar um duplo lançamento tranqüilizador. Pôs-se a imaginar que o parque havia subitamente parado de funcionar como uma empresa em operação, e todos os seus ativos e passivos fossem congelados no momento do fechamento.

ATIVO	PASSIVO
Taxas pagas por pessoas que quisessem atirar em gansos	*Custo dos danos causados aos gansos*
	Manutenção da pavimentação
Bancos do parque	*Subvenções da prefeitura de Wandsworth*
Aluguel de alojamentos para zeladores do parque	*Salários de zeladores e policiais do parque*
Taxas por uso das quadras de tênis, futebol etc.	*Seguro contra quedas e tropeços*
Dinheiro arrecadado com a reciclagem de garrafas	*Manutenção do posto de reciclagem de garrafas*

ATIVO	PASSIVO
Taxas de estacionamento	*Manutenção da área de estacionamento*
Tintas etc., em estoque	*Alimentação, cuidados e manutenção dos pavões*
Tulipas etc., para vender	*Gastos com fertilizantes*
Rações etc., em estoque	*Manutenção do armazém e galpões*
Buda Dourado	*Manutenção do Buda, tinta dourada etc.*
Ingressos para eventos especiais	*Custo de organização dos mesmos*
Ingressos para filmes	*Manutenção dos campos de críquete, pistas de boliche etc.*
Taxa pelo uso dos barcos	*Monitoramento da poluição no lago*
Estátuas, monumentos, esculturas	*Manutenção dos mesmos*

Provavelmente, eram muitas as outras coisas em que ele não havia pensado. Devia custar muito caro administrar um parque.

Mr. Phillips passa pelo lago e caminha pela alameda que circunda o parque. A intervalos de poucos segundos, um ciclista, patinador ou corredor, passa por ele, ofegante. A simples visão disso tudo o deixa cansado. Em geral, Mr. Phillips não detesta exercícios, mas a idéia não o agrada. Qualquer tipo de esforço pesa sobre seu estado de ânimo antecipadamente, de maneira que ele sente o cansaço se aproximando.

É como a fadiga que experimenta no início de um dia que sabe que será longo e tedioso, de maneira que sente todas as oito, dez ou vinte horas de esforço compactadas em um único momento. A expectativa de um dia difícil sempre o faz sentir como se fosse Super-Homem confrontado por um vilão que empunha uma pedra de Kryptonita.

Diante dele, um garotinho bate na cerca da quadra de tênis com um galho seco, enquanto sua mãe o acompanha de perto, também segurando um galho seco, que ela passa pela cerca mais lentamente, pensativa, como se tocasse um instrumento musical visível somente para seus olhos. Assim como muitas mães e pais jovens, ela apresenta o olhar vago e distante de um soldado em combate.

Mr. Phillips pára ao lado da quadra de tênis para descansar por um momento. Não há lugar para se sentar, exceto os dois bancos imediatamente junto às quadras. Ele se sente constrangido demais para chegar tão perto e, por isso, deposita a maleta no chão, tira o paletó e permanece de pé. Assim que pára de andar, sente a leve brisa que agita o ar.

As três quadras estão ocupadas, da esquerda para a direita, por pai e filho de aproximadamente quarenta e dez anos de idade, o pai lançando bolas suaves ao filho concentrado; duas adolescentes de vestidos brancos e curtos e longas meias azul-escuras jogam de maneira competitiva e séria; e duas duplas mistas de meia-idade, que jogam bem, embora não sejam muito ágeis. Mr. Phillips concentra-se nas garotas, enquanto finge prestar atenção aos outros jogos: em outras palavras, ele mantém a cabeça voltada para um lado ou para outro, enquanto os olhos permanecem fixos no meio. O vestido de uma das garotas desliza para cima, quando ela se abaixa para sacar, deixando à mostra toda a extensão das pernas, até as nádegas. Sua pele é muito clara e seus cabelos loiros estão presos em um rabo-de-cavalo que balança de um lado para outro quando ela se movimenta. As duas parecem muito interessadas em tênis. Mr. Phillips pergunta-se se elas costumam trocar de lado, ao final de cada *game* e, caso troquem, se ele terá coragem de continuar ali, para ver mais de perto a garota mais morena.

— É Wimbledon que as traz aqui — diz um homem ao lado de Mr. Phillips.

O recém-chegado, um homem do tipo executivo, de baixa estatura, pêlo e cabelos claros e olhos de uma estranha tonalidade de cinza está parado com as mãos nos bolsos do terno verde. Olhando melhor, ele não se parece tanto com um executivo, mas sim com um tipo mais egoísta e antipático.

— Desculpe, o que disse? — indaga Mr. Phillips.

— Wimbledon. Não se pode usar as quadras por várias semanas, depois do torneio. Estamos no final de julho, e ainda serão necessárias pelo menos duas semanas para que as quadras de lá voltem a ser utilizadas.

O homem fica em silêncio, parado ao lado de Mr. Phillips, assistindo aos jogos de tênis. Sua presença faz com que Mr. Phillips se sinta mais constrangido, em vez do contrário, e começa a considerar, com uma ponta de pesar, a idéia de se afastar das quadras. A garota de cabelos mais escuros, cujos seios apresentam proporções mais humanas e atraentes do que os das garotas das revistas, está trocando de lado e caminha na direção dos dois homens. Ela ergueu os olhos para eles, por um breve instante, em um olhar parcialmente disfarçado pelas pestanas, como o olhar que se tornou marca registrada da princesa Diana. No mesmo instante, Mr. Phillips sente o pênis despertar.

— O que mais gosto de fazer em Wimbledon — diz o homem — é observar as jogadoras retirarem as bolas de seus calções, quando vão sacar. Não é a sua cena favorita também?

— O quê? — Mr. Phillips indaga.

— Eu disse que os padrões dos jogos femininos e o aumento simultâneo da velocidade nos jogos masculinos, especialmente nas quadras de grama, devido à nova tecnologia das raquetes, tornaram os jogos femininos mais interessantes que os masculinos, ao menos, na grama. Não concorda?

— Não foi o que disse, antes — Mr. Phillips retruca. — Disse algo sobre as bolas saírem quentinhas e macias dos calções das jogadoras.

Por um momento o homem fita Mr. Phillips com olhar desprovido de expressão. Então, solta uma risada sonora e relaxada, exalando um leve cheiro de álcool da noite anterior. Ele parece vergar ligeiramente os ombros quando enfia a mão no bolso e retira um objeto reluzente que, por uma alucinatória fração de segundo, Mr. Phillips acredita ser uma arma, mas que na verdade é apenas um estojo de prata contendo charutos finos. O homem estende o estojo, aberto como um livro, para Mr. Phillips, que recusa a oferta. Então, ele apanha um charuto para si e o acende com um isqueiro metálico Zippo, que deixa no ar o cheiro de fluido para isqueiros.

— Péssimo hábito — ele diz, embora as palavras sejam uma contradição em si mesmas. — Estes charutos são cubanos, enrolados sobre as coxas de virgens, e por aí afora. O ideal seria que fossem três vezes maiores. Os grandes têm mais sabor. Como as mulheres, posso ouvi-lo pensar.

— Não pensei nada parecido — protesta Mr. Phillips.

— Ah, vejo que prefere as garotinhas, certo? Deve ter, deixe-me ver, cinqüenta e poucos anos? Já começou a diminuir a velocidade quando passa por pontos de ônibus e coisas assim?

— Meta-se com a sua vida — Mr. Phillips resmunga, afastando-se da cerca e caminhando na direção do rio.

O homem se abaixa, apanha a maleta de Mr. Phillips e começa a segui-lo.

— Ei! Espere um instante. Por favor, não se ofenda — ele diz ainda em tom amigável. — Estou me metendo com a minha própria vida. Na verdade, pode-se dizer que estou trabalhando. Espere! Você esqueceu a sua maleta.

— Obrigado — Mr. Phillips agradece, parando para apanhar a maleta.

O homem finge tomá-la de volta, antes de entregá-la de uma vez por todas.

— Sou o sr. Fortesque, diretor-executivo do departamento de publicação de revistas de alto nível da London Publishing Company Inc. — o homem acrescentou, agora oferecendo um cartão, que Mr. Phillips decidiu aceitar.

Na verdade, o pequeno pedaço de papel diz as mesmas coisas que seu proprietário acabou de anunciar.

— Gosto de vir ao parque em busca de idéias — o homem explica, juntando-se a Mr. Phillips em sua caminhada sem pressa. — Trata-se de pesquisa básica. Venho até aqui, observo tudo o que se passa à minha volta, observo as garotas, os homens que olham para as garotas, tento desenvolver algumas idéias com base no que vejo. Tênis, por exemplo: é uma idéia. Imagine uma revista inteira baseada em garotas jogando tênis: abaixadas, mostrando as nádegas, vislumbres dos seios, quando elas atiram a bola, coisas desse tipo. Idéias para histórias: a iniciação de uma lésbica nos vestiários. Trata-se de um fato bem conhecido de que metade das jogadoras é sapatão. Pode-se desenvolver toda uma série de histórias a partir daí: a primeira vez, duas fazendo amor com uma terceira, a cena do chuveiro, rivais se beijando e fazendo as pazes, uso sugestivo de raquetes, tudo isso passou por minha cabeça nos últimos minutos. Narrativas em prosa e fotos para ilustrá-las. Cartas de leitores, talvez até mesmo a ocasional carta que aparece de vez em quando com histórias, lembranças e sugestões para futuras edições. A figura do instrutor de tênis, algo para atrair as mulheres. Pode-se pensar em uma seção com esposas de leitores, também: fotos amadoras, tão em moda nos anos 90. A beleza desse tipo de produção é que, quanto piores forem, melhor, ao menos até certo ponto. É o que a experiência significa. É tão valiosa nesse jogo quanto em qualquer outro. São nichos de mercado. Toda essa história de jovens asiáticas, garotas gordas, magras, de seios grandes, adolescentes, já enjoou, e estamos prontos para a próxima grande novidade. Que poderia ser a especialização por profissão e *hobbies*, não apenas no caso das jogadoras de tênis, mas também das enfermeiras, policiais, fiscais de trânsito, secretárias. Vamos encarar os fatos. Por que acha que as pessoas assistem aos jogos de tênis pela televisão? Para adquirir novas idéias sobre posição e técnica de seus saques? Bobagem! É para ver as garotas. Trata-se basicamente de uma atração pelos calções das tenistas. As emissoras de televisão deveriam manter uma câmera fixa nas jogadoras, quando elas sacam. Talvez duas câmeras fixas: uma nos seios, outra nas nádegas. Afinal, temos de dar ao público o que ele quer ver. Pense naquela foto que mostra a saia da garota erguida, enquanto ela esfrega a mão em uma das nádegas. Tem-se apenas um vislumbre da nádega, mas trata-se de um verdadeiro clássico, apesar de não fazer muito sentido. Teria ela sido atingida por uma bolada no traseiro? E por que ela não está usando o calção? Daria uma história e tanto!

— Eu costumava fantasiar sobre minha secretária — Mr. Phillips admite.

Caminharam até a margem do Tâmisa e, agora, observam Chelsea, do outro lado do rio. Mr. Phillips fora até ali com a sra. Phillips, quando ainda namoravam. "É como um Canaletto", ela dissera, e ele concordara, sem fazer a menor idéia de que poderia ser Canaletto. Agora, ele sabia, e embora não achasse que o comentário fosse particularmente verdadeiro, sabia o que ela quisera dizer, e sempre se lembrava das palavras quando via aquelas árvores e casas à margem do rio.

— Sem dúvida. Todos nós temos fantasias com nossas secretárias. É para isso que servem os escritórios.

— Sempre me perguntei se ela pensava em mim da mesma forma — Mr. Phillips acrescenta com honestidade.

Havia muita coisa sobre a sensual Karen totalmente desconhecida para Mr. Phillips, o que, evidentemente, a tornava tão *sexy*.

— Por que falar no tempo passado? Tenho certeza de que ela está pensando em você neste exato momento. Não que isso faça qualquer diferença. Falando como pornógrafo, posso afirmar que o mais importante é nunca tentar descobrir o que uma mulher está pensando. Isso só serve para nos confundir, e elas mudam tanto de idéia que o melhor a fazer é seguirmos adiante com nossos planos intactos.

— Perdi o meu emprego — diz Mr. Phillips.

— E por que mais você estaria passeando por Battersea Park, às nove e meia da manhã, de um dia de semana?

Naturalmente, ainda não contou à sua esposa e filhos — diz o homem.

— Não, não contei.

— E isso aconteceu... na semana passada? No mês passado? Em outubro?

— Sexta-feira — Mr. Phillips responde.

— Sexta-feira!

— Sexta-feira de manhã.

O homem fuma por um momento, observando uma balsa descarregada que sobe o Tâmisa. O rio é mais perigoso do que parece. Se alguém cai na água, morre em questão de minutos.

— É sempre um grande choque — diz o pornógrafo. — Não sou despedido há anos. Trata-se de uma das vantagens de ser o seu próprio patrão. Mas nos tempos em que trabalhava para outras pessoas acontecia o tempo todo. Fui despedido por estar bêbado, por chegar sempre atrasado, por ser preguiçoso e, finalmente, por tentar roubar da empresa alguns funcionários e idéias para montar minha própria companhia, o que foi, incidentalmente, justificado. Aliás, todas as outras demissões foram justificadas. Isso, pensando em retrospectiva, claro. Não foi o que senti nas ocasiões em que elas aconteceram. Por outro lado, quando me demitiram por deslealdade, em vez de ser "o que eu planejava fazer", meu plano transformou-se no que "eu tinha de fazer". Quando dei por mim, já era o maior concorrente de meu antigo empregador. Eles publicam revistas tradicionais, repletas de fotos de seios, como foi moda nos anos 70. — Ele pondera sobre o próprio sucesso por um instante e então muda o tom de voz. — A verdade é que, mesmo quando já sabemos que seremos demitidos, a demissão é um choque.

— Não posso dizer que sabia que seria demitido — confessa Mr. Phillips.

Era verdade. A parte de seu trabalho na Wilkins and Co. de que ele menos gostava era preparar os custos de demissão de funcionários. Era um trabalho que ele fazia em conjunto com o sr. Somers, chefe do Departamento Jurídico. Os dois examinavam o contrato e faziam os cálculos. Então inevitavelmente Mr. Phillips esbarrava na pessoa cujas contas ele havia acabado de preparar. Uma vez, ele passara uma hora preso em um elevador junto com um funcionário do Departamento de Marketing cuja indenização calculara naquela mesma manhã. O contrato dele especificava uma indenização de seis meses de trabalho, e portanto sua demissão não seria barata para a empresa. Mesmo assim, como o sr. Mill, o bêbado, ocioso e incompetente chefe de contabilidade afirmara com presteza: "Sempre há dinheiro para demissões". Dentro do elevador enguiçado, os dois haviam conversado sobre futebol durante a maior parte do tempo, até a chegada de um bombeiro, que desculpou-se pela demora e explicou que haviam atendido a um caso de incêndio de panela, em um alojamento de enfermeiras, em Holborn.

Só agora Mr. Phillips se dá conta de que algum outro funcionário da contabilidade deve ter calculado a sua demissão. Não poderia ter sido Monroe, uma vez que todos saberiam que Monroe teria contado a ele. E que, qualquer maneira, teria sido incapaz de manter segredo, pois os dois partilhavam a mesma sala. Também não teria sido o sr. Mill, incapaz de fazer qualquer coisa mais complicada do que verificar os cartões de ponto, e mesmo isso somente antes do almoço. Se estivessem tentando demitir funcionários de alto nível na contabilidade, Mill tinha muita sorte por ainda ter o seu emprego. Por outro lado, sendo diretor da companhia, seu contrato especificava indenização de um ano, e portanto uma demissão proibitivamente cara, apesar de sua própria afirmação. O antigo parceiro de crimes de Mr. Phillips, sr. Somers, devia saber. Não que a demissão de Mr. Phillips fosse custar caro à empresa, com seu contrato de três meses de indenização sem nenhuma complicação de esquemas de bônus ou algo parecido. Haviam lhe prometido pagar as contribuições da previdência durante dois anos, ou até ele conseguir outro emprego, o que quer que acontecesse antes. Resumindo, o fato era esse: demissão.

A entrevista, ou reunião, ou conversa com o sr. Wilkins, diretor-administrativo, na qual a notícia fora anunciada, fora como uma volta no tempo, aos dias de escola, quando Mr. Phillips fora flagrado fazendo parte de um grupo que havia quebrado algumas janelas durante uma competição de atirar pedras por cima do ginásio após as aulas. Naquela ocasião, o diretor não havia de fato pronunciado as palavras "Isso vai doer muito mais em mim do que em você", mas o sentimento ficara implícito em sua postura angustiada e teatral. Mr. Wilkins fizera o mesmo. Mr. Phillips, assim que se dera conta do propósito da reunião, o que não havia demorado muito, entrara em um estado de total anestesia, assimilando apenas a idéia geral do que o diretor da companhia dizia.

— Efeitos inesperados porém duradouros da recessão entre a clientela de nossa área de mercado...

A Wilkins and Co. atuava no setor de fornecimento de refeições.

— ...inconsistência entre receita e despesas... rever nossa estrutura... não um caso de redução drástica... a política da companhia de fazer pequenos cortes em diversos departamentos... a vez do departamento de contabilidade... não se trata de uma questão de competência ou capacidade... absoluta confiança na política da empresa sobre agir com generosidade nesses casos... uma empresa humana e progressista...

Como sempre acontece com a maioria das pessoas com tendência a falar demais, o sr. Wilkins parecia tão ansioso por convencer a si mesmo quanto por convencer à pessoa que o ouvia. A parte sobre a Wilkins and Co. ser um empregador iluminado parecia ter especial importância para ele.

— ...não sendo necessário cumprir o período de aviso prévio... o inevitável clima negativo dessas ocasiões... novos horizontes... melhor para todos os envolvidos... fazendo questão de que os funcionários que deixam a companhia fiquem com seus automóveis sob condições particularmente facilitadas... pequenas coisas que fazem as grandes diferenças... a valiosa contribuição do sr. Phillips para a Wilkins and Co... uma vez parte da equipe, sempre parte da equipe... a importância de funcionários com espírito de equipe, como Mr. Phillips, para qualquer companhia... pesar, tristeza, mas também a perspectiva de um novo começo... o melhor momento... uma outra reunião... obrigado, obrigado.

Quando Mr. Phillips começara a trabalhar na Wilkins and Co., em 1969, o sr. Wilkins, filho do fundador, era jovem demais para ser o diretor-administrativo de uma companhia daquele porte. Sobre a mesa, ele tinha um daqueles recipientes cheios de óleo cor-de-rosa, que oscilava de um lado para outro, em um movimento supostamente relaxante. Era o que costumava ser chamado de brinquedo de executivo. Atualmente, seu escritório era decorado com dois quadros abstratos. As fotografias de sua família sobre a mesa ficavam viradas para a cadeira do visitante, fosse porque o sr.

Wilkins estivesse cansado de olhar para elas e/ou porque ele queria exibi-las. Portanto, a última coisa que Mr. Phillips viu antes de deixar a sala de seu agora ex-patrão fora a fotografia do filho dele vestindo toga, com um sorriso nervoso, em uma foto de estúdio típica de formaturas.

Mr. Phillips voltou à sua sala e deixou-se afundar em sua cadeira, que assobiou baixinho à medida que o ar foi saindo, como se fosse a cadeira, e não ele, que estivesse fazendo o esforço físico. Nem o sr. Monroe nem Karen estavam lá. Durante alguns minutos, ele ficara sentado, sem fazer nada. Ninguém entrou na sala, e o telefone não tocou. Então, ele se inclinou sobre a mesa, retirou uma caneta da caneca com a inscrição "O Melhor Pai do Mundo", que ele havia comprado para si mesmo, no Dia dos Pais, e começou a fazer alguns cálculos.

— O que você é? — perguntou o homem do parque.

— No momento, não sou nada — Mr. Phillips respondeu.

— Não se deve pensar assim.

— Mas é a verdade.

— Ora, e o que "é a verdade?" Sempre achei que essa frase não era nem de longe tão inteligente quanto deveria ser. É como aqueles masturbadores que dizem "Defina os seus termos", quando estão em meio a uma discussão, como se fossem um disco com uma agulha quebrada. Não há desculpa para qualquer pessoa com mais de quinze anos usar esse tipo de truque durante uma discussão. E então, você é o quê?

— Sou contador — diz Mr. Phillips.

— Também sou bom em cálculos — comenta o homem. — Não como se faz hoje em dia, na escola, com aquelas calculadoras. Vivo me perguntando se os jovens sabem somar.

— Eu uso, quero dizer, usava uma calculadora no trabalho o tempo todo.

É com uma ponta de romantismo que Mr. Phillips pensa na calculadora que imprime os números digitados nela, mantendo um registro preciso de qualquer erro ocorrido nos cálculos. Ele sempre imaginara, secretamente, a calculadora envolta por uma aura de glamour profissional, representando um símbolo do mistério do contador, assim como o estetoscópio representa para o médico.

— Que tipo de contador? Trabalha para grandes empresas?

— Eu trabalhava para uma companhia que fornece refeições.

O homem balança a cabeça com expressão de simpatia.

— Negócio errado. Pode acontecer a qualquer um. Duas fontes de renda, é essa a beleza do ramo de revistas. Ganha-se dinheiro com a venda das publicações, e também dos anúncios. Como contador, deve apreciar a elegância do negócio. Além disso, é um negócio baseado em masturbação, que é a fonte de renda mais sólida que existe. As pessoas compram a revista para se masturbar, e outras pessoas anunciam na revista para entrar em contato com as que se masturbam, e é o melhor negócio do mundo, uma vez que todos se masturbam. Não é comum ouvirmos falar sobre isso, mas é a pura verdade. As pessoas costumam dizer que o grande tabu é a morte, mas, na minha experiência, fala-se muito mais da morte do que de masturbação. Talvez as pessoas mais velhas não façam mais com tanta freqüência, mas pode apostar que até mesmo elas fazem, de vez em quando. Provavelmente, até a rainha se masturba. Afinal, temos de analisar as probabilidades. As mulheres mais velhas, por exemplo, atraem principalmente os homens muito jovens. Atrevo-me a dizer que você se lembra dessa fase. Mas homens muito jovens não têm muito dinheiro, certo? Probabilidade ruim. Ouvi dizer que as lésbicas também preferem mulheres mais velhas... — O homem acrescentou em tom pensativo: — Mas esse assunto já está um pouco fora do meu domínio. Devemos nos ater aos fatos que conhecemos.

Mr. Phillips vê-se forçado a admitir que há alguma verdade em tudo o que o outro está dizendo. Ele mesmo nunca se masturba menos que três vezes por semana: em casa, na cama, ou em seu escritório, no sótão, que é o seu lugar predileto, pois lá ele pode trancar a porta e apanhar uma revista, embora ele prefira a posição totalmente horizontal que a cama lhe proporciona à semi-reclinada que sua amada poltrona oferece.

Às vezes ele se masturbava no banheiro de seu escritório, na Wilkins and Co., quando tomado por um impulso irresistível, ou quando Karen lhe parecia particularmente atraente — embora se tratasse menos de uma decisão de momento do que de uma questão do desejo acumulado ao longo de alguns dias, uma pressão familiar e agradável em torno da próstata, um calor nos testículos que finalmente atingia o ponto em que o alívio era exigido. Na opinião de Mr. Phillips, as mulheres provavelmente não se masturbam no banheiro, no trabalho. Na verdade, ele tem certeza disso. Uma vez, ele se masturbou no banheiro da escola de Thomas, durante uma reunião da Associação de Pais e Mestres (seu pênis ficara muito duro, e ele atingira o orgasmo com a rapidez de um adolescente).

Deve existir um punhado de evidências da masturbação de Martin e Tom a serem encontradas em seus lençóis e cestos de lixo, para não mencionar artigos pornográficos escondidos em gavetas e debaixo de colchões, mas Mr. Phillips não quer saber nada sobre isso, e também não consegue sequer imaginar-se formulando procedimentos de detetive através dos quais poderia descobrir tais evidências. Não, definitivamente, ele não quer saber. Seria diferente se ele tivesse filhas? Provavelmente. Mr. Phillips não encontra a menor dificuldade em imaginar-se cheirando calcinhas e interrogando namorados. Com relação aos filhos, ele sente uma sistemática e deliberada falta de curiosidade. Foi com autoridade que ele abriu mão da tarefa de educá-los sobre sexo. Na opinião de Mr. Phillips, esse não é o tipo de informação que alguém deseje ouvir de seus pais. É melhor deixar isso a cargo da escola e das revistas pornográficas. Afinal, o que ele sabe? As instruções que seu próprio pai lhe dera sobre sexo haviam se limitado a um monólogo de cinco minutos, tarde da noite, sobre "a força ser drenada" — uma altamente enigmática alusão à questão dos sonhos eróticos, como Mr. Phillips deu-se conta uma década mais tarde. Na ocasião dessa breve conversa ele já tinha sonhos eróticos havia mais de um ano.

— Preciso ir, agora — diz Mr. Phillips. — Foi um prazer conhecê-lo.

Ele pensa em estender a mão para o homem, mas o momento lhe parece errado para isso. Já se cansou do parque. Os dois caminharam até o gigantesco Buda dourado, no aterro; há quatro Budas no centro da praça, sendo que três deles brilham à luz do sol da manhã. Mr. Phillips olha por cima do ombro do homem, para o Buda mais próximo. Está profundamente adormecido, enquanto seus adoradores o observam com olhar afetuoso. Parece um homem que aprecia o sono. Mr. Phillips tenta lembrar-se de alguma figura de Deus ou de Cristo, adormecidos, mas as únicas de que consegue lembrar-se mostram os discípulos em pânico, durante a tempestade no lago da Galiléia, enquanto Cristo tira um cochilo.

— O prazer foi meu — diz o homem. — Lamento que tenha perdido o seu emprego. Tem o número de meu telefone. Ligue, se quiser conversar outra vez, ou se tiver alguma idéia para revistas. — Quando Mr. Phillips já se afasta, ele acrescenta em voz alta: — E obrigado pelas sugestões com respeito ao tênis.

2.1

Parado na ponte Chelsea, Mr. Phillips observa o Tâmisa. Do outro lado, perto das ruínas de Battersea Power Station, um homem preso a uma enorme tira de borracha está saltando de um guindaste.

Provavelmente, quanto menos segura uma pessoa se sente em sua vida cotidiana, menor a sua necessidade de praticar "esportes radicais". Tais práticas não exercem a menor atração sobre Mr. Phillips. Para isso, ele teria de encarar a gravidade como uma piada, ou uma força benigna, ou ao menos, algo com o que se pode brincar, jogar, sem levá-la muito a sério. Infelizmente, tudo o que Mr. Phillips tem de fazer é olhar para baixo, na direção do ventre flácido e pesado, para sentir o contrário.

O homem cai com o corpo em uma dramática postura de crucifixo, inicialmente acelerando a dez metros por segundo, começando a diminuir a velocidade, quando a tira de borracha estica-se ao máximo, depois de uma queda de vinte e cinco metros e, então, diminuindo ainda mais, até ele chegar a uma parada momentânea, mais quinze metros abaixo; em seguida, a tira de borracha volta a se encolher, e o homem volta a subir, e a extremidade do guindaste é baixada para apanhá-lo. Só de olhar, Mr. Phillips é tomado por sensações estranhas e desagradáveis. Com que freqüência ocorrem acidentes? A possibilidade jamais mencionada de assistir à morte de alguém deve fazer parte da atração, como mostra o número de espectadores em corridas de automóveis e acrobacias aéreas. Cem mil pessoas vão assistir ao Grande Prêmio de Fórmula Um, em Silverstone, todo ano, pagando £95 cada uma. Trata-se de um grande, embora desnecessário, elogio à morte.

Mr. Phillips sofre de, não exatamente medo de altura, mas de algo que torna certas pessoas incapazes de ficar perto de alguma altura, sem imaginar-se saltando ou caindo. É como se a idéia desse tipo de suicídio o pressionasse, toda vez que ele se vê em um lugar alto. E a ponte Chelsea é o tipo de ponte suspensa elegante que ele se imagina capaz de escolher para aquele salto final. Por que algumas pessoas se atiram debaixo de trens, quando poderiam saltar de uma ponte?

É verdade que uma queda dali poderia não matá-lo, apesar de a água ser mais dura, conforme a velocidade com que é atingida. Por alguma razão, Mr. Phillips ouviu isso em um programa científico na televisão, mas já começou a esquecer a informação, mesmo enquanto ainda a ouvia. Supondo uma altura de trinta metros, Mr. Phillips faz seus cálculos e chega à conclusão de que se atinge a água a setenta quilômetros por hora. Portanto, se é mesmo verdade que atingir a água a certa velocidade é como atingir concreto, a colisão seria como bater contra o concreto a setenta quilômetros por hora, o que deveria ser o bastante para matar qualquer um. No entanto, existem outros lugares, mais seguros. A ponte Clifton, outra elegante obra de arte suspensa, com setenta e cinco metros, que resultariam em uma colisão a cento e quarenta quilômetros por hora, que sem dúvida seria fatal. Vale a pena lembrar que, na prática, é impossível cair em velocidade maior que a terminal, que para um ser humano é de duzentos e dez quilômetros por hora e, como demonstra a história, é rápido o suficiente. Beachy Head, outro ponto bastante conhecido, com cento e sessenta metros, facilitaria uma maior aproximação da velocidade terminal. Ponte Severn, outro exemplo clássico, sessenta metros.

Dizem que a pessoa experimenta um momento de medo e, então, é tomada pela mais absoluta calma, ou desmaia. Mas como alguém pode saber? E, evidentemente, a pessoa tem de estar muito além do medo, para tomar tal iniciativa. Do contrário, a idéia de suas canelas penetrando a pélvis poria fim aos planos. O momento do contato, embora rápido, deve, sem dúvida, proporcionar uma fração de segundo de consciência do que está acontecendo. É como na guilhotina, onde deve haver uma fração de segundo em que a cabeça sabe que está se separando do corpo. Mesmo que a queda não o matasse, as águas frias do Tâmisa, correndo mais poderosa e rapidamente do que qualquer pessoa seria capaz de nadar, certamente matariam. A menos que ele caísse na virada da maré, ou aterrissasse sobre um barco que carregasse algo macio, ou fosse coberto por uma grande lona. Que idiota ele se sentiria, se isso acontecesse! E teria de inventar uma desculpa muito boa para acalmar os assustados marinheiros. Eu estava apenas examinado a bela pintura da ponte e, quando dei por mim, estava aqui. Desculpem se os alarmei, ou causei qualquer inconveniência. Imagino que isso aconteça com certa freqüência. Seria possível vocês me deixarem no próximo píer? Ou, espero que não estejam indo para muito longe. Ah, que bom, nunca estive em Amsterdã. Dizem que o bairro dos bordéis é uma beleza!

Mr. Phillips fica ali parado, observando a água pelo que lhe parece muito, muito tempo.

2.2

Mr. Phillips não é um passageiro de ônibus bem informado, e o único itinerário que ele conhece bem é o de seu costume, de Waterloo ao escritório. Enquanto espera no ponto de ônibus junto à ponte Chelsea, ele não tem nenhum plano em particular sobre aonde gostaria de ir. Qualquer ônibus que passe primeiro, e tenha um lugar onde ele possa se sentar, servirá. A única outra aspirante a passageira é uma mulher caribenha de meia-idade, usando uma capa de chuva totalmente inadequada ao clima do dia; ela se parece com as pessoas que batem nas portas das casas de Wellesley Crescent, nas noites de fins de semana, vendendo cópias do jornal das Testemunhas de Jeová. Mr. Phillips pensa em retirar seu próprio livro da maleta, mas antes que tenha a chance de tomar qualquer atitude, um ônibus de dois andares aparece.

É um daqueles ônibus modernos, nos quais se entra pela porta da frente, e se entrega o dinheiro da passagem ao motorista; muito mais lento e difícil de amar que os velhos *Routemasters* com cobrador. Os mais novos, porém, devem ser mais baratos de manter, uma vez que utilizam menos mão-de-obra. O mundo parece diferente, mais frágil, quando pensamos que todos, em todos os lugares, tentam empregar o mínimo possível de pessoas. Mr. Phillips sempre se impressionara com a maneira como os cobradores sabiam exatamente quem havia entrado e saído do ônibus, e quem ainda não pagara a passagem, como se tivessem um mapa constantemente atualizado do ônibus, impresso na mente. Nas ocasiões em que tentara sentar-se imóvel e sem admitir que ainda não pagara a sua passagem, sempre encontrara um cobrador parado ao seu lado, exigindo o dinheiro. Talvez eles fossem treinados para detectar a linguagem corporal da culpa. Se a esposa de um cobrador de ônibus o traísse, ele saberia segundos depois de entrar em casa.

Mr. Phillips sobe os degraus do ônibus atrás da suposta Testemunha de Jeová. Tem uma excelente visão do traseiro grande e estranhamente empinado. Ela exibe um cartão de isenção de tarifa ao motorista. Simultaneamente, como se a visão do cartão houvesse colocado a idéia do dinheiro em sua mente, Mr. Phillips dá-se conta de que não tem moedas. A passagem de Clapham Junction a Waterloo acabou com o seu dinheiro trocado. Mr. Phillips retira a carteira do bolso do paletó, apanha uma nota de dez libras e diz:

— Desculpe.

O motorista olha para a nota depositada na pequena bandeja metálica ao lado de seu compartimento.

— Vai acabar com o meu troco — declara sem se mover.

O motor do ônibus ronca alto, na posição estacionada.

— Não é a minha intenção. Simplesmente, não tenho nenhuma moeda — Mr. Phillips retruca.

— Espera que eu acredite nisso? — o motorista indaga.

— Meu dinheiro não serve para o senhor? — pergunta Mr. Phillips, escolhendo conscientemente partir para o ataque.

— Que barulho metálico foi aquele que ouvi, quando você subia os degraus? — o motorista insiste. — Vai dizer que são suas chaves. É o que vocês, com muito dinheiro, sempre dizem.

— Não tenho muito dinheiro. Tenho dez libras — corrige Mr. Phillips.

O motorista limita-se a fitá-lo em silêncio por um longo momento. Então, aparentemente sem fazer qualquer esforço, uma cascata de moedas cai sobre a segunda bandeja metálica, abaixo da primeira. O motorista estende a mão e segura a nota entre o polegar e o indicador, com ar de irritada delicadeza. Ouve-se um som estridente, e uma passagem impressa surge em uma pequena abertura.

— Oito e sessenta de troco — diz o motorista.

Mr. Phillips apanha o seu troco e o guarda no bolso que, assim como o de todos os britânicos, sofreu grande desgaste depois da abolição da nota de uma libra em favor da moeda. Mesmo gostando da moeda de uma libra, como é o caso dele, Mr. Phillips tem de admitir que ela é prejudicial às velhas calças. Sua moeda favorita é, também, a mais comum: aquela que tem as palavras "DECUS ET TUTAMEN EST" inscritas ao redor. Um ornamento e uma garantia. Supostamente, as palavras se referem tanto à monarquia quanto à escrita em si, pois tornaram as moedas mais difíceis de falsificar. Mr. Monroe é particularmente afeiçoado a essa moeda.

— É uma linguagem espetacular — diz ele. — Apenas quatro palavras, que significam "O Holocausto Jamais Aconteceria Aqui Porque Temos A Rainha E Não Damos A Mínima Para Os Falsificadores", tudo de uma só vez. Devo dizer que considero o lema escocês relativamente decepcionante. O emblema, um cardo, o lema *Nemo me impune lacessit*, "Ninguém Me Fere Com A Impunidade", é um sentimento aprisionado, em comparação.

Sem fitar ninguém nos olhos, dentro da parte inferior do ônibus, Mr. Phillips dirige-se ao deque superior. Quando criança, ele adorava as escadas dos ônibus de dois andares. Uma vez, ele, os pais e a irmã haviam se hospedado em um chalé de férias, onde a escada de madeira em espiral havia sido esculpida no mastro de um navio. A maneira como a escada se contorcia parcialmente, como em uma tentativa de formar uma espiral, o fazia pensar em navios e passagens secretas, guardas trêmulos de frio em postos de vigilância nas altas ameias, dragões, romance...

Depois de subir os três metros e virar duas vezes à direita, Mr. Phillips dirige-se à frente do ônibus, descobre que não há assentos vagos ali e, então, vira-se na direção da parte traseira. É uma regra da etiqueta urbana e dos transportes públicos que um passageiro deve ocupar um banco duplo vazio, sempre que possível, em vez de se espremer ao lado de alguém já sentado. A maioria dos passageiros parece estar a caminho do trabalho. Ele se espreme para sentar-se ao lado de uma mulher vestida com elegância, de expressão mal-humorada, que tem ares de ser a secretária de confiança de alguém muito importante.

Mr. Phillips deixa o seu livro dentro da maleta. A leitura dentro de um ônibus sacolejante provoca-lhe náuseas. Thomas herdou esse gene para enjôos provocados por veículos em movimento, e precisa ser confortado e distraído além de contar com intervalos para descanso, durante viagens de certa duração. Martin, por sua vez, sempre contentou-se em sentar-se no banco traseiro, alegre e feliz, lendo gibis e, ocasionalmente, zombando do irmão caçula ao se oferecer para emprestar-lhe as revistas. Esse é um dos aspectos nos quais as diferenças entre os dois irmãos parecem planejadas e estruturadas, como se o gene da confiança em Martin disparasse o gene da timidez em Thomas, e assim por diante, com outros aspectos como barulhento/

silencioso, gostar da companhia de garotas/preferir a de garotos, entender-se melhor com o pai/a mãe, cor favorita roxo/preto, querer um cachorro/querer um gato. Era como se os dois fizessem leituras um do outro e usassem suas conclusões para determinar sua própria orientação.

O ônibus percorre metade da ponte Chelsea e pára. A paisagem se estende na direção de Canary Wharf, a leste, e além da ponte Battersea, até Hammersmith, na direção oposta. Não há muito tráfego no rio, nesta manhã. Nunca há. Mr. Phillips morou em Londres toda a sua vida, e nunca navegou pelo rio Tâmisa nem uma vez. Trata-se de uma entre uma porção de coisas que ele nunca fez. Não andou de helicóptero nem conheceu alguém famoso, não visitou o Wembley Stadium, o Royal Albert Hall, a House of Commons. Ele nunca fez respiração boca a boca em alguém nem efetuou a prisão de um cidadão. Nunca vira um cadáver até a morte de seu pai, em 1981. No caixão, ele lhe parecera rijo e inesquecivelmente frio.

Sem dúvida, havia um grande número de pessoas no país que jamais vira um cadáver — em termos conservadores, oitenta por cento. Portanto, o número de pessoas que jamais navegara pelo Tâmisa nem vira um cadáver seria grande, também. E, segundo a pesquisa sobre sexo que ele havia comprado secretamente e lido compulsivamente, dois anos antes, apenas trinta por cento dos bretões já havia experimentado sexo anal — um número que lhe parecia surpreendentemente baixo, pois embora para Mr. Phillips a questão não fosse determinada, e sua única experiência, com Sharon Mitchell, acabara com ela aos prantos e ele confortando-a antes de se trancar no banheiro para se masturbar, ele sabia que essa era, em geral, a fantasia número um da maioria dos homens. Na verdade, a fantasia heterossexual masculina mais comum, se ignorarmos a de assistir a duas mulheres fazendo amor entre si, é a de encontrar uma mulher: a) tão disponível para o sexo quanto qualquer homem, ou mais; b) tão rápida quanto um homem para ficar excitada; c) que se satisfaz com a mesma facilidade que um homem; d) adora sexo anal. Somando os números para aquele ônibus, e calculando setenta por cento sem sexo anal, setenta e cinco por cento sem jamais ter navegado no Tâmisa, oitenta por cento sem ter visto um cadáver, e supondo que sejam oitenta as pessoas no ônibus, multiplica-se setenta por cento por setenta e cinco por cento por oitenta por cento, para chegar a quarenta e dois por cento, e chega-se ao resultado de que trinta e três ponto seis pessoas no ônibus nunca navegaram no rio londrino, nem viram um cadáver, ou experimentaram sexo anal. Graças a Sharon, Mr. Phillips encontra-se no subgrupo relativamente suave e experiente que só não navegou no Tâmisa. Ele viveu.

Aproximadamente metade das pessoas no ônibus está lendo livros e jornais; os outros estão perdidos em transes fascinantes de simplesmente ser. Presumivelmente, abandonaram-se aos pensamentos de "a caminho do trabalho", ou "o que direi a ele se ele disser", ou aos seus sonhos de "como ele se atreve" ou "como vou transar com ela sobre a fotocopiadora", ou ainda "quando chegar a casa, direi a ele". Assim como às fantasias costumeiras sobre sexo, poder, reconhecimento e vingança. Um homem sentado do outro lado do corredor estreito está fitando o vazio, enquanto conversa silenciosamente consigo mesmo. Há, senão um sorriso, uma leve curvatura nos cantos de seus lábios. Parece que ele está ensaiando um longo discurso, em triunfante autojustificativa.

Imediatamente ao lado de Mr. Phillips, a mulher de expressão mal-humorada lê a coluna de astrologia de um jornal de domingo, com atenção aparentemente profunda, parecendo não se concentrar em nenhum signo específico, mas estudando todos eles com igual rigor. Ela não parece ser uma leitora regular de jornais. Mr. Phillips pergunta-se se ela é uma cética à procura de contradições, ou se tem muitos filhos e parentes próximos e quer monitorar as previsões para cada um deles. Ou, talvez, ela seja uma órfã, cuja certidão de nascimento tenha se perdido, tentando descobrir em que mês nasceu, por meio do método nada científico de examinar todos os horóscopos e correlacioná-los ao que aconteceu a ela. Ou, então, ela é simplesmente muito interessada em astrologia. Ela percebe que Mr. Phillips a está observando, e ergue ligeiramente o jornal, tornando mais difícil para ele examinar o que ela está lendo. Na página oposta do jornal da mulher mal-humorada, ele avista uma história sobre Clarissa Colingford, noticiando algo sobre um noivado secreto. Ela é famosa por ter problemas com o namorado, por ter vários namorados, namorados que são surpreendidos com outras mulheres, esse tipo de coisas. Porém, não há a menor possibilidade de Mr. Phillips saber mais sobre essa última história, a menos que ele, simplesmente, arranque o jornal das mãos de sua vizinha.

O ônibus, finalmente, chega ao final da ponte Chelsea, e começa a tentar virar à direita. Em seu interior, surge um pequeno movimento de pessoas tentando se levantar, buscando equilíbrio, plantando os pés no chão, alertando os vizinhos. Os passageiros mais experientes esperam até que o ônibus tenha dobrado a esquina, no final da ponte, antes de se levantarem, enquanto os neófitos são atirados de um lado para o outro, como bolinhas de fliperama, enquanto o ônibus sacoleja à direita. Aproximadamente um terço dos passageiros do ônibus desembarca junto à torre de incineração, em frente a Chelsea Gardens. O assento em frente a Mr. Phillips encontra-se, agora, desocupado. Por um momento, ele se pergunta se mudar para lá seria uma crítica implícita à outra pessoa sentada no banco duplo; então, ele decide que se sua mudança fizer com que ela se preocupe com a possibilidade de ser feia e/ou ter mau hálito, melhor, já que ela fora tão antipática com relação à sua tentativa de espiar a coluna de astrologia do jornal dela. Além do mais, ela provavelmente trabalha para um traficante de armas, ou para uma figura do tipo sr. Wilkins, ou qualquer coisa assim. Mr. Phillips muda-se para o assento à frente, em uma tentativa frustrada pelos seus cinqüenta anos de idade de se mover com os gestos sutis e suaves de uma pantera. A mulher da astrologia abre totalmente o seu jornal, ocupando com os braços os dois assentos, além de exibir expressão de complacência. Um homem de meia-idade, do oeste da Índia, usando um chapéu enorme, sobe a escada, seguido por uma colegial vestindo uniforme escolar completo: paletó cinza-escuro, camisa cinza-clara, saia curta azul-escura, rabo-de-cavalo, meias brancas, sapatos pretos e mochila. Eles se dirigem para a parte traseira e dianteira do ônibus, respectivamente. A garota senta-se no primeiro banco, onde se tem uma vista espetacular e nenhum espaço para esticar as pernas. Parcialmente à mostra, no bolso do homem, está uma cópia envelhecida de "Aprenda Tâmil Sozinho".

Como o ônibus está momentaneamente parado, Mr. Phillips pode ouvir a conversa das duas mulheres sentadas à sua frente.

— Não sei como ela consegue se safar — diz a mulher da esquerda, com sotaque irlandês. — Se você ou eu fizéssemos isso, seríamos presas.

— E ela não é mais jovem do que nós.

— É mais velha.

— Que horror!

— E não podemos dizer que isso a torne ridícula — diz a primeira, com uma ponta de inveja na voz, antes que o ônibus retome o movimento e o ronco do motor volte a abafar a conversa.

Mr. Phillips consulta o seu relógio de pulso, um Ômega banhado em prata, com algarismos romanos, que seu pai lhe deu de presente quando ele passou nos exames finais da faculdade. Quando Mr. Phillips retirou o relógio de dentro de sua caixa e ergueu os olhos, sorridente, para agradecer ao pai, ele, de braços cruzados, dissera simplesmente:

— Isso mesmo.

Na ocasião, isso parecera a coisa mais natural para se dizer; ou, ao menos, Mr. Phillips acreditou ter compreendido. Agora, ele às vezes olhava para o relógio e se lembrava das breves palavras do pai, perguntando-se se haviam significado "isso mesmo", está encerrada a questão do presente de formatura; ou "isso mesmo", você é um adulto, agora, e precisa ser pontual; ou "isso mesmo", os dias de exames ficaram para trás; ou "isso mesmo", você nunca consultará o relógio para saber as horas, sem se lembrar de seu pai. Talvez, as palavras houvessem, na verdade, significado "vou morrer, um dia". Às vezes, quando olha para seu relógio, Mr. Phillips é invadido por uma lembrança tão nítida, que chega a sentir a barba crescida no queixo do pai, ao abraçá-lo, assim como o cheiro suavemente azedo de picles em seu hálito. E, outras vezes, ele apenas olha para o relógio e pensa: "Ah, faltam cinco para as duas".

Agora, porém, são dez e cinco. O expediente na Wilkins and Co. já está em pleno andamento. Quando era jovem, Mr. Phillips gostava de chegar tão atrasado quanto possível sem perder o emprego, e era mais do que relutante em se levantar da cama. Atualmente, ele gosta, ou gostava, de estar sentado à mesa de seu escritório às nove e quinze, ou nove e meia, no máximo; gostava de começar a trabalhar quando ainda se sentia ligeiramente atordoado, ainda envolto pela fina névoa do sono. Havia algo reconfortante em estar sentado à sua mesa, abrindo a correspondência, com leves vestígios de sono emanando dele, como a fumaça que se erguia da sua primeira xícara de café do dia. Essa xícara seria entregue a ele por Karen, se ela já houvesse chegado, ou preparada pelo próprio Mr. Phillips, se ela houvesse se atrasado durante o trajeto, ou em casa. (Existe um homem na vida dela. Mais do que isso, Mr. Phillips não sabe, e não quer saber.) Karen costumava parecer ligeiramente corada, pela manhã. Talvez fosse algo relacionado à maquiagem, ou ao despertar, ou ainda, à atividade sexual apressada, sua lembrança trazendo um brilho rosado às faces claras. E o café preparado por ela era muito mais saboroso do que aquele preparado por Mr. Phillips, o que era um mistério, uma vez que era feito precisamente segundo a mesma receita (duas colheres de café instantâneo Gold Blend, água de primeira fervura, uma colher de leite em pó desnatado).

Às dez e meia, esperava já ter lido sua correspondência e ditado respostas para a maior parte delas. Ele ainda carrega o seu *Dictaphone* consigo — está em sua maleta, nesse exato momento —, embora o aparelho seja, estritamente falando (ou mesmo não tão estritamente), propriedade da companhia. No entanto, há um componente tão pessoal naquele pedaço de metal e plástico, que ele se sentiu obrigado a mantê-lo consigo e levá-lo para casa. A minúscula fita cassete do *Dictaphone* contém, agora, respostas a memorandos que jamais serão datilografadas, assinadas e despachadas, cartas que nunca serão enviadas, advertências e desculpas que desaparecerão no limbo eletrônico da fita cassete apagada. Mr. Phillips retira o *Dictaphone* da maleta, aproxima o falante do ouvido e pressiona *Play*.

— Resposta ao memorando enviado pelo sr. Street, do Departamento de Administração. — Mr. Phillips ouve a própria voz, no tom baixo, íntimo e urgente que sempre usou em seus ditados. — Verificar se o memorando anterior incluiu cópia para o sr. Mill.

O memorando original deveria ter sido enviado ao sr. Mill, caso ele não fosse tão irremediavelmente inclinado a não tomar qualquer atitude a respeito de coisa alguma.

— O memorando começa:

"Existem dificuldades pertinentes à proposta de economizar dinheiro, mudando para uma marca mais barata de papel... papel com... vamos dizer, simplesmente, Post-it, Karen. Ponto. Na verdade vírgula Post-it é uma marca registrada e, portanto, não há marca mais barata, mude para marca mais razoável, disponível no mercado ponto. Ao que parece, o Post-it foi inventado por um engenheiro desempregado, na América ponto. No momento, o orçamento para esse item de papelaria vírgula que custa quarenta e nove centavos, cada pacote pequeno vírgula é de quinze mil libras ponto. Sugiro que um memorando seja enviado pela Administração, informando os funcionários desse fato vírgula e avisando que o livre acesso aos armários de artigos de papelaria acabará se tornando uma coisa do passado, se o consumo de materiais de escritório não puder ser controlado ponto. Fim do memorando."

Mr. Phillips desliga o *Dictaphone* e o afasta do ouvido. Seria muito bom ter sido o homem que inventou o Post-it, e sentir sua riqueza se acumular, em pequenas mas visíveis doses, cada vez que alguém arrancasse o pequeno papel amarelo do bloco e o colasse sobre a mesa de outra pessoa. Agora, ninguém na Wilkins and Co. jamais saberá de seu plano de economizar sete mil e quinhentas libras, equivalente a quase um quarto de seu próprio salário anual, de impedir os funcionários de roubar tanto material de escritório para uso próprio. Mr. Phillips está plenamente consciente de que isso acontece, pois ele mesmo o faz. Nos tempos em que a sra. Phillips dava aulas à noite, toda a família costumava se comunicar basicamente por intermédio de Post-it roubado da Wilkins and Co.

"O frango está assando, sob controle do *timer*. Não toquem em nada. Beijos Mamãe."

"Não levei uma xícara de chá para você, esta manhã, porque você parecia precisar de uma hora extra de sono. Acabaram-se os sacos de lixo."

"Martin: o aparelho de som ainda estava ligado, quando cheguei em casa, ontem à noite, e estava muito quente. QUANTAS VEZES PRECISO LEMBRÁ-LO DE DESLIGAR O APARELHO, ANTES DE IR DORMIR?"

"Papai, o torneio foi adiado para o domingo, daqui a duas semanas, devido à epidemia de gripe. Você pode me dar uma carona, assim mesmo? Thomas."

Essa poderia ser uma maneira de informar a sra. Phillips do que acontecera.

"Querida: provavelmente, chegarei tarde esta noite, pois ficarei andando por aí, sem destino certo, porque fui despedido na semana passada. Não espere acordada. Amor Victor."

A grande vantagem desse método seria o fato de ele não ter de estar presente, para ver a reação dela, ou — mais provavelmente e mais dolorosamente — a cuidadosa falta de reação dela, seguida pela tentativa de agir como se estivesse tudo bem. Conhecer uma pessoa tão bem, a ponto de antecipar suas reações à maior parte das coisas, deveria tornar essas reações mais fáceis de suportar, mas na prática acontece exatamente o contrário.

2.3

O trânsito arrasta-se lentamente ao longo do aterro. Mr. Phillips gostaria que o ônibus seguisse mais depressa, pois assim haveria uma variedade de distrações muito maior. Do outro lado da rua, a calçada está movimentada com os últimos corredores da manhã, alguns dos quais, homens em excelente forma física carregando pequenas mochilas, estão claramente correndo para o trabalho. Um grupo de doze gurcas, vestindo camiseta verde-oliva e short, passa correndo em formação rígida, aparentemente dirigindo-se ao Acampamento Chelsea.

Aproximadamente trezentos e sessenta metros adiante da ponte Chelsea, o ônibus volta a parar. Ocorre a pausa habitual, enquanto as pessoas procuram por suas moedas para pagar a passagem e, então, o ônibus segue viagem. Nesse momento, um homem maltrapilho, evidentemente um vagabundo, chega ao topo da escada. Veste um terno velho e amarrotado, cuja calça é grande demais, e o paletó, pequeno demais, de maneira que ele parece prestes a estourar todas as costuras, caso decida flexionar o tronco. A calça é impedida de cair por uma corda amarrada à cintura. A camisa um dia já foi rosa ou laranja. Ele usa sapatos com as solas descolando e sem cadarços, é óbvio que não se lava nem faz a barba, há algum tempo, e seu rosto exibe uma estranha tonalidade purpurea. Um odor de álcool, ou talvez terebintina, emana dele. Ele carrega três sacolas de plástico muito cheias. Poderia ter qualquer idade, de trinta a setenta anos.

Mr. Phillips sente que todos os ocupantes do deque superior do ônibus estão rezando para que o homem não se sente ao seu lado. Como se tivesse consciência de seu grande momento à luz invisível de refletores igualmente invisíveis, o vagabundo pára no topo da escada e, lentamente, passa os olhos por todo o deque superior do ônibus. Mr. Phillips concentra-se em não fazer contato visual e, ao mesmo tempo, fingir-se entediado e impossibilitado de ser provocado. O recém-chegado dá dois passos na direção da parte traseira e, então, com inesperada leveza, faz meia-volta e se dirige à parte dianteira, batendo em um lado e outro do corredor estreito, enquanto caminha. Com terrível inevitabilidade, ele vai até o primeiro banco e se senta, com uma sonora combinação de suspiro e tosse, ao lado da garota de uniforme escolar.

Não é comum, pensa Mr. Phillips, ver vagabundos em ônibus. Provavelmente devido à despesa. No metrô, eles são vistos o tempo todo, especialmente na Linha Circular, onde eles podem se locomover o dia inteiro pelo preço de uma única passagem, passeando pela capital como turistas em excursão. Os loucos também são vistos o tempo todo, no metrô. Aliás, depois de certa hora da noite, o metrô parecia ser habitado inteiramente pelos loucos, pelos bêbados e pelos apavorados.

Mr. Phillips pergunta-se como seria tornar-se um vagabundo. Se, por exemplo, ele não voltasse para casa naquela noite, mas simplesmente passeasse de metrô até fechar, observando o movimento de tipos humanos ao longo do dia — as pessoas indo para o trabalho pela manhã, os trabalhadores do turno da tarde, os turistas com mochilas nas costas e mapas e guias e perguntas, as pessoas cuidando de suas vidas, os inclassificáveis em viagens de todos os tipos, os estudantes, as prostitutas, as enfermeiras, os atores, todos aqueles que trabalham em horários estranhos... Então, ao final da tarde, as pessoas voltando do trabalho, penduradas nos pingentes e agarradas aos postes dos vagões, reunidas em bandos, deixando o centro da cidade como uma multidão disciplinada, fugindo de um desastre, Mr. Phillips confortavelmente instalado em um assento de canto do qual ele tomou posse no meio da manhã, quando o movimento diminui, oscilando entre cochilos, devaneios e períodos em que sua atenção se perde, assim como acontece aos computadores da Wilkins and Co. Então, viria o êxodo reverso, para as diversões noturnas, como cinemas, teatros, bares e restaurantes, seguido pelo movimento das altas horas da noite, dos poucos passageiros, os esquisitos, que utilizam os poucos trens em serviço, durante suas últimas horas de funcionamento, até uma da madrugada. Então, Mr. Phillips iria para um dos grandes terminais ferroviários — provavelmente não Euston nem King's Cross (repletos de escoceses, traficantes, prostitutas, cafetões, e tudo mais). Victoria, por exemplo, onde ele tentaria encontrar um lugar para dormir, ou ao menos onde pudesse se sentar pelo resto da noite. Mais adiante, em sua carreira de vagabundo, ele teria maior conhecimento sobre os refeitórios para população carente, abrigos noturnos. Aprenderia a viver assim.

No dia seguinte, depois de sua primeira noite nas ruas, ele estaria mais maltrapilho, mais pobre — obviamente, não haveria como sacar dinheiro do banco, sem revelar o seu paradeiro. E, à medida que os dias fossem passando, ele se tornaria mais e mais integrado à sua nova vida. Cansando-se facilmente com uma breve excursão para fora do metrô, ele se sentaria junto a um muro, ao lado de uma passagem para pedestres, a fim de descansar e, quando estivesse ali sentado, um passante jogaria uma moeda em seu colo, e ele teria se tornado um pedinte, um mendigo. Ao longo dos dias e semanas seguintes, ele desenvolveria uma rotina de vagabundo, determinando os lugares para se sentar e onde dormir; acabaria se tornando invisível, de maneira que mesmo alguém que o conhecesse e passasse por ele — como o sr. Wilkins ou o sr. Davis-Gribben, o vizinho, ou até mesmo a sra. Phillips, não o reconheceria. A idéia seria esconder-se, estando em plena evidência, simplesmente dissolver-se na cidade, como uma gota de chuva em uma poça. Seria uma versão do que os homens na Índia fazem, ganhando o suficiente para garantir o sustento de sua família, antes de partir para se tornar um *sanyassin*, um homem santo, livre das ligações terrenas; livre de família. Viver sem amor, seria essa a idéia.

O vagabundo na parte dianteira do ônibus parece estar tentando conversar com a colegial. Ao menos, ele está produzindo ruídos na direção dela, enquanto ela olha pela janela tentando ignorá-lo, a pobrezinha. Trata-se de um risco diário da vida na cidade, ser abordada por gente louca e esquisita. Quando Thomas jogava no time campeão de futebol subonze de St. Winifred, seus jogos atraíam um espectador regular, que usava um longo casaco verde impermeável, combinando com um chapéu de feltro, decorado com três penas nada discretas, que pareciam ser trocadas toda semana por outras, recém-arrancadas de seus proprietários originais. O homem estava sempre sorrindo, como se houvesse acertado na loteria, ou de cenho franzido, como um vigário enfurecido, prestes a se lançar em um sermão, no qual denunciaria tudo o que via. Ninguém sabia quem ele era. Quando Eric Harris, pai de Wayne, o franzino zagueiro do time, o confrontou, ele disse apenas:

— Não há muito o que eu possa revelar. Trabalho para um dos grandes times, os times realmente grandes.

— Louco — foi a conclusão de Eric.

— Mas ele é perigoso? — perguntou o sr. Slocombe, cujo filho, Grant, usava óculos e era o controvertido goleiro — excelente na defesa de bolas rápidas e certeiras, mas muito fraco em jogadas de cruzamento.

Mr. Harris refletiu sobre a pergunta por um momento, enquanto os dois times continuavam correndo pelo campo, sob os gritos de seus pais.

— Não!

Tal veredicto acabou se comprovando como verdadeiro. O homem aparecera em todos os jogos de uma temporada inteira e, então, nunca mais fora visto outra vez. Ao final daquela temporada, Mr. Phillips havia chegado à conclusão de que, se comparado a muitos dos pais, que gritavam ordens a seus filhos para que fizessem esforços sempre maiores e mais violentos, a presença do pobre louco era estranhamente reconfortante.

A garota sentada no primeiro banco do ônibus parece estar chegando a uma conclusão semelhante sobre o vagabundo sentado ao seu lado. Ele lhe disse algo que a fez rir e, agora, ela conversa com ele, aparentemente alegre. Na verdade, está sorrindo e rindo de tudo o que ele diz. É fácil perceber que ser um vagabundo engraçado oferece uma grande vantagem sobre os outros vagabundos, e Mr. Phillips reconhece esse fato. O humor é uma grande ajuda em qualquer situação da vida.

Mr. Phillips está no ônibus há, aproximadamente, meia hora. Nesse período de tempo, percorreu, no máximo, novecentos metros. Seu corpo parece envolto por uma grossa camada de calor; quando ele muda de posição no assento, uma lufada úmida e íntima de suor escrotal atinge suas narinas. Mas, depois de ter permanecido imóvel durante vários minutos, o ônibus finalmente consegue passar para a pista da direita e ultrapassa o obstáculo que está bloqueando o tráfego. Trata-se de um imenso buraco no asfalto, cercado por cobertura de plástico do qual a água jorra para a superfície da rua. Um grupo de trabalhadores encontra-se reunido em torno do buraco, todos usando coletes e capacetes de segurança cor de laranja fluorescente. Teria estourado um dos canos principais de fornecimento de água? Provavelmente, o problema relaciona-se com aqueles muitos quilômetros de velhos, deteriorados e fedorentos esgotos vitorianos, cada um deles repleto de tudo o que se possa imaginar: restos de comida, lixo de enxurrada, sacos plásticos, absorventes, sapos de estimação, gordura de cozinha coagulada, tudo o que as pessoas jogam na privada para então dar a descarga, sem esquecer, é claro, toda variedade imaginável de urina e excrementos. O louco professor de Educação Religiosa da escola, sr. Erith, cujos alunos costumavam ouvir incrédulos, e tentando não rir, enquanto ele discursava sobre o seu tema favorito, o pecado (ele era o único professor na história do ensino para quem a palavra "pecado" era um detonador infalível, que levava a um discurso de quarenta minutos ininterruptos) — o sr. Erith gostava de citar para seus corados e chocados pupilos as palavras de Santo Agostinho de que nós nascemos *inter urinam et faeces*.

— Não se deixem enganar ou ser levados a pensar que essas palavras não passam de termos técnicos — o sr. Erith acrescentava, com sua estatura, largura e terno pouco clerical, que se somavam tanto à comédia quanto à ameaça que ele sempre projetava.

Havia rumores, típicos da imaginação fértil de garotos de escola, sobre o sr. Erith, e todos continham aquela combinação de ridículo e sinistro. Ele havia sido um capelão do Exército, expulso depois de se tornar violento e matar um grande número de alemães, arrancando-lhes com as próprias mãos membro por membro. (Mr. Phillips fizera os cálculos, e essa história não apresentava consistência — o sr. Erith, com trinta e poucos anos, no final da década de 50, teria sido um dos raríssimos padres adolescentes do Exército britânico.) Ele havia sido um arremessador de discos olímpico, que abandonara o atletismo para atender ao chamado de Deus, antes de ser abandonado por Deus e deixar o seminário para se tornar professor. Ele havia sido expulso da escola de padres por organizar sessões espíritas. Ele havia sido expulso por ter espancado outro seminarista, depois de uma discussão sobre teologia e/ou mulheres. Ele havia sido expulso por ter espancado o diretor da faculdade, que havia fraudado os exames para que ele fosse reprovado, porque o diretor havia descoberto que ele tinha um caso com sua esposa. Eram esses os tipos de rumores.

— *Urinam et faeces*. Isso é linguagem popular. "Mijo" e "merda". Todhunter, gostaria de contar a todos o motivo de seu riso?

Uma gargalhada involuntária escapara da garganta de Todhunter, que era conhecido por sua incapacidade de conter o riso.

— Não, senhor.

O sr. Erith exibiu um de seus raros e desconcertantes sorrisos. Seus dentes eram de um amarelo intenso, da cor de marfim amadurecido.

— Bom. *Inter urinam et faeces*. E é assim que vivemos, também, acima de uma superestrutura apodrecida de esgotos. Pensem na quantidade de lixo horroroso evacuado do edifício desta escola, todos os dias. Os canos rangem e vergam ao seu peso. O encanamento trabalha em sua capacidade total, para processar todas as suas execráveis emanações. Então, multipliquem isso pelo número de edifícios semelhantes em Londres. Em seguida, somem as residências particulares, as chamadas conveniências públicas, as calhas e urinóis e todos os tipos de condutores subterrâneos das duas substâncias de Santo Agostinho, cujos nomes não voltarei a mencionar, uma vez que Todhunter parece incapaz de se conter diante do som de tais palavras. Então, com essa imagem muito nítida em suas mentes, compreendam que isso não é um centésimo, nem um milésimo ou um milionésimo, tão repulsivo quanto o que Deus vê, quando olha para nós e vê os nossos...

Nesse ponto, o sr. Erith bateu o punho pesado na mesa, de maneira que os porta-lápis e porta-giz saltaram no ar, e ele ergueu a voz em um rugido rouco:

— ...PECADOS.

Ele estava ofegante. O resultado desse discurso era que Mr. Phillips pensava no velho professor de Educação Religiosa, toda vez que o assunto dos esgotos de Londres vinha à tona. "Fedorentos esgotos vitorianos de Londres", era como sempre eram chamados.

O vagabundo sentado no primeiro banco deve estar, tem de estar, certamente parece, muito fedorento. Ele tem a camada, já aderida à pele, da sujeira que vem da vida difícil. Não que isso pareça afastar a colegial e, no momento, os dois parecem estar se entendendo maravilhosamente bem. Quase tudo o que o vagabundo diz parece reduzi-la às gargalhadas incontroláveis. Por outro lado, quando ela fala, ele se inclina para ela "fascinado por cada palavra". "Se conseguir fazê-las rir, já tem meio caminho andado", Mr. Phillips ouviu, uma vez, o conquistador confiante, Martin, confidenciar ao tímido Thomas, no banco traseiro do carro, quando voltavam de uma festa para casa. O vagabundo parece estar seguindo a mesma filosofia. Suas axilas e roupas manchadas de suor devem exalar só Deus sabe que tipo de odores; mas a garota não parece importar-se. Na verdade, explodindo em gargalhadas com o último comentário dele, ela se inclina para a frente e aplica-lhe um amigável tapinha na coxa, como se implorasse para que ele parasse, antes que ela quebrasse as costelas, de tanto rir. Trata-se de um gesto inadequado a uma colegial, além de inesperado, embora não tão inesperado quanto o que se segue, quando o vagabundo, decidindo aproveitar seu dia de sorte, beija-lhe a face, quando ela se vira.

Apenas dezesseis anos, e nunca foi beijada, Mr. Phillips pensa sem qualquer relevância, mas então sente a sua calma e compreensão da vida escorregarem por entre seus dedos. A garota está de cabeça baixa, corada, mas sem demonstrar contrariedade diante do que acaba de acontecer. O mesmo não pode ser dito a respeito do restante dos passageiros no deque superior. Ouvem-se resmungos abafados, respirações subitamente profundas, todo tipo de som de consternação. As duas mulheres sentadas à frente de Mr. Phillips sussurram palavras incompreensíveis, com olhares chocados, uma para a outra. Então, elas ficam silenciosas e rígidas, quando o vagabundo estende a mão, com inesperada delicadeza, e vira o rosto da garota para si, e começa a beijá-la com paixão. Uma voz vinda da parte traseira do ônibus, obviamente angustiada, emite um grito involuntário: "Não!" Uma outra pessoa balbucia: "Alguém tem de impedi-lo!" No entanto, a pessoa mais intimamente envolvida, a colegial, evidentemente não quer impedi-lo. Ela retribuiu os beijos do vagabundo com ardor; pelos movimentos das faces e mandíbulas de ambos, pode-se dizer que o beijo é "de verdade". Mr. Phillips sente uma ponta de náusea, como sempre acontece quando vê duas pessoas se beijando — atores em cena já é ruim o bastante, mas pessoas reais são sempre piores. Trata-se de algo relacionado à textura das línguas, seus movimentos tortuosos, parecidos aos de um caracol, além da idéia de bocas alheias; afinal, ninguém quer explorar a boca de uma outra pessoa em teoria, apenas na prática. Na Grimshaw's, os contadores mais jovens costumavam passar o tempo com um jogo popular, chamado "Você Prefere", envolvendo a invenção de alternativas fantasticamente repulsivas:

— Você prefere — perguntava uma voz, geralmente no bar, depois do trabalho — chupar o muco do bigode do sr. Wink, ou que a horrorosa Patty (a secretária de cento e vinte quilos do patrão) se sente sobre seu rosto e solte um peido?

Para Mr. Phillips, grande adepto da prática do beijo, a idéia do beijo em teoria tem um toque de "você prefere".

Aqueles dois não parecem enfrentar a mesma dificuldade. O vagabundo e a colegial estão, agora, ostensivamente engajados no que só poderia ser descrito como um "amasso". Uma das mãos dele segura com firmeza a nuca da garota. A outra mão está fora de vista, em algum outro lugar do corpo dela. Os olhos da menina estão fechados, seus braços enlaçam o vagabundo. Felizmente, o ônibus está fazendo barulho demais para que qualquer grito ou gemido seja audível. Mr. Phillips não sabe o que pensar.

Continua olhando diretamente para a frente, um pouco à direita do casal, mas a imagem deles é nítida em sua visão periférica.

— Deveria haver uma lei contra isso! — ele ouve uma das mulheres sentadas à sua frente dizer, e reconhece que ela experimenta um êxtase de puritanismo ultrajado.

O ônibus pára. Encontra-se bem adiante, no aterro, um pouco ao sul de Victoria Station. O vagabundo e a colegial parecem ter chegado a algum tipo de acordo. Os dois se levantam juntos, rindo alegremente e apoiando-se um no outro, e dirigem-se à escada, que a garota desce primeiro, a mão estendida para trás, para o vagabundo, que parece muito mais jovem e mais feliz do que parecia quando embarcou no ônibus, mas ainda tão imundo quanto antes. Uma profunda sensação de alívio toma conta dos passageiros, e Mr. Phillips partilha tal sentimento. Ele ouve alguém murmurar: "Nunca imaginei que, um dia, veria algo assim", e arrisca um olhar pela janela, na direção do feliz casal que, agora, caminha com passos leves pela calçada.

Mr. Phillips desembarca dois pontos à frente. O trânsito continua lento, e ele sente a necessidade de se locomover em um ritmo mais humano. Um grupo de passageiros parece ter tomado a mesma decisão, e saltam para as ruas com suas maletas, sacolas, jornais e paletós. Um grande número de pessoas caminha pela calçada, na mesma direção em que o ônibus seguia. Muitos são turistas. Mais adiante, ônibus param para deixar passageiros, e táxis fazem o mesmo; em resumo, um turbilhão de pessoas e veículos. Mr. Phillips dá-se conta de que está muito perto da Tate Gallery. Na verdade, estreitando os olhos à frente, descobre que uma fila organizada dirige-se lentamente à estrutura em forma de tenda ao lado do edifício principal da galeria. Acima da tenda, um cartaz anuncia uma exibição chamada *Manet*, informando datas, horários e preços.

É incomum ver tantas pessoas carregando alegremente suas mochilas, como se elas fossem credenciais de liberação e capacidade de ir a qualquer lugar, fazer qualquer coisa, sem qualquer constrangimento. Para qualquer um com idade aproximada à de Mr. Phillips, as mochilas são objetos de lona, pesados e incômodos, associados a estar no Exército, com sua específica ausência de liberdade e capacidade para se fazer o que se gosta. Mesmo em St. Aloysius, onde havia menos mochilas do que na maioria das escolas, elas ainda eram associadas a extremo tédio e cansaço. (Mr. Phillips servira como cadete, e se revelara muito bom nos treinamentos, o melhor do grupo daquele ano. Bastava fazer o que lhe diziam.)

Um garoto alto, na fila, carrega uma pequena mochila rosa, de alças amarelas e a palavra *sexy* bordada em lantejoulas verde-limão. Seus cabelos foram rapados nas laterais da cabeça, e ele usa uma camiseta, cujas mangas foram arrancadas. Parece estar em excelente forma física, ou ao menos, em tão boa forma quanto Mr. Phillips estava no final dos seus tempos de escola, quando desfrutara de forma física melhor do que em qualquer outra época de sua vida. Passando pela fila, está uma garota do andar de baixo do ônibus. Ela está vestindo a saia mais curta que Mr. Phillips já viu; é tão curta que a curva inferior de suas nádegas é perfeitamente visível logo acima das coxas. Naquele ponto, a pele é ligeiramente manchada, não por nódulos de celulite, pois ela é jovem demais para isso, mas com uma textura estranha, enrugada como a pele de uma galinha. Ela usa tamancos e uma camiseta rosa. Os cabelos castanhos são tão curtos que é possível distinguir a proeminência de sua primeira vértebra. A aparência dela provoca em Mr. Phillips uma ponta de inveja pelo fato de as garotas de seu tempo de juventude não se terem vestido assim. Ao mesmo tempo ele sente uma onda de alívio, pois se as garotas do seu tempo costumassem usar roupas como aquelas, ele jamais teria conseguido reunir a coragem necessária para conversar com elas. Em vez de caminhar calmamente, ela praticamente corre pela calçada, fazendo alguns gestos de alisar a saia, pela qual parece um pouco constrangida, com toda razão. Talvez, ela tenha crescido desde a última vez em que a vestiu.

— Roupas são um sinal de pecado, não porque escondem a nossa nudez criada por Deus, mas porque provocam desejo — diz uma mulher caribenha, imediatamente atrás de Mr. Phillips.

Ele se vira de pronto, e depara com a Testemunha de Jeová, que o vira observar a garota e, agora, fitava-o com indisfarçada hostilidade.

— Desculpe — murmura Mr. Phillips.

A maioria dos jovens parece ter chegado ali de maneira independente, a pé, ou em transportes públicos. Os mais velhos chegam em grupos, em pequenos ônibus fretados. Um casal de setenta e poucos anos, aparentemente muito acostumados um com o outro, apóiam-se um no outro, ofegantes, enquanto se recuperam do esforço de descer os degraus do ônibus. Nos degraus que levam ao museu, dezenas de jovens de aparência estrangeira (pele mais escura, roupas diferentes), estão sentados conversando, fofocando, fumando, brincando uns com os outros, examinando guias da cidade e seções de passeios e diversões de revistas, comendo salgadinhos e sanduíches, bebendo refrigerantes, ou simplesmente fitando o vazio. Uma garota, cujos cabelos pretos e lisos formam um semicírculo nas pontas, como se colocassem seu rosto entre parênteses, assopra metodicamente um chiclete de bola. Mr. Phillips lembra-se bem da sensação de esperar que algo aconteça, tão forte quando somos jovens, e tão difícil de recuperar mais tarde, assim como do tédio, que chega a parecer uma dor física, mas é impossível de se recuperar através da memória.

Muitas das pessoas sentadas na escada parecem ser pouco mais que crianças. São, com toda certeza, muito mais jovens do que Mr. Phillips era quando finalmente teve liberdade comparável àquela. Quando Martin partira em sua primeira viagem de férias, na companhia de amigos, aos dezessete anos, Mr. Phillips sentira uma ponta de medo e tristeza por sua juventude e vulnerabilidade. Dois anos (que mais pareciam dois minutos) depois, ele viajava de trem por toda a Europa, sozinho, fazendo quem saberia o quê, quem saberia onde, quem saberia com quem. Fora um momento muito difícil para Mr. Phillips e para a sra. Phillips, cuja paciência havia sido testada até o ponto da destruição, durante os anos de adolescência de Martin. O que começara tarde, pois ele fora agradável e amável até os quinze anos... e, então, compensara o tempo perdido com intensidade vulcânica. A ansiedade que o casal Phillips sentia quando ele viajava era um bem-vindo lembrete de que, na verdade, apesar de tudo, eles o amavam. Fora naquela ocasião que Mr. Phillips se dera conta de que, quando somos crianças, nós ocasionalmente desejamos ou fantasiamos a morte de nossos pais, mas o contrário não é verdadeiro.

A viagem de seis semanas de Martin rendera a seus pais quatro cartões-postais, cada um deles trazendo consigo imagens preocupantes, específicas e nítidas (Amsterdã: drogas! Copenhague: Aids! Berlim: *skinheads!* Atenas: poluição!), e um único telefonema, de uma vila na Grécia, onde o único telefone público estava com defeito e, por isso, permitia às pessoas telefonar para qualquer lugar do mundo, de graça. Martin voltou com uma barba bem aparada, que incluía inesperados fios ruivos junto aos cantos de sua boca. A barba, somada ao profundo e assustador bronzeado, fazia com que ele parecesse, pelo menos, cinco anos mais velho. Depois daquela viagem, ele nunca mais fora tão zangado, ou indiferente, ou carrancudo, ou chegado aos pais; fora quando ele começara a realmente sair de casa. Mr. Phillips não pode deixar de se perguntar o que o futuro guarda para os pais de todos aqueles jovens. Em algum lugar, cada um deles tem alguém morrendo de preocupação por eles.

Como acontece nos filmes e comerciais de televisão, um garoto correndo em alta velocidade sobe os degraus, passando por Mr. Phillips e sentando-se ao lado da garota de cabelos pretos em forma de parênteses, para então beijá-la com intensidade. Mr. Phillips tem de desviar o olhar, antes que descubra o que aconteceu com o chiclete.

Por um momento, Mr. Phillips considera a idéia de entrar na fila para a grande exposição. No entanto, longas filas, que sempre representam a condição mais próxima imaginável de se estar morto, provavelmente não são boa idéia nesse dia. Por isso, ele sobe os degraus, passa pela porta giratória, logo atrás de um homem de andar gingado, usando tênis e chapéu, cuja calça jeans enorme chega quase à altura do peito, e entra na galeria.

Lá dentro, o ar é mais fresco e barulhento do que a cidade, do lado de fora. Algumas pessoas estão paradas diante da mesa onde as bolsas são revistadas, de maneira pouco convincente, por um par de guardas envergando uniformes de aspecto amador, que parecem ter sido confeccionados em uma máquina de costura caseira. Provavelmente, tal medida se deve ao medo de bombas, uma daquelas particularidades londrinas às quais todos acabam se acostumando, a menos que estejam procurando por vândalos com intenção de destruir quadros com canivetes, ou pichá-los com tinta *spray*, ou qualquer coisa assim. Talvez até mesmo destruí-los com machadinhas, até serem encurralados pelos guardas sonolentos e mal remunerados.

Mr. Phillips encaminha-se para a mesa. Com um gesto que lhe parece vagamente sexual, abre a maleta e convida os guardas a revistá-la. Um dos guardas examina o conteúdo e, com movimentos lânguidos da mão enluvada, afasta uma pasta parda para verificar o resto. A pasta contém um grosso bloco de folhas de papel A4 quadriculado, que Mr. Phillips gosta de usar para fazer anotações e cálculos. Este bloco em particular contém o que restou das contas para o memorando sobre o Post-it, e os primeiros cálculos rudimentares que ele fizera sobre a situação financeira, sua e da família, logo depois de ser informado de que estava demitido. Os outros objetos na maleta são: uma calculadora; uma régua de plástico; um estojo plástico, conhecido como "protetor de bolso", com dois lápis HB, um apontador, uma caneta Rotring para desenho técnico e duas esferográficas pretas; sua agenda de mesa da Wilkins and Co., que ele retirou do escritório e se esqueceu de retirar da maleta; uma gravata sobressalente, com listras horizontais amarelas e verdes, que Thomas lhe deu de presente de Natal, três anos antes; uma agenda de bolso da Wilkins and Co.; uma garrafa de bolso vazia, que a sra. Phillips lhe deu para casos de emergência, e que ele mantém na maleta apenas por razões sentimentais, uma vez que, quando cheia, ela vaza o líquido e deixa todos os seus papéis com cheiro de uísque; sua escova de dentes, que possui uma prática capa plástica que impede que os restos de creme dental se espalhem por todo lado; a autobiografia de Bobby Moore; um abridor de cartas de prata, que ele herdou do pai e, assim como o pai, nunca usou; um pequeno pacote de lenços de papel; um exemplar do *Daily Mail*; dois blocos de Post-it.

Os guardas examinam tudo isso sem exibir o menor sinal de curiosidade ou reconhecimento. Um deles balança a cabeça, olhando para Mr. Phillips, que interpreta o movimento como um sinal e fecha a maleta.

Mr. Phillips entra na primeira rotunda, no interior da galeria, e retira um folheto de informações de uma caixa plástica. Então, decide que prefere passear pela galeria sem destino definido e, por isso, devolve o folheto ao seu lugar original; não lhe parece correto pegar algo por nada, especialmente se não vai usar esse algo para qualquer finalidade. Qualquer pessoa que tenha alguma lembrança dos anos 40, na Inglaterra, tem uma atitude relacionada ao desperdício totalmente diferente daqueles que não se lembram. Mr. Phillips tinha nove anos de idade quando o racionamento terminou, e ainda se lembra com clareza do clima cuidadoso que se seguiu à privação. É estranho pensar que ele passou a viver a apenas cinco quilômetros de onde vivia na época, em uma casa geminada, com seus pais e a irmã de dois anos. Como os filmes da época eram todos em preto-e-branco, às vezes suas lembranças parecem ser em preto-e-branco também, especialmente sua única verdadeira lembrança da guerra, relacionada aos danos dos bombardeios, que precisaram de anos para ser corrigidos. Viviam longe do porto o suficiente para serem poupados da maior parte do terror, mas Mr. Phillips sente que ainda se lembra — trata-se de um ponto situado entre as lembranças reais e as histórias que lhe foram contadas tantas vezes, que passaram a se confundir com a realidade — da maneira como algumas casas haviam sido viradas pelo avesso, escavadas ou partidas ao meio, como se fossem casinhas de bonecas, tornando possível a visão de um espelho pendendo torto de uma parede ainda de pé, com a parte de vidro totalmente destruída, mas a moldura intacta, em um quarto do segundo andar, enquanto o restante daquele andar apresentava-se em ruínas; ou a visão de uma cozinha arruinada, inteiramente aberta aos passantes; ou ainda, os encanamentos e fiações que davam a impressão de que a casa estava sendo dissecada, e que suas entranhas encontravam-se à mostra. Todos os habitantes haviam morrido, alguns dos trinta mil londrinos que morreram no bombardeio. Trata-se de um número sobre o qual Mr. Phillips reflete, às vezes, comparando-o a outros números que aparecem em livros, programas de televisão ou artigos de jornal. Podia ser expresso matematicamente: 30.000 (londrinos mortos no bombardeio) < 42.000 (alemães mortos em Hamburgo na tempestade de fogo) > 32.000 (número de marinheiros que morreram em submarinos) < 2.800.000 (prisioneiros de guerra russos que morreram nos campos de concentração alemães) > 78.000 (japoneses mortos no bombardeio de Hiroshima) < 2.200.000 (chineses que morreram durante a invasão japonesa)> 90.000 (americanos que morreram na guerra, no oceano Pacífico) < 395.000 (britânicos mortos na guerra) < 1.000.000 (britânicos mortos na Primeira Guerra Mundial) > 60.000 (britânicos mortos no primeiro dia das batalhas de Somme) > 26.000 (americanos mortos na batalha de Guadalcanal) < 30.000 (soldados da Força Aérea Americana baseados em Anglia, mortos nos bombardeios à luz do dia, na Alemanha) = número de mortos em Londres, no bombardeio. O problema é que, mais ou menos no meio dos cálculos, fica-se atordoado, e os números deixam de ser qualquer coisa, exceto números, como também acontece quando lidamos com grandes quantias de dinheiro que não nos pertencem, mesmo quando se é treinado para ser contador.

Uma outra lembrança nítida da década de 40 é do sabor do café. Em 1949, o pai de Mr. Phillips chegou em casa com um pequeno pacote de café de verdade, embrulhado em um pedaço de papel marrom. Fora um presente de algum figurão, a quem seu patrão prestara algum tipo de favor pessoal. Naquela mesma noite, o pai de Mr. Phillips supervisionou cuidadosamente a esposa, enquanto ela preparava um bule de café, parado junto ao fogão, com um toque maternal em sua atenção para com os grãos torrados e moídos. Quando o café ficou pronto, seus pais se sentaram à mesa, bebericando o líquido de suas melhores xícaras, sem falar.

— Quer experimentar? — o pai perguntou.

Mr. Phillips era tímido demais para pedir, embora, claro, o simples fato de permanecer parado junto à mesa da cozinha, ligeiramente ofegante, já fosse por si só um pedido. Ele assentiu, e o pai estendeu-lhe a delicada xícara de porcelana azul e branca. Com as duas mãos em torno dela, Mr. Phillips bebeu um gole com todo cuidado e, ao mesmo tempo, sentiu pela primeira vez o aroma acre e quente. Felizmente, não engasgou nem cuspiu, mas devolveu a xícara de volta para o pai, sem qualquer incidente.

— E então? — o pai perguntou.

Mr. Phillips descobriu-se sem palavras. Ele disse:

— Obrigado, papai.

O pai sorriu e voltou à sua comunhão com a xícara.

— Na verdade, trata-se de uma bebida para adultos — disse.

Ainda há um certo sabor de café — o fundo da xícara, na sala de um colega, ou um café particularmente ruim, após um jantar em casa de amigos — que transporta Mr. Phillips de volta à sua cozinha, em Wandsworth, em 1949, quando o sabor fraco, acre e amargo foi a coisa mais rara e preciosa do mundo.

2.4

Mr. Phillips passa por um casal que se posicionou de maneira a quase bloquear a entrada para a galeria principal, cada um deles segurando uma extremidade de um folheto de informações desdobrado, como se fossem generais planejando estratégias de batalha. Estão na confortável meia-idade — os ombros, cintura e quadris do homem pendem para baixo, misturando-se uns aos outros, como acontece com Mr. Phillips — mas estão vestidos como estudantes, de jeans e tênis.

— Não sei — diz o homem.

Seu sotaque é americano, mas nem sempre foi assim; ele é de algum outro lugar, Ulster ou Escócia, talvez. Sotaques híbridos são mais difíceis de reconhecer do que os originais, mesmo para os ingleses, que parecem possuir um computador de última geração, portátil, que calcula a exata posição geográfica e social de quem fala, sempre que alguém abre a boca. O sotaque de Mr. Phillips é típico da região sul de Londres, mas ligeiramente modificado pelas aulas de gramática na escola. Tanto Martin quanto Tom falam com um leve sotaque do sul de Londres, que ambos conseguem tornar mais intenso ou ainda suave, segundo a própria vontade. A sra. Phillips fala com uma linda pronúncia neutra, que um dia Mr. Phillips já achou muito sensual — o que fazia parte da idéia de fazer sexo com alguém mais elegante e sofisticado do que ele mesmo.

Classe torna o sexo mais interessante para qualquer um. O sotaque de Karen, do leste de Londres, já nos limites de Essex, também é sensual, mas de maneira mais direta e desleixada. E há um toque intrigante nas ilimitadas reservas de indiferença que ela é capaz de expressar, o excitante tédio de seu "Sim".

A mulher segurando o folheto com o homem do sotaque misterioso está vestindo uma calça jeans que deixa claro que sua cintura é número trinta e seis, enquanto a coxa, trinta. O que prova a veracidade das propagandas.

— Os pré-rafaelitas, simplesmente, não me agradam — diz ela.

— Eram homossexuais — o homem replica.

— Ruskin era, definitivamente, homossexual.

— Watts, sem dúvida, pinta como homossexual.

E isso parece encerrar o assunto.

Mr. Phillips dirige-se a uma sala longa e estreita, repleta de esculturas, que percorre o centro do edifício. Como sempre acontece quando ele visita um museu, seu ímpeto se esgota rapidamente, logo após sua entrada no local. Ele tem a sensação de estar procurando por algo que não se encontra lá e, muito pior, que todos ali fazem o mesmo. Ou que sabem algo que ele desconhece. Ou ainda, que existe uma gama de sentimentos que ele deveria experimentar em presença da arte, mas que em seu caso está simplesmente ausente. Para ser totalmente honesto consigo mesmo, Mr. Phillips tem de admitir que preferiria estar olhando fotografias de mulheres nuas. Se tem de olhar alguma coisa, então, realmente prefere olhar coisas proibidas.

Mr. Phillips pára diante de uma cabeça esculpida por alguém chamado Henri Gaudier-Brzeska. A idéia é de duas cabeças diferentes, fundidas em uma só, ou de duas metades muito diferentes, com um olho mais alto que o outro, e um nariz que aponta para a esquerda. Ao mesmo tempo, apresenta características aerodinâmicas. E, também, há algo de polinésio na escultura. Assim como todas as coisas modernas, com detalhes e projeções diferentes, ela indica que as pessoas são diferentes em momentos diferentes, e possuem muitos aspectos diferentes em si. Todos nós somos muitos. Nota sete, em escala de zero a dez.

Mr. Phillips pára diante de *Ophelia*, de Millais. Ela está lá deitada, esperando pelo afogamento. Mr. Phillips nunca viu uma mulher morta. As possibilidades eram limitadas: sua avó fora velada em um caixão lacrado e, de qualquer maneira, ele tinha apenas sete anos de idade, na ocasião. A mãe de Mr. Phillips fora viver na Austrália, com a filha, depois da morte do marido, em 1981. Quando ela morrer, Mr. Phillips irá ao funeral; essa viagem pesarosa, de vinte e quatro horas a bordo de um avião, a mais longa e pior viagem de sua vida, espera por ele em algum ponto do futuro.

A menos que se trate de um efeito colateral de ter ouvido a conversa do casal na rotunda, aquele é um dos quadros que leva o observador a especular sobre a vida sexual do pintor. Teria ele apreciado a idéia de fazer sexo com uma mulher morta? Alguns homens gostam. Em seu primeiro emprego, na Grimshaw's, Mr. Phillips conhecera um homem chamado Smilt, cuja irmã lhe contara que o marido gostava que ela tomasse um banho gelado antes de ir para a cama e, então, que se deitasse completamente imóvel. O que tornava a história ainda pior era o fato de o sujeito ser agente funerário. Mr. Phillips havia catalogado essa história na categoria "Existe de Tudo".

Além disso, era óbvio que aquele pintor tinha algum tipo de fixação por cabelos. E pessoas com fixação por cabelos eram, supostamente, masoquistas. Ou seriam as pessoas com fixação por pés? Por outro lado, isso não combinava com gostar de mulheres mortas; afinal, seria impossível acalentar a idéia de sentir dor infligida por uma mulher morta. Não. E, ainda, havia a questão da ruiva. O que era um assunto independente, em si mesmo. Mr. Phillips nunca fora para a cama com uma mulher ruiva, e sentia inveja de qualquer homem que houvesse tido tal experiência. Mas, pensando melhor, Millais poderia não se encaixar nessa categoria.

Além do mais, se ela estivesse furiosa, com certeza não estaria flutuando calmamente, deitada de costas, daquela maneira. Nota seis.

Mr. Phillips pára diante do quadro *The Boyhood of Raleigh*. Um homem vestindo roupas coloridas está sentado, conversando com dois garotos. Ele usa um brinco e tem um lenço na cabeça. Nos dias de hoje, aquela cena seria, sem sombra de dúvida, denunciada à polícia, e qualquer um poderia ter certeza de que ele era um pervertido. Mr. Phillips possui, virtualmente, um álbum inteiro de fotografias que, atualmente, teria grandes chances de levar a ele e à sra. Phillips para a prisão, caso um bisbilhoteiro qualquer ligasse para a polícia e sugerisse que dessem uma busca em sua casa e apreendessem fotos de Martin e Tom em diversos estágios de nudez: no banho, na cama, dormindo, e por aí afora. Somos forçados a admitir que o homem com aparência de pirata, contando casos provavelmente irreais aos garotinhos, não parece ser exatamente o oposto de um pedófilo; sem sombra de dúvida, há um brilho excitado em seu olhar, e se ele realmente gosta de garotos, o colarinho de renda do jovem Raleigh seria, supostamente, como um sanduíche de presunto coberto de mostarda, colocado diante de um homem faminto, gritando "Coma-me, coma-me!" E, claro, os marinheiros sempre foram famosos por esse tipo de gosto. Somando-se a tudo isso, a idéia do quadro era tão idiota, como se as pessoas acabassem fazendo o que faziam porque alguém lhes contava histórias quando elas eram crianças — como se seu pai houvesse exaltado o *glamour* e as maravilhas da contabilidade, ou como se ele mesmo houvesse embalado Martin sobre seus joelhos, mantendo-o hipnotizado, contando os gloriosos anais da indústria de discos. Nota cinco.

Mr. Phillips pára diante de *The Fairy Feller's Master Stroke*, "O Golpe de Mestre do Lenhador Encantado" de Richard Dadd. Trata-se de um quadro que ele observou e examinou nas quatro ocasiões em que visitou a Tate (no início do namoro com a sra. Phillips, quando ele tentava parecer culto; duas visitas na companhia da irmã e das filhas dela, quando elas haviam estado em Londres, fazendo turismo; e na situação atual). O que o aproxima da desqualificação da condição de ser londrino, uma vez que, como todos os londrinos sabem, os verdadeiros londrinos jamais assistem a qualquer espetáculo exibido em sua própria cidade. A exceção constitui aqueles desafortunados que têm filhos pequenos, e estão sempre indo a circos, peças de teatro infantil, e parques de diversão. Mas isso não conta. Ao longo de seus cinqüenta anos na cidade, Mr. Phillips esteve na Torre de Londres uma vez, em uma excursão escolar; no Museu Britânico, duas vezes, uma em excursão escolar, e outra na companhia das sobrinhas, enquanto sua irmã e a sra. Phillips faziam compras; no Museu de Cera de Madame Tussaud, uma vez, com Martin e Thomas; uma vez na National Gallery pela mesma razão; uma vez no National Theatre, com Martin; e era só isso. Portanto, ele nunca estivera em Kew Gardens, ou Hampton Court, nem no Museu Naval de Greenwich, Teddington Lock, Royal Opera House, Barbican, e não assistira à troca da guarda do castelo, ou a um concerto ao ar livre (a sra. Phillips assistia com freqüência suficiente para valer pelos dois). Também não assistira ao Motor Show, não fora ao planetário, nem visitara o cemitério Highgate no Dia dos Mortos. Excluindo as visitas anuais a Richmond, para assistir à pantomima, entre 1977 (após o sexto aniversário de Martin) e 1989 (décimo aniversário de Tom), Mr. Phillips estivera no teatro cinco vezes, o que representa cinco vezes mais do que ele teria ido, se a decisão houvesse dependido exclusivamente dele.

Nos velhos tempos, uma das atividades londrinas que Mr. Phillips provavelmente não teria praticado seria observar os habitantes de Bedlam, em uma tarde de domingo. Ele sabia disso porque, na primeira vez em que estivera na Tate, um homem de voz elegante conduzia um grupo pela galeria, e eles haviam parado diante de *The Fairy Feller's Master Stroke*, enquanto Mr. Phillips postava-se nas proximidades, ouvindo o que diziam. O homem que pintara o tal quadro havia matado o pai com um machado. Ele se chamava Richard Dadd, o que era muito engraçado, uma vez que *dad* significa "papai". Passou o resto da vida no maior manicômio judiciário, que por alguma razão chamava-se Bethlehem (de onde vem Bedlam). *Mad Dadd killed his bad dad.* "O louco Dadd matou seu malvado papai."

— Os elementos de demência na visão de Dadd — disse o homem da voz elegante — falam por si mesmos.

Toda vez que vê aquele quadro, Mr. Phillips se pergunta o que isso poderia significar. De seu ponto de vista, ou tudo fala por si mesmo, ou nada fala coisa alguma. O quadro, porém, é pequeno e muito energético, além de estar repleto de elfos e gnomos e coisas assim. Talvez Dadd acreditasse ser ele mesmo o lenhador encantado, quando baixou o machado e cortou a cabeça de seu pai? Não era o tipo de coisa que alguém fosse capaz de fazer, se tivesse consciência do que estava fazendo. Nota oito em escala de zero a dez, pensa Mr. Phillips.

Mr. Phillips pára diante de um duplo retrato pintado por Stanley Spencer. Trata-se de uma imagem do artista e sua esposa, deitados lado a lado, completamente nus, em um quarto de aspecto muito desarrumado e, provavelmente, frio. A mulher tem cabelos ruivos, e a expressão ligeiramente mal-humorada, típica de muitas ruivas. Seus seios apresentam curiosos reflexos verdes. Se aquela fosse a aparência comum das mulheres nuas, a pornografia jamais teria se tornado algo tão popular. O homem parece ser do tipo "caxias", mas está nitidamente tomado pelo desejo e é bastante simpático — Mr. Phillips logo toma o partido dele. Na base do retrato há uma expressiva perna de carneiro (a carne predileta de Mr. Phillips), pronta para ir ao forno.

Spencer pintou o próprio pênis com todo cuidado e carinho. É bastante grande também. Mr. Phillips reflete sobre esse detalhe por alguns instantes. Se um homem olha para seu pênis de cima para baixo, ele tende a parecer menor, mas é claro que sempre se pode segurá-lo na horizontal e/ou utilizar uma régua. Ou, então, pode-se parar diante de um espelho, o que, provavelmente, foi o que sir Stanley fez. Se o espelho estiver ligeiramente inclinado para trás, de maneira que se possa fitá-lo de cima para baixo, e se for colocado no chão ou, ao menos, abaixo da altura da cintura, o pênis pareceria, certamente, maior. Trata-se de uma noção de perspectiva elementar. Além disso, o pênis do pintor encontra-se de frente para o observador, o que também o faz parecer maior. É claro que qualquer homem que decida retratar o próprio pênis em uma tela tomará todas as medidas necessárias para exibi-lo da melhor maneira possível. É uma idéia mais do que razoável. Nota nove em escala de zero a dez, Mr. Phillips está pensando quando uma voz feminina soa bem atrás dele:

— Sim sim sim sim sim sim sim.

Mr. Phillips vira-se. Uma mulher de casaco vermelho e uma excêntrica boina combinando observa o quadro e, ao mesmo tempo, balança a cabeça em aprovação. Uma ou duas pessoas afastam-se na direção de outras partes da sala, como se, assim como cães que reagem a um apito ultrasônico, estivessem reagindo à maneira como a loucura da mulher está se transmitindo em freqüência extra-sensorial. Antes que Mr. Phillips tenha tempo de desviar o olhar, ela o encara.

— Eles não costumavam fazer, sabia? Não porque ele não conseguisse. Ela não deixava.

— Fazer o quê?

— Aquilo... Ora, sexo. Ele era cristão, cheio de energia sexual, mas os dois nunca fizeram. Verá isso no quadro, se examiná-lo com atenção.

Mr. Phillips volta a estudar o retrato. Descobre-se obrigado a admitir que não vê coisa alguma, exceto o fato de ser um tanto estranho alguém se dispor a pintar a si mesmo no momento anterior ou imediatamente posterior ao sexo, quando poderia utilizar a mesma energia para fazer sexo.

Talvez seja por isso que duplos retratos nus sejam tão raros. A mulher aproxima-se de Mr. Phillips e posta-se ao seu lado, dizendo:

— Brrrrrrr. — Então vira-se para ele com um sorriso surpreendentemente doce e são e diz: — É um quadro tão frio.

Mr. Phillips responde com um sorriso cortês e vago. Afasta-se na direção da galeria Clore, onde os Turner estão expostos, e, como um homem em fuga durante um filme de suspense, vira à esquerda, na direção de "Surrealismo Britânico 1900-1966". Sem a menor demonstração de embaraço, a mulher o segue de perto. É então que ele se dá conta de que foi adotado.

— Nunca o vi por aqui antes — ela declara quando os dois param diante de um quadro de John Craxton que mostra bodes cubistas multicoloridos. — Não é um visitante regular.

— E você me reconheceria se eu viesse regularmente? — Mr. Phillips pergunta.

— Ora, claro! — a mulher responde. — Venho todos os dias. Basicamente venho para importunar os guias. Eles falam muitas bobagens e precisam ser corrigidos. Eu costumava questioná-los sobre quase tudo o que diziam, mas agora espero que cometam erros de fato para então atacar. Acredito que isso os ajuda a se manter bem informados e a ser mais cuidadosos. Então, uma vez estabelecido um caminho a seguir, amplio a discussão para pontos interpretativos mais gerais. Gosto de pensar que minha perspectiva é predominantemente feminista, embora também pessoal, sem nenhuma sombra de dúvida. E, às vezes, não com freqüência, mas só de vez em quando, gosto de dizer algum grande absurdo, apenas para ver se eles percebem a diferença, e o que é mais chocante é que eles nunca parecem notar.

— Sim, isso é perturbador — Mr. Phillips concorda.

— Este edifício já foi uma prisão, sabia? — a mulher continua a conversar, enquanto os dois vão adentrando a sala do surrealismo. — É por isso que tem tão poucas portas, para impedir que as pessoas entrem e saiam com facilidade. Assim como não se pode entrar e sair de uma prisão, também não se pode entrar e sair de uma galeria de arte. Já se perguntou por que, de todas as épocas do mundo, a de agora é a mais populosa? Por que tantas almas escolheram o momento atual, entre tantos outros, para nascer?

— Não.

— Nem eu. Parece-me perfeitamente óbvio.

Eles param, como se por um acordo mútuo, diante de um quadro que mostra um homem comendo alguma coisa, como um Dalí, mas um pouco pior. Nota quatro.

— Deveria ser como era durante a guerra — diz a mulher. — O acervo da National Gallery foi guardado em um esconderijo, e apenas um quadro de cada vez era retirado e colocado em exibição. O amor pela arte! A concentração, a sede com que as pessoas ansiavam por ela! Uma cidade grande não deveria ter mais que um quadro em exposição. Poderiam trocar uma vez por semana, ou por mês. Assim recuperaríamos a nossa seriedade! A jóia em nossa coroa!

— Isso importa? — pergunta Mr. Phillips.

— Ora, claro! Por que acha que todas essas pessoas estão aqui? Que tipo de comportamento acha que está observando?

Mr. Phillips está refletindo sobre as perguntas com atitude discordante quando vê, com uma forte ponta de horror, entrando na mesma sala, a sra. Palmer, esposa do sr. Palmer, também conhecido como Norman, o Vizinho Antipático.

Mr. Phillips lembra-se vagamente de ter ouvido algo sobre um curso aberto na universidade — a presença dela ali pode se explicar por isso. Naquele exato momento ela estuda um folheto de informações da galeria, mas está a menos de cinco metros de distância e não há a menor possibilidade de não vê-lo quando erguer os olhos. Isso a levará a iniciar uma conversa com ele, o que por sua vez o forçará a ter de explicar o que está fazendo na Tate Gallery, às onze horas da manhã, em plena segunda-feira. Então ela voltará para casa e desafiará o marido a adivinhar quem ela teria encontrado, e a qualidade de vida de Mr. Phillips em Wellesley Crescent sofrerá uma drástica mudança para pior. Com um movimento abrupto, ele gira nos calcanhares e segue na direção da porta pela qual entrou.

— Ora, vejo que é muito rápido! — a mulher comenta com ironia, partindo no seu encalço. — Mas não sou tão fácil de deixar para trás!

Mr. Phillips sente-se invadir por uma onda de tremenda fadiga, como não se lembrava de ter sentido desde sua última visita àquele edifício, cinco anos antes. O que há na atividade de observar quadros que o faz sentir-se tão exausto?

— Acho que, por hoje, estou satisfeito com o que vi — ele diz. — Não tenho muita energia para esse tipo de coisa.

— Ah, sim, claro. É um homem sensato. É a emanação de espírito dos quadros que torna a atividade tão exaustiva. As vibrações, como já foram chamadas um dia. Se pensarmos nelas como sendo exercício espiritual, que drena e renova as energias, da mesma forma que o exercício físico drena e renova as energias do corpo, será que nos sentiremos melhor? Não. É claro que não. — Mais um sorriso doce e são.

Um grupo vem da galeria ao lado, o homem à frente dos demais, parecendo ligeiramente constrangido ao passar por Mr. Phillips e sua nova colega. Mr. Phillips pergunta-se se seria o mesmo homem da voz elegante que achava que os sinais de demência falavam por si mesmos. Um brilho ilumina os olhos da mulher, e ela se afasta para seguir o grupo, apertando o braço de Mr. Phillips em um abrupto adeus.

2.5

Fora da galeria, parado no topo da escada, Mr. Phillips enche várias vezes os pulmões com o ar londrino. O céu está limpo e azul, e o clima é muito quente. Ao seu lado, encontra-se uma garota de sandálias pretas e pés vermelhos.

— O senhor tem horas? — ela pergunta com sotaque espanhol ou português.

Uma voz na mente de Mr. Phillips diz: "Se você estiver disposta... Se tiver dinheiro... Acho você interessante... Mas tudo está acontecendo tão de repente..." A voz que sai de sua boca diz:

— Onze e cinco.

A garota balança a cabeça em agradecimento.

Mr. Phillips segue pelo aterro e vira à esquerda, na direção de Westminster. Do outro lado do Tâmisa, o sol se reflete no imenso e colorido edifício, com suas árvores, zigurates, pirâmides e longas janelas de vidro, que abriga o Serviço Secreto. Como sempre faz ao passar pelo edifício, Mr. Phillips pára e o observa. Nunca se vê alguém se movimentando lá dentro, ou entrando pela porta que dá frente para a rua em Vauxhall, o que leva a pensar que algo bastante inteligente foi feito com as portas e janelas. Ao mesmo tempo, há algo estranho no fato de espiões irem trabalhar em um edifício de escritórios novo em folha, que é um dos mais conspícuos e extrovertidos, e obviamente o mais caro, em toda a Londres.

Seria divertido ser espião e nunca ter permissão para contar a ninguém sobre o seu trabalho. Nem mesmo à sra. Phillips, exceto em termos muito gerais. Com toda certeza, não a Martin, nem a Thomas. Quanto aos vizinhos, saberiam apenas que ele desempenhava alguma função no serviço civil, provavelmente algo relacionado à agricultura, ou talvez à pesca. E todo o tempo ele estaria em situações como em um churrasco, com um homem à sua direita vangloriando-se de seu novo Rover 816, e outro à esquerda falando da incapacidade da prefeitura em esvaziar as latas de lixo sem deixar mais sujeira espalhada por toda a rua do que havia antes de a coleta se iniciar, e ele estaria pensando sobre o que quer que espiões costumam pensar, e o mais importante seria que ninguém teria a menor idéia do que se passava na mente dele. E quando a sra. Phillips dissesse algo como "Em que está pensando?" ou "Um centavo por seus pensamentos", ele não poderia lhe contar, por lei. Não poderia dizer: "Estou preocupado com a qualidade da informação que estamos recebendo de nosso agente em Trípoli, pois a transmissão foi truncada", mas diria apenas: "Estava me perguntando se não deveríamos, afinal, ter pressionado Tom a continuar com suas aulas de piano" ou "Estava apenas tentando me lembrar de onde deixei o controle remoto, querida".

O trânsito melhorou apenas um pouco, e Mr. Phillips não sente que a qualidade do ar esteja mesmo boa, com tantas impurezas. Segue pelo aterro, na direção de Westminster. Uma caminhada: essa é a idéia. Faz anos que ele passeou pela região central de Londres a pé — anos, literalmente, desde seus tempos de solteiro, quando morava em Shepherd's Bush e costumava caminhar até West End para encontrar os amigos e ir a um bar, ou algo assim. Não é necessário dizer que o fato de ele não caminhar é uma das razões pelas quais está tão gordo, agora; dirigir, assim como casar, torna os homens gordos.

Os únicos pedestres naquela região da cidade, àquela hora do dia, são turistas ocasionais. Todos os funcionários de escritórios já chegaram no trabalho e estão, felizes ou não, cuidando de seus afazeres. Àquela altura, em um dia normal, Mr. Phillips estaria em uma reunião, uma vez que conferências marcadas para as onze horas da manhã eram um acontecimento comum na Wilkins and Co. Sendo essa a última segunda-feira do mês, ele normalmente estaria em uma reunião de orçamento, juntamente com o Departamento de Planejamento, que envolvia, em essência, ficar lá sentado, ouvindo-os falar sem parar sobre assuntos sem importância, até ele e seus colegas poderem examinar os números e encontrar uma série de falhas neles. Isso poderia ser feito na reunião, mas Mr. Phillips preferia fazer por memorando, uma vez que não tinha grande apetite pelo confronto que a situação envolvia — que seria considerável, já que o Departamento de Planejamento era incrivelmente ruim em cálculos. Os custos projetados por eles para o isolamento dos escritórios da filial da companhia em Banbury haviam apresentado um erro de cento e setenta e três por cento.

Quando era mais jovem, Mr. Phillips detestava reuniões. Ao menos, passara a detestá-las, depois de ter superado a sensação de ser importante, por ter sido convidado para a sua primeira reunião, em seu primeiro emprego, na Grimshaw's. Crianças e estudantes não tinham reuniões; somente adultos, pessoas com empregos sérios e importantes tinham reuniões. Por isso, no início, havia a sensação de ter se tornado adulto. No entanto, Mr. Phillips logo adquirira verdadeiro horror a toda aquela história de sentar-se em torno de uma mesa com colegas de trabalho, fingindo decidir as coisas. Detestava as salas onde as reuniões aconteciam, com suas horríveis mesas enormes e cadeiras desconfortáveis, com braços para as pessoas importantes, às cabeceiras da mesa, e o aroma pouco apetitoso do café da empresa na cafeteira, e maletas, calculadoras, lápis, agendas, blocos de anotações, organizadores pessoais, cópias da ata da última reunião, tudo aquilo. Mais que tudo, ele detestava a sensação de que eram todos impostores e que estavam conspirando para matar o tempo, de maneira que cada segundo da reunião fosse assassinado, torturado até a morte. Em outras ocasiões, sentia um clima mais casual, como se o tempo estivesse sendo apenas ignorado, da mesma forma que ignoramos o tempo quando estamos em um bar, ou assistindo a um programa ruim na televisão, ou como Martin e Tom faziam quando disputavam jogos de computador.

Era possível calcular quanto tempo ao longo da vida era gasto fazendo nada. Obviamente, dormir era uma questão controvertida nesse contexto, uma vez que poderia ser contado como estar fazendo algo, ou não. Para Mr. Phillips, trata-se, definitivamente, de uma atividade, e muito importante. Portanto, excluindo o sono, Mr. Phillips calcula que gastou, sem fazer nada:

— Quando criança, antes da idade escolar: seis horas por dia, em termos conservadores, excluindo o tempo gasto com alimentação, aprendendo a ler, brincando com outras crianças, livrando-se da irmã. Esse número aumentaria depois que a irmã fosse para a escola, mas continua sendo válido.

— Anos escolares: por volta de uma hora por dia, não muito, mas fora uma época em que ele era mantido bastante ocupado; quando estavam na escola, Martin e Tom pareciam ter muito mais tempo livre do que ele jamais tivera.

— Na faculdade: quatro horas por dia, se isso incluísse bar, assistir à televisão e coisas assim.

— Primeiros anos de trabalho e escrevendo os seus artigos: por volta de uma hora por dia. Mr. Phillips sentia-se tão cansado que geralmente não fazia planos para as noites, nem fins de semana, exceto quando estava ativamente envolvido em arranjar uma namorada.

Então, depois que Martin nascera, e durante os catorze anos seguintes, quando ele e Tom estavam crescendo, seu tempo livre passara a ser, generosamente falando, quinze minutos por dia, quando estava em casa. (A sra. Phillips passara a ter menos ainda — na verdade, ela se ressentiu muito mais da questão da falta de tempo do que Mr. Phillips. "Quando se tem filhos pequenos, passa-se tanto tempo apenas estando com eles", ela dizia. "Não se está fazendo nada, apenas estamos com eles. Eu os amo, mas mesmo assim, às vezes, tomam tempo demais.") Durante aqueles anos, a maior parte do tempo livre de Mr. Phillips — tempo passado sem ninguém fazer exigências, ou sem fazer algo que ele deveria estar fazendo — fora no trabalho. Portanto, a ênfase do tempo livre havia mudado de casa para o trabalho. Pode-se dizer que ele passava uma hora e meia de cada duas horas sem fazer nada: fingindo trabalhar, olhando pela janela, sentado em reuniões sem ouvir uma palavra sequer etc. E quando Tom passara a freqüentar a escola em período integral, esse tempo aumentara para quatro horas por dia sem fazer nada, mantendo o mesmo número de horas no trabalho e aumentando consideravelmente o tempo livre em casa. Obviamente, trata-se de números grosseiros. Assim, o cálculo seria:

primeiros 5 anos	*6h 37,5% do tempo acordado*
próximos 12 anos	*1h 6,25%*
próximos 3 anos	*4h 25%*
próximos 5 anos	*1h 6,25%*
próximos 14 anos	*15 min em casa + 1,45 h no trabalho = 2h = 12,5%*
próximos 11 anos	*4h 25%*

Esses dados funcionam como média balanceada de dezesseis vírgula trezentos e setenta e cinco por cento, ou dois vírgula sessenta e duas horas, ou duas horas e trinta e sete minutos, amplamente falando, de tempo livre, sem fazer nada. O que representa um imenso espaço vazio na vida de alguém. Agora que está desempregado, ele terá ainda mais tempo livre; na verdade, poderá ter o dia inteiro, todos os dias, a menos e até que encontre algo para fazer. Tal pensamento é uma grande fonte de estresse. Provavelmente, é por isso que tantos homens morrem depois de se aposentarem.

Dois dos muitos motoristas de táxis estrangeiros que estacionam seus veículos do outro lado da Tate estão discutindo em uma língua que Mr. Phillips não reconhece. Estão parados ao lado de seus carros, do lado da rua. O mais baixo e, de longe, o mais zangado dos dois, aponta repetidas vezes para o automóvel do outro e então para si mesmo, e depois para o chão, enquanto o outro homem sacode a cabeça energicamente e repete em voz alta sempre a mesma palavra.

Mr. Phillips segue adiante, passando pelo horrivelmente moderno edifício que abriga as instalações do Partido Trabalhista, onde um mensageiro acaba de entrar com passos rápidos, para então passar pelos edifícios do governo, gigantescos e monolíticos, ao longo do aterro.

Mais adiante, na mesma rua, Mr. Phillips já vê o começo de Westminster, grandioso e gótico, tentando aparentar um milhão de anos de idade. Se os bancos tentam parecer totalmente seguros, elegantes, estáveis, grandes, respeitáveis e construídos para durar pela eternidade, pela simples razão que, no fundo, não passam de cassinos, o que aqueles edifícios públicos teriam a esconder? Provavelmente, que tentam fazer as pessoas se sentirem pequenas, de maneira que as ações das pessoas que trabalham lá dentro pareçam estar muito além de sua compreensão, impessoais, autoritárias e independentes de coisas tão triviais quanto o consentimento do governo. É como Peter Pan, só que de trás para a frente: se todos nós batermos palmas, então todo o edifício do governo poderá desaparecer, dissipando-se como pesadelos de terror relembrados ao sol da manhã.

Quando se aproxima das Casas do Parlamento, Mr. Phillips avista um pequeno parque do outro lado da rua. Por um momento, especula se é ali que os políticos sempre são entrevistados pelas equipes de televisão, mas logo descobre que não é.

3.1

Martin cantarola uma canção, mais ou menos assim: "Menina, seu bumbum é tão redondinho, deixe-me olhar você inteirinha".

Ele e Mr. Phillips estão sentados em um restaurante muito grande e barulhento, próximo ao escritório de Martin, no Soho. Os dois empunham cardápios que ainda não foram abertos. As paredes são brancas e totalmente nuas, e uma imensa janela encontra-se completamente aberta para a rua, de maneira que a conversa dos fregueses tem de competir com os ruídos do trânsito, assim como o vaivém dos garçons, além do burburinho geral do restaurante. Martin segura um cigarro aceso na mão esquerda.

— Como se chama essa? — Mr. Phillips pergunta.

— Essa é a música que me deu a idéia — Martin explica. — Chama-se *Boom Boom Boom*, e foi gravada pelos Outhere Brothers.

— "Bumbum", na música, refere-se mesmo a "traseiro"? — indaga Mr. Phillips, mas o filho não se dá ao trabalho de responder.

— É melhor consultar o cardápio — diz Martin. — Tenho de voltar para o escritório antes de duas e quinze.

Mr. Phillips nunca ouviu falar da maior parte das coisas que compõem a lista impressa e datada à sua frente. O que é *lomu*, e porque custa quase sete libras? O que é, ou são, *couscous, teriyaki, carciofini* e *bok choy*?, ele poderia perguntar a Martin, mas o filho — embora tenha parecido bastante feliz com a visita súbita e absolutamente inesperada do pai na hora do almoço — não parece agora estar no melhor dos humores. Mr. Phillips escolhe escalopes grelhados com *bacon*, seguidos por um bolo de peixe.

Uma garçonete usando botas Doc Marten pretas, saia preta muito curta e blusa branca com dois botões abertos, aproxima-se da mesa. Martin diz:

— Estou imaginando coisas, Sophie, ou você está ainda mais bonita, hoje?

— O que vai querer, Mr. Phillips? — pergunta Sophie, corando ligeiramente.

— Martin — ele corrige. — Este é o verdadeiro Mr. Phillips. Sophie, este é meu pai. Papai, esta é Sophie.

— Olá — os dois dizem ao mesmo tempo.

— O que gostaria de pedir, Mr. Phillips? — Sophie insiste, dirigindo-se a Mr. Phillips, desta vez.

Ele faz o seu pedido. Ela se vira para Martin, sem dizer nada.

— Bem, você sabe o que eu quero, Sophie — ele declara —, mas vou comer o ravióli de abóbora e o peixe do dia. Vou beber água com gás, e papai... um gim-tônica?

— Sim, por favor — confirma Mr. Phillips.

Sophie afasta-se depois de se oferecer para acrescentar gelo e limão às duas bebidas. Martin reclina-se na cadeira com ar satisfeito.

— Conte-me sobre o novo disco que está produzindo — Mr. Phillips pede.

Martin administra sua própria empresa, que adquire direitos sobre canções e as compila em discos baseados em temas e períodos da música popular.

— Ainda não decidimos o título. Será algo como *Boys on Girls*, mas não exatamente isso. A idéia é gravar músicas em que homens falam de mulheres de um ponto de vista politicamente incorreto. Nada de canções românticas, apenas aquelas que falam sobre ser mulherengo e apreciar garotas. *Titties and Beer*, uma canção de Frank Zappa, é complicada demais, em termos musicais. Quero dizer, musicalmente falando, é o tipo de canção que mamãe aprovaria.

— Bem, creio que você não pode gravar nada assim — diz Mr. Phillips.

— "Saio do meu sonho e entro no meu carro" — Martin recita. — "Bato na minha garota". — Ao notar a expressão no rosto do pai, ele explica: — Trata-se apenas de uma ironia.

— Ah — Mr. Phillips murmura.

A essa altura, o restaurante está apinhado. Na Wilkins and Co., Mr. Phillips almoçava ou na cantina da empresa ou em sua sala, à mesa de trabalho, comprando seus sanduíches em uma das duas lanchonetes mais próximas, ambas de propriedade de italianos simpáticos e amigáveis. Tal costume, porém, acabara se tornando uma fonte de conflitos éticos, uma vez que a lanchonete mais próxima (e melhor em termos humanos, por margem estreita) começara a apresentar, recentemente, uma queda na qualidade dos sanduíches — um peito de frango ligeiramente malpassado em um dia, um presunto torrado na visita subseqüente. O que era um problema. Deveria Mr. Phillips: a) dizer alguma coisa; b) passar a comprar sanduíches somente na outra lanchonete; c) parar, definitivamente, de comer sanduíches; d) continuar gastando o seu dinheiro lá, como sempre, em nome dos velhos tempos e/ou vergonha e incapacidade de passar em frente à lanchonete para ir comer no estabelecimento vizinho, seu concorrente, toda vez que quisesse comer um sanduíche? Mr. Phillips era tímido demais para a), não ousado o bastante para b), já gordo o bastante para a opção c) de comer somente a comida da cantina. Mas, se optasse por d), por uma questão de fraqueza e simpatia, talvez acabasse minando a eficiência do mercado livre e piorando ainda mais as condições da lanchonete, levando-os a perder ainda mais fregueses porque não haviam sido alertados a tempo de resolver os seus problemas de controle de qualidade. Estaria contribuindo para a má qualidade do trabalho em geral, piorando a situação em sua tentativa de ser simpático, como fazem aquelas pessoas que não esperam pelo troco de preços terminados em noventa e nove centavos e, sem se darem conta e com a melhor das intenções, contribuem para o aumento da inflação, o câncer da vida econômica moderna, que corrói as poupanças, destrói a indústria, rebaixa o padrão de vida da classe média, a força que levou Hitler ao poder. Ou, pelo menos, fora isso o que haviam lhe ensinado os professores de economia de posição, simpatizantes da extrema direita.

Sua demissão havia, ao menos, resolvido esse dilema.

O restaurante em que estava agora era mesmo demais. Mr. Phillips nunca vira nada parecido antes. Cada freguês parece conversar ou gritar o mais alto possível, exceto pelos garçons e garçonetes, que correm de um lado para outro em velocidade perigosa e que parecem apreciar particularmente o momento em que giram o corpo e, depois de bater com seus traseiros nas portas da cozinha, desaparecem dentro dela, sempre empunhando suas bandejas acima da cabeça, com estilo.

As bebidas são servidas, e Sophie afasta-se da linha de paquera com simpática rapidez.

— É sempre assim, aqui? — Mr. Phillips pergunta.

— Mais barulhento às sextas-feiras, mas basicamente, sim — Martin responde. — Agora, vai me perguntar quantos desses fregueses vão pagar a conta do próprio bolso, não vai?

— Não era o que eu tinha em mente, mas já que tocou no assunto...

— Quase nenhum.

— A propósito, o almoço é por minha conta — diz Mr. Phillips, que não havia pensado nisso até então.

— Tem certeza? Posso lançar o seu nome como sendo de um consultor.

— Sem discussão.

Chegam as entradas. A porção de *bacon* e escalopes de Mr. Phillips é pequena, mas apesar disso, ou talvez por alguma razão psicológica, justamente por causa disso, está deliciosa. Seu filho, sempre muito metódico à mesa, corta cada um de seus raviólis na metade, antes de mastigá-los e engoli-los.

— Como vai Tom?

Martin sempre pergunta de Tom e sempre soa condescendente e afetuoso quando o faz. Para Mr. Phillips, cujo relacionamento com a irmã não se parece em nada com o que era quando eram ambos crianças, parece que Martin e Tom jamais deixaram de ser irmão mais velho e irmão caçula. É estranho imaginá-los aos setenta ou oitenta anos, com Martin ainda assumindo aquele tom paternalista ao falar do irmão.

— Ele dorme a maior parte do tempo. O resto de suas horas, ele divide entre ficar no quarto ouvindo músicas horríveis e sair com os amigos.

— O problema da acne melhorou?

— Não, não muito.

— Tive sorte por as minhas terem nascido todas nas costas — Martin comenta pensativo, como se essa fosse uma questão muito importante à qual só agora ele percebia não ter dado atenção suficiente. — Bem, a que devo o prazer dessa visita? O que o traz a estes lados da cidade?

Mr. Phillips, que está com a boca cheia de *bacon* e escalope, gesticula com o garfo enquanto mastiga e engole.

— Nada demais. Estava apenas passando.

— Não entenda mal, mas teve sorte por eu poder passar algum tempo na sua companhia. O trabalho tem estado uma loucura, ultimamente. Estamos prestes a lançar dois álbuns diferentes, negociando um outro só com canções dos anos setenta, e outro com versões de conjuntos *cover*. Mal tenho tempo de respirar.

Fora exatamente a impressão que Mr. Phillips tivera, a julgar pelo clima no escritório de Martin. Diante do topo da escada do que havia sido, um dia, uma pequena casa residencial, agora transformada em conjuntos comerciais sobre uma *sex shop*, a M Enterprises ocupava uma única sala, com quatro pessoas dentro dela, todas falando ao telefone. Quando Mr. Phillips, que nunca estivera no escritório de Martin antes, chegara lá, estava ligeiramente ofegante pela subida da escada. Ficou parado na porta, embaraçado, enquanto as três pessoas que não eram Martin o fitavam sem qualquer sinal de reconhecimento. Então, seu filho, que estava de pé, olhando pela janela enquanto conversava no telefone, virou-se e o viu. Ergueu as sobrancelhas e sorriu, mas continuou a conversa.

Martin tem um metro e oitenta e dois de altura, mais alto que o próprio Mr. Phillips, e a mistura dos genes do pai e da mãe lhe deu cabelos pretos (de Mr. Phillips), maçãs do rosto salientes (da sra. Phillips), olhos cinzentos, aparentemente do pai da sra. Phillips (falecido antes de conhecer o genro), e constituição enganosamente atlética — "enganosamente" porque Martin, ao contrário do irmão mais novo, detestava todo tipo de exercícios. Depois de ter usado roupas deliberadamente rebeldes durante os anos escolares, sempre amarrotado e rasgado, ele agora veste terno cinza, camisa azul-escura e uma gravata vinho bastante sutil, um traje que o faz parecer mais velho. Ocorre a Mr. Phillips que, se Martin não fosse seu filho, não haveria a menor possibilidade de os dois se conhecerem. E talvez uma chance também muito pequena de os dois terem algo a dizer um para o outro.

Quando finalmente desligou o telefone, Martin disse:

— Papai! A que devo a honra? Papai, esse é o pessoal. Pessoal, este é meu pai.

As outras pessoas no escritório, todas ainda com os telefones colados ao ouvido, ergueram a mão, ou assentiram, ou fizeram qualquer outro gesto de cumprimento, sem interromper o que estavam fazendo. Duas delas eram garotas excepcionalmente bonitas. A finalidade de tais cumprimentos não foi rude, mas sim uma tentativa de suprimir, com cortesia, sua curiosidade. Foi um daqueles momentos em que Mr. Phillips se sente como um alienígena, um espião, ou alguém que adotou uma história falsa de vida com tamanho sucesso que já começa a se esquecer de quem é, ou já foi um dia. Seu terno, um verdadeiro uniforme de trabalho, parece largo, como se ele pudesse, literalmente, sair de dentro dele a qualquer momento, sem fazer o menor esforço; ao mesmo tempo, ele sente o estômago pressionar o cinto, implorando para que a fivela se prenda ao furo seguinte. Mr. Phillips lembra-se de seu pai vestindo o macacão azul e saindo contente e satisfeito para o trabalho, com sua mala de ferramentas e cachimbo — seu pai adorava o uniforme de eletricista e encontrava grande conforto nele. O que seria de nós sem uniformes?

Às vezes Mr. Phillips sente que outros homens têm algo que ele não tem e vê-se obrigado a concluir, uma vez que está irremediavelmente preso à sua sexta década de vida, que jamais terá. Trata-se da carapaça que se forma ou se solidifica em torno deles à medida que vão envelhecendo, e que envolve uma crescente falta de incerteza ou aumento de interesse nas coisas que ainda sabem ("saber", aqui, definido como algo parecido a "sentir que compreenderam aquela coisa perfeitamente, sem qualquer sombra de dúvida"). Mr. Mill, por exemplo, o ex-chefe de departamento de Mr. Phillips, possui uma aura de resistência, de rigidez, que não tem qualquer relação com determinação, força de caráter ou alguma outra característica que não seja uma séria impermeabilidade filosófica, como uma pele grossa. Nada de novo, provavelmente, jamais o atingirá. Uma vez informado sobre uma mudança nos procedimentos da empresa, que afetaria centenas de seus colegas mas não a ele — como por exemplo, uma nova maneira de calcular os valores das horas extras, que resultaria em uma perda de quinhentas libras por ano para a maioria dos funcionários, mas contra a qual eles não poderiam protestar, devido a uma nova lei governamental aprovada pelo Parlamento com o objetivo específico de alterar a política da Wilkins and Co. — ele, antes de mais nada, trataria de se certificar de que a mudança não exerceria efeito diretamente sobre ele e, então, simplesmente deixaria de dar atenção ao assunto. Reagiria com a impassividade cortês porém inexorável de um cardeal católico, temporariamente encurralado, sentado ao lado de um entusiástico crente em OVNIs durante uma festa de casamento. Na opinião de Mr. Phillips, essa característica não é admirável, mas é invejável.

O pai de Mr. Phillips possuía essa carapaça. Algo dentro dele havia sido enterrado. Havia grande cautela. Sua postura solitária e reservada sempre o fazia parecer um alienígena, um estranho; e talvez os eletricistas, enquanto classe profissional, tenham mesmo algo de reservado em suas atitudes, a cautela de homens habituados a lidar com um poder muito maior, sempre capaz de produzir surpresas desagradáveis. Qualquer plano ou intenção do jovem Mr. Phillips — um plano de viajar para assistir a um jogo do Crystal Palace fora de casa, ir à festa de um amigo ou ao cinema, sua primeira manifestação de continuar na escola e obter notas máximas, a manifestação subseqüente de que ele queria se tornar contador, sua primeira visita ao banco para pedir dinheiro emprestado para comprar um carro, até mesmo sua entrada na cozinha para oferecer ajuda à mãe — eram recebidos com as palavras: "Por que quer fazer isso?" — nem tanto uma pergunta, quanto uma advertência. A cautela se transmitia como sendo um tipo de resistência. Martin, aos vinte e cinco anos, já começava a desenvolver a sua versão mais moderna da mesma característica.

— Tem algum compromisso para o almoço? — Mr. Phillips perguntou ao filho e, então, subitamente intimidado pela idéia de ficar a sós com ele, acrescentou: — E, é claro, se algum dos seus colegas...

— Estão todos muito ocupados — Martin o interrompeu. — E eu também estaria, se aquele irresponsável da A & J Records não houvesse me dado o cano! Obrigado. Eu adoraria almoçar com o senhor. Há um restaurante aqui perto onde como com freqüência, e talvez eu consiga uma mesa para nós, apesar de não termos reservas. Só preciso dar alguns telefonemas antes. Sente-se e fique à vontade. Estarei livre em um minuto.

Embora Martin não quisesse que o pai percebesse que ele estava tentando impressioná-lo, Mr. Phillips percebeu assim mesmo. Um dos aspectos mais surpreendentes de

Martin era o fato de ele ser, em muitas situações e ocasiões, ainda muito jovem.

Mr. Phillips apanhou o livro de sobre a mesa de seu filho, intitulado *Hitler Vence! Habilidades Gerenciais dos Grandes Líderes da Alemanha (E Não Deixe Ninguém Convencê-lo do Contrário).* Um marcador de livros encontrava-se na página inicial de um capítulo chamado "Não Pense Diferente, Pense Adiante".

— O que é isto? — Mr. Phillips perguntou.

— Trata-se do livro de administração que todos estão lendo no momento — disse Martin. — Há sempre um em moda, já deve ter ouvido falar em pensamento lateral, *Os Sete Hábitos Das Pessoas Altamente Eficazes", Vencendo a Intimidação,* e toda essa bobagem. São basicamente inúteis, mas proporcionam assuntos sobre os quais podemos conversar. Dê uma olhada enquanto faço as minhas ligações.

Mr. Phillips abriu o livro no meio.

Hitler imaginava uma Europa unida. Imaginava um mundo no qual o motorista poderia viajar de Calais a Zagreb em auto-estradas. Previu a hegemonia alemã como o poder dominante do continente. Era vegetariano em uma época e em um meio em que tal atitude era estranha. (Ele comentou que "os lutadores japoneses, que se alimentavam exclusivamente de vegetais, estavam entre os homens mais fortes do mundo". O que comprova que o Führer *estava disposto a considerar lições e exemplos de culturas diferentes e distantes — um exemplo importante para qualquer líder no ambiente globalmente competitivo de hoje.)*

Todos esses são exemplos do que é preciso para ser um pensador visionário, capaz de enxergar além dos padrões convencionais de pensamento e comportamento. E mostram que estamos geralmente certos ao sermos errados; ao dizermos o oposto do que os outros dizem, confiantes na validade de nossas próprias conclusões. Também mostram que devemos mirar as perspectivas mais amplas para vermos nossas idéias produzirem frutos. Assim como o Führer, *devemos estar confiantes de que a posteridade nos vingará. (Ver Capítulo Dez, "Como Ter a Sua Posteridade Hoje".) Quando olhamos para a Europa de hoje, unida e dominada por uma Alemanha reafirmada, na qual podemos viajar em auto-estradas, de Calais a Sevilha, de Bolonha a Atenas, qual de nós pode olhar bem no fundo de nossos corações e dizer que o* Führer *estava, em qualquer aspecto significativo, errado?*

É ASSIM QUE UM BEM-SUCEDIDO ADMINISTRADOR DE EMPRESAS DEVE APRENDER A PENSAR.

Martin apanha o paletó do encosto de uma cadeira e já se dirige para onde está o pai, perto da porta.

Em algum recanto da mente de Mr. Phillips, quando ele decidira visitar o escritório de Martin, estivera a idéia de que talvez ele pudesse confidenciar ao filho o que havia acontecido. No entanto, no momento em que pusera os olhos em Martin soubera que isso não seria possível, nem tanto pela admissão de fraqueza de sua parte que tal revelação envolveria, mas porque Martin, de uma maneira difícil de definir mas inteiramente real, não seria forte o suficiente para suportar a notícia. (Há um provérbio que diz: quando o pai ajuda o filho, ambos sorriem; quando o filho ajuda o pai, ambos choram.) Martin riria, ou choraria, ou apresentaria qualquer outra reação imprópria. Seria possível que existissem homens que tinham filhos com os quais aquele tipo de conversa seria imaginável? Mr. Phillips lembra-se da primeira vez em que sua mãe lhe dera um vidro de geléia para abrir, dizendo: "Não conte ao seu pai".

— Você vai ficar rico — declara Mr. Phillips, não como elogio, mas como fato.

— Depende do que chama de rico.

— Mais rico do que sua mãe e eu.

— Ah, sim, claro. Isso é óbvio.

Mr. Phillips demora alguns segundos para se dar conta de que foi uma piada. Os pratos principais já foram servidos, a essa altura. Mr. Phillips bebe o último gole de seu gim-tônica.

— Como está mamãe?

— Muito bem, como sempre.

— Ao que parece, não tem acontecido muita coisa por lá.

— Bem, você sabe como é.

— Trata-se de um sentimento estranho, de certa forma — diz Martin. — A idéia de ser rico. Especialmente levando em conta que isso só acontecerá se alguém aparecer e comprar a sua empresa. Afinal, essa é, basicamente, a única maneira de se ganhar uma tonelada de dinheiro da noite para o dia. Então, vende-se a empresa e... e o quê? A atividade principal à qual você se dedicou durante anos é tirada de você. Então, o que se faz é estabelecer uma nova empresa, e começar tudo de novo. É como sexo.

— É? — indaga Mr. Phillips.

— Sim, ame-as e deixe-as. Mas trata-se apenas de uma idéia, um ditado, nada oficial.

— Que valores envolvem esse tipo de negócio?

— Uma firma que realizava um trabalho muito parecido com álbuns específicos foi comprada por meio milhão. Tudo pode acontecer. Daqui a três anos posso estar voltando do trabalho para casa, em Notting Hill, dirigindo um Beamer novinho em folha, ou pegando o trem da linha norte de volta para Morden e tentando não pagar a passagem. Tudo pode acontecer.

Mr. Phillips, que pegou o trem para Waterloo todos os dias de trabalho durante os últimos vinte e seis anos, digere o comentário em silêncio.

— Está muito bom — diz por fim, oferecendo um pedaço de bolo de peixe espetado na ponta de seu garfo.

O bolo de peixe não é tão bom quanto aquele feito pela sra. Mitchinson, mas também não é ruim. Martin, que está mastigando, sacode a cabeça e aponta para o próprio prato. Mr. Phillips recusa a oferta para experimentar o aparentemente caro peixe grelhado do filho.

— São bonitas as garotas que trabalham com você — comenta.

— Quem sabe escolher a sua equipe de trabalho costuma se sair bem nos negócios. O senhor deve saber disso, pois há um ditado italiano que se refere ao assunto. Mas sim, elas são bonitas. Debbie, a loira, é a melhor. Ela tem idéias espetaculares, que dificilmente vemos as pessoas terem. Ela, sim, ficará rica, um dia. — Quando a garçonete volta, Martin diz: — Estou sem palavras outra vez, Sophie. Deixe-me tirála daqui e levá-la comigo.

— Aceita sobremesa ou café? — Sophie pergunta.

Pai e filho pedem dois cafés e a conta. Mr. Phillips sente o peso das coisas com maior intensidade do que em qualquer outro momento, desde a sua conversa com o sr. Wilkins. A idéia de não ter nada para fazer, uma agenda vazia, uma vida vazia, estende-se à sua frente, até o dia de sua morte. Felizmente, naquele exato momento, a conta chega. Os cálculos surgem para socorrê-lo. Ravióli a seis e noventa e cinco, escalopes com *bacon* a seis e setenta e cinco, bolo de peixe a oito libras, peixe grelhado a doze, água mineral grande a dois e cinqüenta, gim-tônica a três e cinqüenta, dois cafés a quatro, doze vírgula cinco por cento pelo serviço são cinco e quarenta e seis, o que dá um total de quarenta e nove libras e dezesseis centavos. Seis mais sete é igual a treze, oito mais doze são vinte, o que soma trinta e três, dois e cinqüenta mais três e cinqüenta são seis, mais quatro é igual a dez, mais trinta e três são quarenta e três, mais cinco de serviço são quarenta e oito, o que se aproxima bastante do total, se somarmos os centavos. Mr. Phillips apanha seu talão de cheques e começa a preencher uma folha. O filho apanha a conta e a examina.

— É um restaurante caro — diz —, para esta região da cidade. Importa-se se eu amá-lo e deixá-lo? Infelizmente, vou receber um telefonema importante dentro de quinze minutos. E esse sujeito é pontual.

— É claro que não me importo — replica Mr. Phillips.

Os dois apertam as mãos, Martin levanta-se e se afasta, depois de mandar um abraço para a mãe por cima do ombro.

Sim, aquele era Martin. Mr. Phillips espera que Sophie vá apanhar a conta e o cheque, mas em seu lugar é outra garçonete quem aparece, apanha a conta, o cheque e o cartão do banco. E é ainda uma terceira quem se aproxima para devolver o cartão, juntamente com o recibo, colocando-os sobre a mesa com um gesto determinado e um sorriso automático de cortesia. As duas são bastante atraentes. A primeira tem pernas longas, cabelos tingidos de loiro com raízes pretas visíveis, além de um ar distraído e *sexy*. A segunda é mais baixa, mais morena, ligeiramente mal-humorada, de cintura mais grossa e quadris mais cheios, beirando os limites de se tornar gorducha, mas *sexy* assim mesmo. Seu ar de mau humor faz os homens se perguntarem como ela será quando de bom humor; como seria levá-la para a cama, verificar sua expressão e compará-la com a carranca que ela usa no trabalho. Provavelmente era isso o que fazia alguns homens gostarem tanto de mulheres mal-humoradas.

Somando as duas à adorável Sophie e às duas colegas de trabalho de Martin, chegava-se a um número bastante alto de garotas bonitas para uma hora de almoço. Se ele fosse um marciano passeando disfarçado pela Terra, formaria uma impressão errada sobre a quantidade de mulheres bonitas existentes no planeta, se tomasse por base aquelas que se encontram em locais públicos, como garçonetes, recepcionistas, balconistas, aquelas com quem se conversa durante visitas a escritórios, lojas, bares e restaurantes. Basicamente, qualquer lugar onde houvesse uma oportunidade de se colocar uma garota bonita entre o visitante e uma transação. Portanto, garotas bonitas são um tipo de substância de consumo, usadas como combustível, ou usadas como o óleo WD40, para facilitar o trabalho das engrenagens. E há sempre carga para reposição, que é onde se encontra a beleza da situação.

Mr. Phillips decide ir ao banheiro para urinar, não porque esteja sentindo necessidade, mas sim por precaução. O fato de ele não precisar urinar, que em si já é incomum, é um sinal de quanto o dia está quente, de quanto ele está transpirando. Ziguezagueando por entre as mesas, ele se dirige ao fundo do salão, onde ficam os banheiros. O restaurante já começa a esvaziar, e metade das mesas já estão vazias enquanto as pessoas se arrastam com relutância de volta ao trabalho; dos fregueses ainda presentes, apenas alguns parecem estar em condições de enfrentar uma tarde inteira de trabalho, dadas as garrafas de vinho vazias, conhaques sendo servidos, cadeiras sendo arrastadas. Duas das mesas estão ocupadas pelo que parecem ser casais de namorados, de mãos dadas e olhando um para o outro. Nenhum deles parece casado. Ao menos, não um com o outro. No caso de um dos casais, o homem parece ter, no mínimo, o dobro da idade da namorada. Felizardo! Muito bem! Se for casado com outra, deve estar plenamente convencido de que aquele é o tipo de lugar que ele pode freqüentar sem que a notícia do que se passa em sua vida chegue aos ouvidos de qualquer um que o conheça. Dado que duzentas pessoas devem passar pelo restaurante durante um único horário de almoço, parece a Mr. Phillips que o risco é estatisticamente significativo.

Os banheiros situam-se no final de um pequeno corredor de paredes brancas. Mr. Phillips sofre de um certo pavor sobre se vai ou não conseguir distinguir o banheiro dos cavalheiros e o das damas, mas no final a diferença é clara e nítida: o banheiro dos cavalheiros é indicado por um cartaz exibindo um sujeito que segura um monóculo na mão esquerda, enquanto a direita empunha uma pistola de duelo. Usa cartola, fraque e exibe expressão confiante e arrogante. Muito fácil. O banheiro das damas tem uma mulher envergando um imenso vestido de baile, cuja saia ela ergue um pouco, revelando o tornozelo bem desenhado.

Mr. Phillips passa pela porta, entra, abaixa o zíper da calça, liberta o pênis através da abertura da cueca e começa a urinar. Para sua surpresa, o urinol não é nada moderno, especialmente se comparado ao resto da decoração do restaurante; trata-se de uma daquelas longas peças de mármore fixadas à parede, diante das quais os homens urinam lado a lado. Depois de meio século visitando mictórios, Mr. Phillips ainda não sabe ao certo se a pequena borda saliente deve ser usada para se pisar em cima e urinar de cima para baixo, ou para se pisar um pouco antes dela e urinar em arco, o que deveria proteger os pés com maior eficácia, não fossem os inevitáveis pingos na beirada. Na experiência de Mr. Phillips, outros homens também não sabem o que fazer, ou ao menos, não há um padrão consistente, ou ainda, existem duas escolas distintas de pensamento.

As bolas azuis medicinais no fundo do vaso exalam um forte odor químico quando entram em contato com a urina excepcionalmente escura de Mr. Phillips. Quando ele abotoa a calça, percebe que se tornou mais apertada após o almoço, como é de costume. Seu estômago pressiona a cintura de maneira amigável, como um homem que pousa a mão com respeito, em vez de lascívia, nas nádegas da esposa.

3.2

A rua onde se situa o restaurante é muito movimentada. E não poderia estar mais quente. Aquele é o tipo de clima que o pai de Mr. Phillips adorava — "Faz bem suar", ele dizia com alegria, subindo com passos largos uma colina em uma expedição ao campo no mês de agosto, com a camisa encharcada colada às suas costas.

Não muito longe dali, Mr. Phillips sabe, está o White Hart, o bar onde, em uma das vezes em que fora beber com alguns colegas da Grimshaw's, ele vira a futura sra. Phillips pela primeira vez. Ela fazia parte de um grupo de moças no bar, com as quais ele e os amigos começaram a conversar quando uma delas derramou sua bebida na calça de alguém. Não que fora amor à primeira vista: alta, de cabelos castanhos e testa larga, bonita, mas não uma beleza excepcional, de ar inteligente, ela não era exatamente o tipo de Mr. Phillips, uma vez que naqueles dias ele gostava, ou pensava gostar, de garotas ostensivamente atrevidas, preferencialmente loiras ou de cabelos pretos, mais baixas que ele, com ênfase mais nos quadris do que nos seios, embora esse não fosse um pré-requisito. Tinha a tendência de interessar-se por garotas a quem ele pudesse explicar coisas. Porém, por alguma razão, as garotas a quem ele poderia explicar coisas tinham o dom de não se interessar por ele.

A sra. Phillips, por outro lado, não só parecia estar mais bem informada que ele sobre a maior parte dos assuntos artísticos e políticos, mas também conhecia Londres melhor, ou conhecia mais regiões da cidade, e também sabia exatamente o que queria fazer: tocar, ensinar e ouvir música. Não eram qualidades que ela anunciasse, ou das quais se vangloriasse, mas estava lá, e Mr. Phillips, para sua enorme surpresa, descobriu que tais características eram altamente excitantes. Na primeira vez em que a vira tocar uma clarineta, seu segundo instrumento depois do piano, durante um concerto na igreja de Islington, teve uma grande ereção — fora naquele momento que ela se tornara, para ele, completamente definida em termos sexuais. Ao mesmo tempo, ela parecia gostar dele de verdade, o que, como ele viera a se dar conta, poucas de suas namoradas sentiram. E ele também não gostara muito delas. Conhecer a futura sra. Phillips o fizera perceber que não é assim, necessariamente, que as coisas têm de acontecer.

— Você parecia tão perdido — ela havia comentado anos depois, explicando por que se sentira atraída por ele.

Da primeira vez em que fizeram amor, em uma noite de sábado, no apartamento que ela dividia com uma colega escocesa que fora para casa naquele fim de semana para comemorar o aniversário de casamento dos pais, ela insistira em ficar de meias, o que Mr. Phillips considerara mais íntimo e revelador, do que se ela houvesse tirado todas as peças de roupas.

— Como você teria reagido se eu houvesse ficado de meias também? — ele perguntara mais tarde.

— Eu o teria mandado embora.

— Isso é o que se chama de dois pesos, duas medidas — Mr. Phillips concluiu.

A loja diante da qual Mr. Phillips encontra-se agora vende roupas de couro e se anuncia como sendo uma "zona de clonagem". Mr. Phillips demora alguns segundos para se dar conta de que a loja visa atender a uma clientela de homens homossexuais. Assim que se dá conta disso, ele se sente constrangido por estar ali, parado, e começa a se afastar, embora preferisse não se sentir constrangido, para poder entrar e ver aquelas coisas de perto. Infelizmente, não seria nada bom dar uma impressão errada às pessoas: mas o que eram *poppers*? E por que alguém desejaria colocar *piercings* nos mamilos?

A loja ao lado lembra a entrada de uma gruta, pintada de uma escura tonalidade de vermelho vaginal. Uma garota com expressão entediada — mais uma garota bonita —, de cabelos curtos e lisos, está sentada atrás de um tipo de balcão, pintando as unhas de rosa e erguendo os olhos ocasionalmente a fim de dirigir comentários encorajadores a fregueses em potencial. "Shows de Sexo Explícito XXXX", diz um cartaz acima da cabeça dela. Atrás dela, um pouco para o lado, há uma cortina de plástico.

— O desejo mais profundo de seu coração está aqui dentro — a garota diz a Mr. Phillips.

Seu tom é tão direto e franco que provoca nele uma estranha e súbita onda de excitação; por se mostrar tão desinteressada no que está dizendo, ela o faz sentir que talvez seja mesmo verdade. Se o trabalho de uma mulher é o sexo, pode haver algo muito *sexy* no fato de ela não se interessar nem se importar com ele. Parte de Mr. Phillips, uma parte um tanto grande, quer afastar a cortina de plástico e entrar na gruta. Mas ele se sente tão tímido como se, de alguma maneira, estivesse se expondo ao fazer isso. Por isso continua andando, tentando parecer casual.

É difícil caminhar por aquela rua sem se ver forçado a pensar em sexo. O número de estabelecimentos *gays* é surpreendente, depois, é claro, que Mr. Phillips se dá conta do que realmente são aquelas lojas — o bar chamado Spartacus, por exemplo, e o café, com suas mesas invadindo a sujeira da calçada, chamado, sem qualquer toque de sutileza, Gay Paree. Também são muitas as ostensivas *sex shops*, ou "Lojas para Adultos", não tão explícitas em suas vitrines quanto teriam sido alguns anos antes, mas agora piores, de certa forma, uma vez que exibem palavras como "xxx", "Brinquedos Sexuais", "Vídeos", "Somente para Adultos", "Material Explícito", "NÃO ENTRE, A Menos Que Você Não Se Choque Com Material Sexualmente Explícito", e todo tipo de atrativos no gênero. O sr. Fortesque tinha razão. Sexo é um ramo de negócios muito bom e estável. Mr. Phillips tem a prova disso, agora.

Quando seu pai morreu em 1981, vítima de um derrame, Mr. Phillips ajudou a mãe a arrumar a pequena casa de seus pais — não aquela em que Mr. Phillips havia crescido, em Wandsworth, mas uma outra, mais nova e maior, em Sutton. Fora um momento ruim. Mr. Phillips não gostava de selecionar, arrumar ou organizar coisas velhas de maneira nenhuma, pois seu instinto de jamais jogar qualquer coisa fora tornava muito difícil a tarefa de tomar decisões racionais a respeito; o que sempre acontecia era que ele se demorava demais, examinando desnecessariamente coisas sem importância como calendários antigos, passagens de trem usadas, revistas sobre automóveis, extratos bancários. Em suas incursões organizadoras periódicas nos quartos de Martin e Tom, ele relutava muito mais que os próprios filhos em livrar-se de roupas velhas e pôsteres rasgados. Mr. Phillips gostava de pensar que tal comportamento se devia ao medo adquirido no treinamento de qualquer contador, de perder ou extraviar algum papel importante. Ao mesmo tempo, sentia um forte impulso de se agarrar a tudo, de manter o passado vivo através do contato físico com objetos, cujo significado pertencia a outra época.

— Você é um esquilo — sua mãe dissera.

Mr. Phillips entendera o comentário como uma incrível metáfora.

— Sou?

— É apenas uma expressão.

— Os esquilos são predadores, não são?

— É apenas uma expressão.

Seu pai também fora um esquilo; sua mãe, por outro lado, era... o que quer que pudesse ser apontado como oposto a um esquilo. Não era fácil pensar em um animal que tivesse prazer em jogar coisas fora. Alguma criatura pequena, inteligente e rápida, que não guardasse tudo o que encontrasse em seu ninho.

O resultado disso fora que, quando Mr. Phillips e sua mãe começaram a arrumação, logo após a morte de seu pai, a casa estava cheia de coisas dele, mas quase nada dela. Era como se ela houvesse morrido algum tempo antes. E não parecia haver qualquer distinção ou discriminação no acúmulo de pertences de seu pai. Um baú guardava a certidão de nascimento de seu próprio pai, que seria considerado um documento importante em qualquer circunstância, juntamente com dez anos de boletins escolares de Mr. Phillips e sua irmã, guardados em um envelope pardo, já todo manchado pelo tempo.

As últimas gavetas da escrivaninha de seu pai, uma de cada lado, eram trancadas. A chave estava escondida na gaveta supostamente secreta, embutida na parte traseira central da escrivaninha, imediatamente acima de onde ficariam os joelhos — embora fosse difícil imaginar um ladrão tão preguiçoso ou inútil que não encontrasse o esconderijo em questão de segundos. A gaveta da esquerda continha relatórios financeiros atualizados e dois certificados de poupança do National Savings no valor de cinco mil libras cada um — os quais, juntamente com a casa, revelaram-se ser praticamente todo o patrimônio de seu pai, que permitiu à sra. Phillips mudar-se para a Austrália e viver com Mavis, o marido Terry e as duas filhas. A certidão de casamento, emitida pelo cartório de Wandsworth, e a certidão de óbito da avó de Mr. Phillips também estavam lá, em uma pasta com a inscrição "Certidões". A gaveta do outro lado estava cheia de revistas pornográficas, algumas guardadas em uma pasta de plástico transparente porque... porque o quê? Eram as favoritas de seu pai, e ele não quisera que se estragassem pelo próprio manuseio?

Mr. Phillips não pôde deixar de prestar profunda atenção a esse vislumbre de consciência de seu pai. Ao mesmo tempo, tinha de admitir que não gostaria que seus filhos tivessem a mesma oportunidade com relação a ele...

— Papai não tinha grande predileção por seios, tinha?

— Não, para o velho, eram traseiros ou nada.

Seu pai, no entanto, parecia ter sido um grande admirador de seios. Estranho o fato de esse tipo de coisa não ser herdado, ou geneticamente programado. As fotos envoltas por plástico não eram, disso Mr. Phillips tinha absoluta certeza, aquelas que ele mesmo teria escolhido. Qualquer um pensaria que, se qualquer preferência ou afinidade fosse geneticamente herdada, seriam aquelas.

Seu pai havia morrido cedo demais: nos dias de hoje existem revistas inteiras dedicadas a seios grandes. Embora, talvez isso não houvesse sido uma coisa tão boa; talvez a simples tarefa de folhear as páginas à procura da garota certa fosse uma parte importante da excitação. Michael Phillips, porém, fora forçado a apreciar fotografias de garotas se abaixando para mostrar o traseiro, ou deitadas de costas para dar a impressão de que queriam fazer sexo naquela hora, naquele lugar — o que agradava a Mr. Phillips mas tendia a fazer com que seus seios parecessem menores. Na gaveta, havia cerca de trinta revistas, todas mostrando garotas em poses não muito explícitas — nada de fotos estrategicamente posicionadas de vulvas em *close-up*. Calculando dez garotas por revista, teríamos um total de trezentas garotas na versão de seu pai do quarto de Barba Azul. E ainda eram quarenta e poucas as garotas envoltas em plástico. Portanto, eram trezentas e quarenta ao todo, escondidas na gaveta da escrivaninha de seu pai. As garotas teriam seguido adiante com suas vidas, algumas, provavelmente, ganhando um bom dinheiro na carreira de modelo, outras abandonando a profissão ainda jovens, ou tirando a sorte grande com uma sessão de fotos para *Knave*, *Penthouse* ou *Mayfair* no apogeu de suas carreiras. E o que teriam feito depois? Seriam interminavelmente recicladas entre as revistas mais famosas, ou seria um breve instante literalmente sob os holofotes e, então, *finito*? De qualquer maneira, suas vidas teriam continuado, a sessão de fotos transformada em uma lembrança vaga, ou nítida, ou infeliz, ou deliberadamente suprimida da memória, enquanto elas viviam eternamente na gaveta da escrivaninha de seu pai, congeladas para sempre em uma pose momentânea, adotada quem sabe onde, quem sabe quando, diante de quem sabe que tipo de fotógrafo. "Faça amor com a câmera! Mostre-me o seu calor!"

A força dos apetites representados por aquela pilha de imagens tinha seu lado impressionante. No entanto, o fato de ter encontrado as fotografias fez com que Mr. Phillips se sentisse solitário. Seu pesar pela morte do pai, ele pudera partilhar, em parte, com sua esposa (que gostava de seu pai e o considerava "um bom homem"), sua mãe e sua irmã, que viera da Austrália para o enterro mas só ficara por trinta e seis horas, uma vez que tinha de retornar por algum motivo familiar do qual Mr. Phillips não se recordava. Por outro lado, ele não sentia que poderia partilhar aquela descoberta com nenhuma das três; tal atitude iria contra a ética da camaradagem masculina, contra o sentimento familiar, além de ser o oposto do que seu pai teria desejado. Por isso ele colocou as revistas, recortes e pastas plásticas, juntamente com outros itens que deveriam ser jogados fora, dentro de um grande saco plástico e se dirigiu ao depósito de lixo da prefeitura. Havia um toque de morte, de considerável intensidade em tudo isso, uma vez que os papéis que seu pai decidira, por razões pessoais, guardar, haviam se tornado agora, no momento de sua morte, lixo, puro lixo, tendo seu *status* alterado por motivos alheios aos papéis em si. Mr. Phillips decidiu levar tudo ao depósito de lixo da prefeitura em vez de simplesmente deixar os sacos para que fossem recolhidos pelos lixeiros, por temer que um dos sacos se abrisse ou rasgasse e despejasse a mistura de velhas contas, extratos bancários, jornais e fotografias de mulheres nuas diante dos olhos surpresos e secretamente empolgados de quem quer que passasse pela rua. "Sempre achei que ele tinha algo de estranho."

O plano era levar as roupas para Oxfam; itens que oferecessem possibilidade de venda, como o rádio que seu pai costumava manter no banheiro, o espelho portátil com a medonha moldura rosa e outras coisas que nem sua mãe nem sua esposa queriam seriam deixadas no bazar de caridade Barnardo; papéis velhos e pornografia iriam diretamente para o lixo. Mr. Phillips dirigiu-se ao depósito de lixo em primeiro lugar, por preocupar-se com a possibilidade de entregar os sacos errados por engano. Um funcionário da prefeitura, vestindo macacão azul, orientava as pessoas que lá chegavam. O ar carregava um leve odor de queimado, misturado ao inconfundível e muito mais forte cheiro de lixo. Quando começou a retirar os sacos do porta-malas, Mr. Phillips deu-se conta de que não acreditava que eles fossem permanecer intactos até o momento de serem atirados no triturador, ou no incinerador, ou qualquer que fosse o seu destino. Mais uma vez, sentiu o temor de que os sacos se abrissem e seu conteúdo fosse espalhado pelo vento ou algo assim; então, os segredos de seu pai seriam revelados e, ao mesmo tempo, devido aos extratos bancários e recibos de contas antigas, a identidade dele seria facilmente descoberta, e todos saberiam quem fora ele e do que gostava. Por isso, depois de chegar ao depósito de lixo da prefeitura, Mr. Phillips voltou a guardar os sacos no porta-malas de seu carro, para então voltar para casa em meio ao trânsito intenso, provocado pelo final do jogo de futebol das tardes de sábado. Fez uma fogueira melodramática em seu próprio quintal, proibindo a sra. Phillips e as crianças de saírem. Empilhou as revistas, retirou as fotografias de suas capas plásticas, amassou-as e depositou-as no topo da pilha, despejou fluido para acender churrasqueiras sobre tudo, riscou um fósforo e atirou-o. As montanhas de garotas estampadas no papel duro e estranho, aparentemente encerado das revistas pornográficas, queimaram com facilidade. Então ele colocou os outros papéis, inócuos, na lata de lixo diante da casa, pensando que aquela seria a última vez em que as coisas de seu pai seriam levadas pelos lixeiros, e voltou para dentro. As roupas e outros pertences ficaram no porta-malas, uma vez que, àquela altura, já era tarde demais para levá-las às respectivas instituições de caridade.

— Você está cheirando a fumaça — disse a sra. Phillips quando ele entrou em casa.

Ela havia se oferecido repetidas vezes para ajudá-lo.

— Faltam apenas mais algumas coisinhas — Mr. Phillips esclareceu, pensando no momento de pânico que havia experimentado quando um fragmento de garota queimada — a metade superior de uma loira de seios enormes, o tipo preferido de seu pai — começara a se erguer entre as chamas, pairando mais alto que os olhos de Mr. Phillips, de maneira que, por um segundo, pareceu prestes a se deixar levar embora pela brisa, para cair no quintal de um vizinho, até a sustentação do ar quente falhar por um momento e ela voltar a cair, já chamuscada e irreconhecível, entre as chamas.

3.3

Mr. Phillips está agora parado do outro lado da rua, de frente para uma loja que tem a palavra "Vídeos" escrita em vermelho muito escuro sobre um fundo rosa; também tem as cortinas de plástico que parecem fazer grande sucesso nesse setor do mercado. Ao lado da entrada da loja, há uma outra porta, com um lance de escada visível em seu interior. A palavra "Filmes" está escrita acima do lintel. Pessoas entram e saem, aparentemente sem prestar atenção umas às outras, daquela enganosa maneira londrina que pode significar que realmente não estão prestando atenção ou que estão estudando as outras da cabeça aos pés. Sexo e violência são sempre possíveis. Dois homens vestindo short e colete, ambos de cabelos bem curtos e loiros, passam por Mr. Phillips, e ele se vê obrigado a admitir que os dois estão vestidos muito mais de acordo com o clima do que ele. Um outro homem, roliço e alegre, está parado ao lado da loja, gritando o título de uma revista ao mesmo tempo que segura um exemplar aberto diante do peito, como se estivesse anunciando a si mesmo e não algum outro produto.

Mr. Phillips reúne toda a sua coragem e atravessa a rua, abre a cortina de plástico e entra na *sex shop*. Trata-se de uma sala quadrada, que mais parece uma caixa, com revistas expostas diante de duas paredes, uma vitrine na terceira e um balcão na quarta. Há dois outros clientes lá dentro, ambos homens, e um homem gordo de expressão entediada e mal-humorada atrás da máquina registradora. Os dois fregueses estão folheando revistas com ar de abandono.

Mr. Phillips encaminha-se para uma das paredes cobertas por revistas enquanto espia pelo canto dos olhos a terceira parede, que parece consistir, principalmente, em objetos feitos para parecer um pênis: vibradores e pênis artificiais. Há também uma caixa com as palavras "calcinhas comestíveis" escritas, outra caixa com rótulo anunciando "grampos para seios" e uma terceira dizendo apenas "tamanho único". Alguns dos pênis artificiais são particularmente grandes — talvez os maiores que Mr. Phillips já viu. Já faz muito tempo que ele não vê um grande número de pênis, desde os banhos nos vestiários do St. Aloysius, mas suas lembranças de tais cenas são bastante nítidas, e por isso ele sabe que, embora os pênis tenham aparências muito diferentes entre si, mais diferentes do que seus próprios donos (se é mesmo essa a palavra a usar no caso), eles não variam tanto em tamanho — especialmente se comparados a seios, que variam loucamente e de maneira absolutamente imprevisível. Garotas miúdas têm seios grandes, garotas grandalhonas têm seios invisíveis, e existem todos os tipos de permuta entre um extremo e outro, a maioria se categorizando nas três formas básicas, que são a cúpula, a torre e a colina. Os pênis não são assim. Em linguagem estatística, eles se agrupam predominantemente em torno da média. Portanto, os pênis artificiais expostos na vitrine são, na opinião de Mr. Phillips, no mínimo, estatisticamente insignificantes, e na pior das hipóteses, altos vôos de fantasia.

Um grande cartaz pendurado acima das prateleiras de revistas diz: "Experimentar Antes de Comprar *Não* é a Nossa Política". Mr. Phillips sente-se tímido demais para apanhar qualquer revista e, por isso, limita-se a postar-se diante da prateleira e examinar as capas. *Dutch Hardcore xxx* é o nome da revista que o homem ao seu lado está lendo. Ele veste um paletó preto muito largo e parece meio adormecido. Há vários títulos que teriam agradado ao pai de Mr. Phillips. *Big Tits, Jugs, Hooters!* e *Party Tits* são alguns exemplos. Mr. Phillips acredita que pode confirmar sua teoria sobre a insignificância estatística do tamanho dos pênis artificiais folheando uma das revistas *gays*, mas não se sente forte o bastante para isso. Cautelosamente, com a crescente sensação de estar fazendo algo que não deveria, ele estende a mão e apanha um exemplar da revista *Anal Action*, dizendo a si mesmo que vai olhar apenas para saber se é mesmo o que ele está pensando. Abre a revista aleatoriamente e depara-se com uma fotografia de página inteira de um pênis parcialmente inserido no ânus de uma mulher. A vulva desocupada da mulher é visível também, mas nenhuma outra parte de nenhum dos protagonistas é mostrada. Há algo de chocante e ao mesmo tempo quase abstrato na foto. Tantas coisas foram deixadas de fora. A fotografia não descreve sexo, nem o invoca; não faz Mr. Phillips imaginar como seria fazer aquilo, apenas deixa-o ligeiramente atordoado diante do fato de que já foi feito. As cores — o rosa saudável das nádegas femininas, o rosa-lilás mais escuro do pênis masculino e a auréola castanho-avermelhada do ânus — são, praticamente, os personagens principais. A tarefa do fotógrafo, com o rosto e a câmera muito, muito perto da pele dos modelos, deve ter sido, no mínimo, estranha. Mr. Phillips sente-se ainda mais atordoado, excitado.

Fecha a revista e sai da loja, sentindo olhares em suas costas ao partir. Afasta a cortina de plástico e vira bruscamente à direita, entrando na porta com a placa "Filmes". Um lance de escada, mal-iluminado e em más condições de conservação, o leva para o andar de cima, onde há uma área maior, parecida com um saguão, na qual uma garota sentada atrás de um quiosque conversa com um homem robusto vestindo jaqueta de couro. As paredes são praticamente cobertas por pôsteres de filmes. Uma mulher praticamente nua, coberta apenas por um vestido branco transparente e usando um penteado muito estranho, como se tivesse pãezinhos nas orelhas, empunha uma daquelas pistolas comuns nos filmes de ficção científica, anunciando um filme chamado *Star Whores* ("Prostitutas Estelares"). Uma mulher, aparentemente desprovida de qualquer peça de roupa, está deitada sobre um homem também nu, diante de um disco voador pilotado por um alienígena de desenho animado, com olhos de inseto e pequenas antenas que parecem observar o casal. Esse se chama *Close Encounters of the Sixty-Ninth Kind* ("Contatos Imediatos do Sexagésimo Nono Grau"). Uma moldura para pôster com a inscrição "Em Cartaz Hoje" está vazia. Mr. Phillips, sentindo mais calor do que em qualquer outro momento do dia, vai até o quiosque e dirige-se à garota.

— Um ingresso, por favor.

A garota, que masca chiclete, diz:

— Apenas para sócios.

— Ah... — murmura Mr. Phillips, que tem a sensação de que as coisas não serão tão simples como ele havia imaginado que seriam.

Ele começa a se virar para sair quando a garota volta a falar, usando o tom de voz geralmente reservado a crianças não muito inteligentes:

— O senhor pode se associar.

— Ah — Mr. Phillips murmura outra vez. — Quanto custa?

— Oito e cinqüenta para ser sócio por vinte e quatro horas.

Mr. Phillips enfia a mão no bolso para retirar a carteira.

— E o filme custa cinco libras — acrescenta a garota, que apesar do aparente desinteresse em certos aspectos, parece gostar do seu trabalho. Com as palmas das mãos suadas, Mr. Phillips estende a ela uma nota de vinte libras. Ela retira uma pequena caixa de uma gaveta do quiosque e guarda as vinte libras debaixo da pequena bandeja dentro dela antes de contar os seis e cinqüenta de troco. O imposto sobre valor adicionado já está incluso? Não é o tipo de pergunta que se possa fazer. Ela lhe estende um ingresso destacado de um bloco azul, como uma passagem de ônibus comprada de um cobrador. Também dá a Mr. Phillips um pedaço de papelão com as palavras "Sócio Temporário" impressas. O homem com a jaqueta de couro lança a Mr. Phillips um olhar duro, do tipo "vou reconhecê-lo da próxima vez", que na opinião de Mr. Phillips põe abaixo a desejada e implícita ética do anonimato, rasga o ingresso na metade e permite que Mr. Phillips entre no pequeno auditório, três ou quatro degraus abaixo. Refletindo sobre sua posição atual, Mr. Phillips se dá conta de que deve estar acima da *sex shop* onde examinou revistas minutos antes, ou talvez sobre a loja vizinha; é como estar em um pequeno labirinto.

Mr. Phillips está com sorte. Um filme está começando naquele instante. Chama-se *Jim MacTool and the Salmon of Wisdom* ("Jim MacTool e o Salmão da Sabedoria"). As luzes já se apagaram, e ele tem de se movimentar até encontrar um assento vago, ao brilho da luz incerta da tela. Por volta de doze homens encontram-se na sala, cada um deles cuidadosamente isolado, como se estivesse de quarentena, em meio a um grupo de poltronas.

O filme se passa em uma versão pouco convincente da Irlanda, uma paisagem selvagem, com árvores muito altas. Jim, o herói, é representado por um ator enorme, loiro e muito bronzeado, com músculos tão grandes que parecem ter sido inflados com ar. Ele usa um *kilt*, leva uma pele de animal sobre os ombros e empunha um bastão. Mr. Phillips concluiu que os cineastas conseguem entender todos os detalhes de maneira errada. Jim bem que se esforça na tentativa de falar com sotaque irlandês, embora pela metade do filme ele desista, ou receba uma ordem para parar, e comece a falar inglês americano.

No início do filme, Jim, o herói, caminha pela selva sem nenhum motivo mencionado, quando encontra um velho cego sentado à beira de um rio, com uma vara de pesca. O homem inclina-se para lançar a isca, perde o equilíbrio e cai no rio, e Jim o salva. Então, os dois sentam em torno de uma fogueira, conversando. O velho sábio conta a Jim sobre sua longa procura por um famoso peixe chamado "Salmão da Sabedoria".

— O primeiro a provar da carne desse peixe terá a sabedoria de todas as coisas — diz o homem.

Jim diz que vai ajudá-lo, e o velho o faz prometer que deixará o sábio ser o primeiro a comer da carne do peixe quando conseguirem pescá-lo e assá-lo, pois somente a primeira mordida proporciona a quem come o conhecimento de todas as coisas. Jim concorda.

No dia seguinte os dois vão pescar juntos e, surpresa, surpresa, apanham um peixe que o velho reconhece imediatamente como sendo o "Salmão da Sabedoria". Os dois lutam juntos para dominar o peixe e conseguem. O velho, tomado de profundo entusiasmo, diz a Jim que acenda uma fogueira e ponha o salmão sobre ela para assar. Quando o salmão está pronto, Jim vai retirá-lo do fogo, mas está ansioso demais para pegá-lo, e a dor provocada pelo calor faz com que ele largue o peixe, que cai entre suas pernas, sobre o pênis descoberto, e o queima. Ele grita de dor, apanha o peixe e coloca-o no prato diante do velho. O velho pergunta o que aconteceu e, quando Jim lhe conta, explode em lágrimas e diz que agora, como a pele de Jim foi queimada pelo salmão, ele possuirá o segredo da sabedoria toda vez que lamber a região afetada. E Jim explica que foi queimado em um lugar que ele não consegue alcançar com a própria língua e, portanto, é o mais infeliz dos homens.

— Não, é o segundo mais infeliz — diz o velho, que tomba morto.

Jim o enterra.

No dia seguinte Jim retoma a sua jornada e encontra uma mulher chorando em uma encruzilhada. Ela também é loira e usa um grande xale preto, que envolve também sua cabeça, como uma espécie de manto. Ela fala com carregado sotaque americano. Ela está triste porque é viúva e seu senhorio vai despejá-la, e ela não sabe o que fazer. Então Jim fica triste por ela, mas logo diz que talvez saiba como resolver o problema. Em seguida explica sobre o "Salmão da Sabedoria" e o que aconteceu, e diz que embora ele não possa consultar sozinho o salmão, qualquer pessoa que lamber a área afetada pela queimadura terá o conhecimento de todas as coisas. Então, com grande alarde, a bela e jovem viúva diz que acha que vale a pena tentar e ajoelha-se diante de Jim, ergue o *kilt* para revelar-lhe o pênis que, assim como o resto do corpo de Jim, parece costumar levantar pesos e fazer muito exercício. (Seria possível? É claro que não. O pênis de Jim é grande, mas não chega a ser cômico ou aterrorizante — é simplesmente muito grande e um tanto bronzeado.) Então a viúva livra-se do xale, e Jim despe o *kilt*, mas mantém a pele de animal nos ombros, assim como as botas, e os dois fazem sexo nas mais diferentes posições. A história do "Salmão da Sabedoria" é temporariamente esquecida.

O aspecto mais desconcertante está no fato de o sexo durar tanto quanto durou o filme até então, aproximadamente dez minutos, e embora o desempenho dos atores ter sido péssimo mas tocante em seu amadorismo (o sotaque dele, as tentativas dela em transmitir emoção em seu discurso sobre o senhorio malvado), o sexo é mecânico e profissional, e fica claro que é o que as pessoas envolvidas fazem melhor e fazem para viver, enquanto ao mesmo tempo é tão estilizado que, assim como a fotografia da *Anal Action* que Mr. Phillips viu pouco antes, é quase abstrato. Jim mantém o corpo bem distanciado da bela e jovem viúva para que os espectadores possam ver seu pênis penetrando a vagina dela. A filmagem em *close-up* entrando e saindo da vagina em velocidade constante de, segundo os cálculos de Mr. Phillips, aproximadamente três estocadas por segundo, é particularmente desconcertante. A aparência do ato é completamente diferente da sensação proporcionada por ele (supondo que Mr. Phillips se lembre com clareza). Um pênis de três metros entrando em uma vagina de meio metro de diâmetro não corresponde, na opinião de Mr. Phillips, a qualquer sensação humana conhecida. O pênis é tão sinistramente nodoso e distorcido, a vagina e o clitóris escorregadios a ponto de se tornarem repelentes, que nada daquilo parece, sequer de longe, humano; aquele ato, Mr. Phillips conclui, representa uma questão meramente hidráulica.

Quando mais jovem, Mr. Phillips teria, provavelmente, invejado o trabalho daquele homem, a interminável sucessão de sexo. Passar a maior parte da vida dentro de vaginas teria sido a melhor coisa do mundo aos dezenove anos, aos vinte e quatro, trinta e até mesmo quarenta. Essa era a época em que o sexo parecia ser a única coisa importante no mundo — o que ainda era, na opinião de Mr. Phillips, uma visão perfeitamente razoável, embora ele não continuasse a partilhá-la. Agora ele está mais apto a imaginar problemas e dificuldades: sendo esta uma das capacidades nas quais um homem vai se tornando cada vez melhor à medida que envelhece. Tomemos a Aids como exemplo. Ele se preocupa um bocado com ela, em relação a Martin. Os astros e estrelas de filmes pornográficos não parecem dar a menor importância a isso e, provavelmente, não se importam mesmo. E ainda é preciso ter ereções quando assim nos exigem: há um treinamento para isso ou trata-se de uma capacidade com a qual alguns homens já nascem? E, uma vez obtida a ereção exigida, a sensação seria igual à de uma ereção normal — o sujeito desejaria fazer as mesmas coisas com ela —, ou seria, de alguma forma, mais impessoal, um apêndice indiferente para fins meramente profissionais? E qual seria a atitude desse mesmo sujeito para com o sexo pessoal, seria diferente do sexo profissional?

Seria aquele ato sexual genuíno, com a câmera — que se aproxima em *close-up*, paira sobre o casal e circula em torno dele — movendo-se de um lado para outro enquanto os dois param e recomeçam, ou são várias relações separadas, editadas para formar a idéia de uma só? Mr. Phillips sabe que jamais descobrirá. No momento do clímax Jim retira o pênis de dentro da mulher, ergue-se até se posicionar mais ou menos sobre o peito dela e masturba-se até derramar seu sêmen sobre os seios imensos, enquanto ela observa em êxtase, como se aquilo fosse o que ela tivera em mente desde o início, sua prática predileta.

O sexo no filme praticamente não tem qualquer relação com o sexo como é verdadeiramente praticado, mas possui regras próprias muito importantes. Jim faz sexo com duas irmãs que não conseguem encontrar meios de obter seu dote, uma princesa indiana que foi vítima de um naufrágio e agora precisa construir um barco para voltar para casa, mãe e filha em uma cabana de caniços e quatro freiras que interrompem a própria orgia lésbica para "consultar o salmão" — que rapidamente se torna a invariavelmente bem-sucedida argumentação de Jim. Todos esses encontros terminam com Jim ejaculando sobre as mulheres. Trata-se, evidentemente, de uma convenção fixa do gênero, tão distante da realidade quanto as inesgotáveis balas das armas dos heróis de faroeste. Tem de haver uma grande diferença entre sexo por recreação e sexo a trabalho, uma vez que poder ejacular dentro de outra pessoa é considerado, por si só, uma das maiores recompensas do ato. Além disso, na opinião de Mr. Phillips, existem variações um tanto óbvias do tema do "Salmão da Sabedoria" que permanecem inexploradas, seja por questões de gosto ou por falta de imaginação: o tema de Jim consultar o salmão por si mesmo, por exemplo, algo que acrobatas, especialistas em ioga e coisas assim seriam, supostamente, capazes de fazer. Ou o salmão de Jim ser consultado por outro homem, que poderia ser um aluno de último ano precisando de ajuda nos exames finais. Ou, quem sabe, Jim permitindo que o velho cego consultasse o salmão como um ambíguo prêmio de consolação? Mais uma vez surge a noção de que as regras do gênero são arbitrárias e rigidamente definidas. A única atriz que realmente agrada a Mr. Phillips é a mais jovem das duas irmãs, uma garota de cabelos pretos, cujo excitante ar de normalidade é realçado pelo fato de ela ter seios pequenos e uma atitude aparentemente menos profissional com relação ao sexo — parece ser a sua segunda ou terceira vez diante das câmeras, em vez de ser a milésima. Sua reação à tarefa de fazer sexo oral com a "irmã" (enquanto é penetrada por trás pelo incansável Jim, naturalmente) também tem um toque muito real, uma relutância combinada à curiosidade, ou o contrário; a menos que isso seja o que Mr. Phillips deseja tanto acreditar a ponto de inventar todos os detalhes. Seria aquela a primeira vez em que ela beija a vagina de outra mulher? Talvez ela tenha dito, durante seu teste, que estava disposta a fazer isso, que a exigência não era nada demais, e agora descobria que era muito mais do que ela jamais teria imaginado, tanto no plano físico quanto psicológico; ela parece estar consciente, em algum recanto profundo de seu ser, de que é uma garota suja. Isso agrada a Mr. Phillips. Além de tudo isso, ela fala menos e geme menos que as outras durante o sexo, o que a faz parecer mais amadora, e que na opinião de Mr. Phillips, dado o contexto, é uma virtude.

Mr. Phillips sente que está tendo uma ereção e, no mesmo instante, fica muito embaraçado, embora saiba ser estranho sentir-se embaraçado quando está sentado na semiescuridão, sem que ninguém possa vê-lo. Se fosse surpreendido — por uma batida policial, por exemplo —, literalmente morreria de vergonha. Por essa razão, e porque a novidade está começando a perder o encanto, Mr. Phillips levanta-se no início de uma cena em que Jim se junta a três outros heróis andarilhos que estão prestes a socorrer uma tribo de amazonas que enfrentam problemas com seu feiticeiro. Consultas em massa do salmão, é claro, estão prestes a ocorrer. Mr. Phillips esgueira-se, em uma das pouquíssimas vezes em sua vida que ele se esgueira conscientemente, para fora da sala, emergindo no saguão mal iluminado onde a garota que vende ingressos continua mascando chiclete, enquanto o coletor de ingressos ainda permanece de pé, em silêncio. Então, ele desce a escada e sai para a claridade e o calor da rua.

3.4

São três e meia. No escritório, essa era a parte do dia de que Mr. Phillips menos gostava, a parte em que, embora o volume maior de trabalho do dia já estivesse praticamente resolvido, geralmente com velocidade surpreendente — ora, vejam, faltam vinte minutos para meio-dia! ora, vejam, faltam cinco para as duas! —, agora que o final já se aproximava, o relógio diminuía sua marcha misteriosamente, de maneira que o período entre três e meia e cinco horas demorasse o que pareciam ser seis ou sete horas, até cinco e um, quando os vinte e nove minutos que faltavam para a hora oficial de ir embora, às cinco e meia, voassem.

Mr. Phillips sempre demora alguns momentos para se adaptar, quando sai de um cinema para a luz do dia. A sensação é voluptuosa, pecaminosa. Ele fica ali parado, piscando, momentaneamente perdido quanto ao que deveria fazer até a hora de ir para casa. A idéia de voltar imediatamente e esperar que a sra. Phillips volte de suas aulas, o que aconteceria por volta das cinco horas, aparece nos recantos distantes da mente de Mr. Phillips. Ela entraria, ele lhe contaria o que havia acontecido. Ele tem um vislumbre de tal idéia no equivalente mental da visão periférica e, então, a idéia desaparece outra vez.

Enquanto ainda se sente atordoado pelo efeito pós-cinema, Mr. Phillips caminha até a beirada da calçada e começa a atravessar a rua sem, como é forçado a admitir, olhar para a direita ou esquerda. Uma grande perua branca desvia e pára bruscamente, a menos de três metros dele, de maneira que ele se vê fitando diretamente o rosto do motorista, que primeiro empalidece, para então enrubescer de raiva. Se o motorista houvesse reagido, digamos, um centésimo de segundo mais devagar, Mr. Phillips teria sido atropelado. Enquanto parte de Mr. Phillips registra esse fato, outra parte nota que aquele veículo tinha de ser uma perua branca. Em Londres, é sempre assim. Tal fato deve ser em virtude de: (a) as peruas tendem a pertencer a pequenos empresários, um tipo conhecido por ser agressivo, impaciente, de direita, sem nenhuma vergonha das táticas de pagamento atrasado e intimidação; (b) as peruas tendem a ser dirigidas por homens que trabalham para grandes companhias, em serviços de entregas ou outra atividade de menor valor e, porque os motoristas não têm nenhuma relação direta com o veículo, dirigem de maneira agressiva, intimidativa, descuidada, sem dar a menor importância ao valor assegurado; (c) há algo nas peruas brancas que faz com que as pessoas que as dirigem se tornem irracionalmente agressivas — isto é, peruas brancas enlouquecem os motoristas; (d) há algo nas peruas brancas que faz com que homens agressivos desejem dirigi-las — isto é, somente pessoas já loucas dirigem peruas brancas.

Esse motorista de perua branca em particular abaixa o vidro de sua janela. Mr. Phillips, sem saber ao certo se deve recuar de volta à calçada, ou seguir adiante e atravessar a rua, percebe que o homem não dá sinais de que vá sair do veículo e esmurrá-lo. Por isso, ele continua atravessando a rua. Quando faz isso, o motorista enfia a cabeça para fora da janela. Lá vamos nós, pensa Mr. Phillips.

— Cansado de viver, velhinho? — o homem pergunta com voz neutra.

E não espera por uma resposta.

Do outro lado da rua, debaixo da marquise da porta lateral de um teatro, um homem faz malabarismos com três — não, quatro — tochas acesas. Uma pequena multidão o cerca. Não parecem espectadores, mas sim pessoas que, no momento, não estão fazendo mais nada. O rosto do malabarista é de uma distinta e escura tonalidade de marrom, como se ele houvesse passado semanas e semanas ao sol, e Mr. Phillips tem a sensação de já tê-lo visto em algum lugar, antes. Claro: praticando seu número, naquela mesma manhã, em Battersea Park. Agora, o homem apanha uma quinta tocha do braseiro à sua frente. Ora, fazer malabarismos com cinco tochas acesas, como Mr. Phillips bem sabe, é incrivelmente difícil. O homem, mais velho do que parece à primeira vista — a caminho dos quarenta, talvez —, exibe expressão distante durante os trinta segundos seguintes, enquanto atira as tochas em piruetas para o alto. Então, apanha-as, com gestos mais desajeitados do que usa para atirá-las, coloca três delas de volta no braseiro e, lentamente, em movimentos muito mais lânguidos e demorados do que os exemplos de felação profissional a que Mr. Phillips assistiu pouco antes, põe as outras duas, uma após a outra, na garganta. Quando as retira, estão apagadas. Mr. Phillips dá-se conta de que sua ereção se foi. Um membro da audiência dá um passo à frente e joga uma moeda no chapéu colocado na calçada, aos pés do comedor de fogo.

Ocorre a Mr. Phillips que ele poderia trabalhar em um negócio próprio. As palavras chegam como uma frase, completamente formada: "Eu poderia trabalhar em um negócio próprio". Ao mesmo tempo, não está claro o que, exatamente, aquilo significa. Evidentemente, ele não pode, simplesmente, alugar uma sala e dizer: "Contador desempregado de cinqüenta e poucos anos trabalhando por conta própria. Prepare-se, mundo!" Seria preciso oferecer algo específico na linha de produtos e serviços.

Uma possibilidade seria ajudar as pessoas com suas Declarações de Imposto de Renda, ou mesmo oferecer consultoria em poupança e investimentos, embora antes de fazer isso ele tivesse de, de alguma forma, adquirir nova postura e linguagem corporal, uma vez que as pessoas teriam de ser totalmente crédulas para aceitar conselhos de alguém visivelmente não tão bem-sucedido em suas finanças pessoais. Precisaria de um novo guarda-roupa, novos ternos, no mínimo, um corte de cabelo mais moderno, móveis de escritório que inspirassem o desafio contemporâneo, ou a solidez da antiguidade, um computador, e até mesmo uma nova maneira de falar — mais grave, mais imponente. A Receita não é tão ruim quanto as pessoas dizem, sinceramente, sra. Wilson. O pessoal da alfândega e da cobrança de impostos sobre consumo adora uma boa piada, sr. Hart. Não se preocupe, sr. Stavros — declarar falência significa nunca ter de dizer que sente muito.

Poderia ajudar pequenos comerciantes com seus Impostos sobre Valores Adicionados, o IVA, mesmo acreditando que tal nome seja injusto, uma vez que não se trata de um imposto que adicione valor nenhum, mas sim uma quantia extra que os fregueses têm de pagar — um nome melhor seria IIA, Imposto sobre Imposto Adicionado. Se Mr. Phillips se estabelecer por conta própria, terá de cobrar e recolher o IVA e, portanto, se tornará o que na Bíblia é chamado de publicano, o cobrador de impostos. São Mateus fala sobre ser "pagão e publicano", que nos tempos de escola Mr. Phillips considerava um tanto duro — o que havia de tão mau em ser proprietário de um bar? Então, ele descobriu. Mais importante, São Mateus havia sido um deles, um judeu arrecadando dinheiro para o odiado Império Romano. Mr. Phillips e seus clientes, por sua vez, estariam apenas arrecadando dinheiro para o governo e para a União Européia, para que as pessoas da Calábria pudessem ter estradas asfaltadas, e fazendeiros franceses pudessem manter seus campos em excelente condição de produção e fazer seus queijos especiais.

É claro que há sempre uma vingança. Vingança! Ele também poderia informar-se de possíveis empreendimentos no mercado de fornecimento de alimentos, identificar um deles — uma pequena franquia de cantinas para empresas que estivessem enfrentando dificuldades, ou uma catastrófica epidemia de envenenamento alimentar provocada por hambúrgueres vendidos em estádios de futebol —, ir ao banco, ou o que seria muito mais glamouroso, a uma firma de capital para empreendimentos, levantar o dinheiro, fazer o lance, vencer a concorrência, concorrer para outros contratos, ganhá-los, superar todas as expectativas e padrões industriais, colocar a companhia no mercado de ações, fazer um pacote, expandir agressivamente, procurar e destruir a concorrência e, ao mesmo tempo, levar os níveis de serviços, satisfação da clientela e retorno percentual de capital a alturas sem precedentes, finalmente atacar a Wilkins and Co., roubar-lhes os principais clientes, contratar seus melhores funcionários, oferecer preços infinitamente melhores que os deles, em resumo, colocá-los contra a parede e, então, apresentar-se antes dos credores com uma oferta ridiculamente baixa, mas irrecusável. Mr.

Wilkins tremendo sobre o espesso carpete da sala de diretoria da Phillips Limited, noventa quilos de geléia, meramente fingindo ser homem. Metade da antiga diretoria e gerência demitida, ou ainda melhor, mantida por metade de seus salários anteriores, e forçada a comparecer regularmente a seminários, nos quais suas falhas seriam apontadas e entusiasticamente discutidas por colegas mais jovens, porém muito mais capacitados; Mr. Mill exposto como alcoólatra e numericamente disléxico, seu cargo de chefe do departamento em que trabalhava Mr. Phillips aparecendo em livros, como um exemplo definitivo da psicologia da incompetência corporativa.

Do outro lado da rua, Mr. Phillips pára diante de uma pequena igreja com uma torre alta, que parece totalmente desproporcional, e um cemitério malcuidado cercado por grades altas e pretas. Um cartaz pregado a elas anuncia Palestras à Hora do Chá e, logo abaixo, sob o título "Todas As Religiões Enchem Seus Baldes No Mesmo Rio", a palestra do dia, às três horas, com o tema "O Que Todos Nós Podemos Aprender Com O Budismo". Mr. Phillips entra pelo portão aberto e atravessa o pequeno cemitério, percorrendo o curto caminho de cascalho. Fica momentaneamente chocado ao olhar para a sua direita e ver o que parece ser um cadáver deitado na grama. Então, ele se dá conta de que é apenas um vagabundo tirando um cochilo. Intacta e equilibrada sobre o ventre do vagabundo encontra-se uma lata de cerveja aberta, pronta para consumo imediato, assim que ele acordar.

A entrada coberta da igreja é inesperadamente fria. Na verdade, é o lugar menos quente de todos os que Mr. Phillips visitou, durante todo o dia. O quadro de avisos é revestido de feltro verde, com as palavras Santíssima Trindade escritas no topo, em dourado desbotado. Exibe anúncios sobre reabilitação de viciados em drogas, uma lista para confecção de arranjos de flores, outra lista com nomes para a corrente de orações, o que quer que isso signifique, e um anúncio com a seqüência de serviços religiosos e missas vespertinas, juntamente com a liturgia a ser utilizada. Para Mr. Phillips, católico por tradição mas não praticante, esses são toques exóticos, algo a que ele nunca conseguiu se habituar na Igreja da Inglaterra, onde a linguagem pode ser, ou incrivelmente arcaica, ou ostensivamente moderna, como em panfletos de propaganda.

As igrejas não possuem qualquer significado especial para Mr. Phillips. E ele não vê nada de estranho nisso. Um extraterrestre que visse o número e a aparente importância das igrejas na Inglaterra calcularia os recursos que, provavelmente, foram necessários à sua construção, e faria uma estimativa completamente errada de sua importância na vida nacional. Os dois filhos do casal Phillips foram educados nominalmente como católicos, a fim de poder estudar no St. Francis Xavier, a escola católica razoável da região. A religião em si não é algo importante a que qualquer membro da família — especialmente a sra. Phillips, atéia por convicção — dê maior atenção.

A porta de carvalho, grande e pesada, que leva ao interior da igreja encontra-se parcialmente aberta, e Mr. Phillips entra no edifício. Assim como todas as igrejas, provavelmente porque estão sempre vazias, aquela parece muito maior por dentro do que parecia de fora. Janelas simples de vidro ao longo dos dois corredores laterais permitem a entrada de alguma luz, mas não muita; as lâmpadas fluorescentes tubulares, posicionadas em altura absurda, acrescentam uma sensação epilética com seu brilho bruxuleante, mas não muito mais do que isso. Próximo ao altar, cadeiras dobráveis de plástico laranja — o tipo utilizado nesta igreja, em lugar dos tradicionais e longos bancos de madeira — foram dispostas em um semicírculo para, aproximadamente, uma dúzia de pessoas que estão sentadas, ouvindo um homem também sentado, de frente para elas. Uma das pessoas na meia-lua de cadeiras, uma mulher de meia-idade e expressão pouco amigável, vestindo um casaco de náilon, vira-se e encara Mr. Phillips durante três segundos, até sua expressão se transformar, subitamente, em um sorriso largo e luminoso. Ao que parece, ela estava avaliando a possibilidade de ele ser um ladrão, ou mendigo, e chegou à conclusão de que não se tratava de nenhuma das duas coisas. Então, ela retoma a posição inicial e encara o palestrante. Felizmente, àquela distância, Mr. Phillips não ouve o que ele está dizendo.

O salão principal da igreja está vazio, com cadeiras dobradas e empilhadas a uma altura ameaçadora junto às duas paredes. Tal situação cria uma curiosa sensação de exposição; não há bancos nos quais se esconder, nenhuma cópia do Livro de Missa Alternativo que ele possa fingir estar lendo. A única distração oferecida é uma mesa nos fundos da igreja, coberta de panfletos: "Como Rezar", "O Que Jesus Pode Significar Para Você", "Há Um Vazio Em Sua Vida?". Há um panfleto fotocopiado, oferecendo a história do edifício, por dez centavos, e um outro que proporciona orientação para uma excursão. Mr. Phillips sente que, tendo entrado na igreja e, principalmente tendo sido visto, não pode simplesmente girar nos calcanhares e sair. Por isso, ele apanha uma cópia do panfleto de dez centavos e finge examinar a nova janela de vitral, no meio da parede norte. A figura é uma versão quase infantil da Arca de Noé, com o patriarca navegando em sua minúscula embarcação, junto de um unicórnio, um dinossauro e algum tipo de grifo. Alguém pagou para que aquilo fosse feito, em 1962, por um artista de quem Mr. Phillips nunca ouviu falar. A obra é típica da arte popular que parece espalhar-se por toda Londres, de maneira mais ou menos fortuita: a pequena escultura de Henry Moore, na esquina da Wilkins and Co., monumentos a generais dos quais nunca ninguém ouviu falar, e por aí afora. Ao mesmo tempo a cidade é habitada por pessoas, das quais noventa e nove ponto nove por cento jamais terão um monumento erguido em sua homenagem e que, sabendo disso, retribuem o elogio ignorando todos os monumentos e memoriais a militares, nobres, heróis e vitórias famosas.

Agora, Mr. Phillips já consegue ouvir a conversa no semicírculo.

— ...portanto, há uma noção, uma noção bastante real — está dizendo o homem sério e fervoroso, sentado de frente para o grupo — de que a idéia da reencarnação é uma idéia cristã, a incorporação de todas aquelas responsabilidades para com tudo o que é vivo, que São Francisco nos ensinou, e a idéia de solidariedade também, pois se pensarmos que as vacas, os lagartos e até mesmo as formigas são pessoas também, de certo modo não pisaremos nelas, ou em qualquer outra coisa viva.

Aquele parece ter sido o ponto de clímax da palestra. Ele pára de falar, reclina-se em sua cadeira e olha em volta para todo o grupo, com expressão triunfante. Faz-se silêncio, quebrado apenas pelo farfalhar provocado pelos movimentos aparentemente constrangidos das pessoas. A parte de que Mr. Phillips menos gosta em qualquer discussão, conversa ou reunião, desde as da Associação de

Pais e Mestres do St. Francis Xavier às reuniões semanais do Departamento de Contabilidade da Wilkins and Co., é exatamente aquele ponto, quando as pessoas examinam os próprios sapatos, ou reorganizam seus papéis e rezam para que alguém diga alguma coisa, pergunte alguma coisa, faça alguma coisa. É como se, de repente, todas as pessoas presentes se tornassem simultaneamente, além de intensamente, constrangidas. Parado ali, imóvel, sentindo o frio emanado pelo chão de pedras atravessar as solas de seus sapatos, Mr. Phillips dá-se conta de que seus pés doem muito, como não doíam havia anos.

— A gentileza é muito importante, não? — diz a mulher que encarou Mr. Phillips, com voz clara, firme e educada.

Ouve-se um som que não chega a ser um murmúrio de concordância, mas sim um misto de farfalhar de roupas, resmungos e sorrisos. O palestrante balança a cabeça em entusiasmada aprovação.

— Sim, é verdade — ele diz.

Sua intervenção, porém, não foi pronunciada no tom correto e, por isso, o silêncio volta a reinar. Mr. Phillips sente-se pregado ao chão, pois sabe que se começar a andar o eco de seus passos será, sem a menor sombra de dúvida, o som mais alto dentro da igreja. A pausa silenciosa é quebrada por um homem calvo, de camiseta, que fala em voz anasalada e excessivamente alta, como se estivesse usando fones de ouvido e falando ao mesmo tempo:

— O que não entendo é o seguinte: as pessoas melhoram o seu carma quando agem de maneira ética, certo?

O palestrante, com o que parece ser uma calma totalmente artificial, diz:

— Eu não diria que as pessoas melhoram seu carma, mas sim que elas "são" o seu carma.

— Certo, certo. Então, nós nos comportamos bem e subimos alguns degraus na escada da reencarnação. Se formos bonzinhos com a vovó, subimos três degraus. Se batemos em nossos filhos e cachorros, descemos cinco degraus. Se descermos degraus demais, renasceremos como alce, ou libélula, ou seja lá o que for. Finalmente, acabaremos como baratas. Então, começamos a subir a escada novamente, até nascermos humanos outra vez. Certo? É essa a idéia?

O outro homem parece menos alarmado agora. Ele abre os braços e diz:

— Falando em termos muito, muito gerais, sim. Sugiro que...

— Certo, certo — continua o homem da voz anasalada. — Digamos que você seja ruim para todos, não pague suas contas em dia, nem devolva os livros à biblioteca e, então, você renasce como um crocodilo. Foi um mau garoto e, por isso, é um crocodilo, agora. Lá está você, em seu riacho, em Upper Limpopo, ou seja lá onde for. A minha pergunta é a seguinte: como você poderá melhorar o seu carma? Como vai se comportar bem? Como é um crocodilo ético?

Faz-se uma longa pausa. As pessoas parecem embaraçadas mas interessadas. Há também, de repente, o risco de uma cena, e isso é uma das coisas que Mr. Phillips mais detesta. Tal desagrado parece ser genético, um horror a vozes alteradas e pressão arterial alterada que ele herdou, sem dúvida, de seu pai e sua mãe. "Um homem que perde a cabeça é um homem ridículo", seu pai costumava dizer e, de fato, nunca perdeu a cabeça em público, limitando-se a, simplesmente, ficar quieto e pálido, dentes cerrados, incapaz de disfarçar o leve tremor de ira em sua voz, quando ficava realmente zangado. O que acontecia com freqüência, especialmente diante de deslizes públicos da parte de pessoas que deveriam, supostamente, estar ajudando, servindo, ou cuidando dele, como manobristas de estacionamentos, lanterninhas de cinemas e, quando ele fora internado no hospital para uma cirurgia da próstata, um ano antes de sua morte, as enfermeiras e atendentes, embora não os médicos, uma vez que a posição destes era superior à dele e, por isso, a transação funcionava de maneira diferente. Sua ansiedade se relacionava com *status* e o respeito que ele acreditava que deveriam prestar a ele, e que não acontecia. Todas essas pessoas deveriam ceder a ele, na forma de assistência atenciosa, respeitosa e imediata, e se não fizessem isso, ele ficava furioso, fechando-se em si mesmo, sentando-se em silêncio, carrancudo, enquanto outros queixosos mais eloqüentes reclamavam em voz bem alta e obtinham atenção, ou até mesmo reparações. O que, por sua vez, tornava seu mau humor, sua ira muda, sua crise de raiva passiva um tanto piores.

A mãe de Mr. Phillips, por outro lado, parecia totalmente desprovida de humores, embora às vezes ficasse calada e deprimida, geralmente em reação ao mau humor do marido — era como se ela se deixasse contagiar pelo sentimento dele, mas em intensidade bem menor. Os dois partilhavam um verdadeiro horror por altercações, demonstrações públicas de zanga, todas as formas de tumulto, assim como o filho, que a esta altura começa a lamentar ter entrado na igreja, enquanto o palestrante tenta se recompor para contra-atacar.

— Bem — ele diz, mas o outro homem volta a interrompê-lo.

— E quanto a uma formiga? Ou um louva-a-deus? Ou uma piranha? Ou um vírus? O que um vírus da gripe tem de fazer para renascer como ameba, ou protozoário? Como uma vespa melhora o seu carma?

— Bem — o palestrante diz outra vez.

Uma mulher relativamente jovem, que não havia falado até então, diz em voz alta, elegante e ligeiramente enlouquecida:

— Jesus morreu pelos seus pecados. Compreende o que estou dizendo? Ele morreu pelos seus pecados.

— Mas São Francisco jamais...

— O que quero dizer é que, se uma pessoa, simplesmente, sai por aí, magoando as pessoas, e isso é tudo o que ela faz...

— O sacrifício que Ele fez por "você"...

— ...estamos nos desviando do...

— ...simples pergunta...

— ...entre um ladrão e um assassino...

— ...mais como uma metáfora...

— ...bolsas de couro de crocodilo...

— ...Nosso Salvador, meu e seu...

— ...diferença de ênfase.

Quatro ou cinco pessoas estão, agora, falando ao mesmo tempo. De tímidos e aparentemente covardes que eram havia pouco, tornaram-se apaixonados e, variando em grau e intensidade, profundamente irritados.

Para Mr. Phillips, é evidente que ao menos algumas daquelas pessoas se conhecem, e já tiveram aquela discussão, ou uma versão dela antes. Decide aproveitar a oportunidade de correr de volta à liberdade. Sem movimentos bruscos ou rápidos demais, ele começa a caminhar na direção da porta. Quando alcança a pesada porta de madeira e abre ainda mais a fresta, o homem da voz anasalada o vê e grita:

— Ei! Aonde pensa que vai?

Metade do grupo explode em sonoras gargalhadas de aprovação, e esse é o último som que Mr. Phillips ouve, ao sair da igreja. No jardim, o vagabundo não parece ter feito um movimento sequer, mas a lata de cerveja que se equilibrava sobre seu ventre não está mais lá.

4.1

Como se chama um homem com uma gaivota na cabeça? Cliff. Como se chama um homem com uma pá na cabeça? Doug. Como se chama um homem sem braços e sem pernas no oceano? Bob. Como se chama um homem com dez coelhos no traseiro? Warren.

Mr. Phillips está deitado de bruços no chão do Banco Barclays. Seus braços estão estendidos ao lado da cabeça, e seu paletó subiu tanto e amontoou-se de tal maneira que sua circulação parece interrompida em torno dos ombros. Além disso, está muito calor. No entanto, Mr. Phillips não quer mudar para uma posição mais confortável, pois quatro homens armados de metralhadoras invadiram o banco, e é por ordem deles que ele se encontra deitado no chão, olhando fixamente para o carpete do Barclays e tentando manter a calma. Quando os homens se comunicam com os demais, fazem isso através de gritos, e suas ameaças são muito fáceis de se acreditar. Eles disseram que vão explodir os miolos de qualquer idiota que se mover.

Por uma cômica ironia, Mr. Phillips viu os homens entrarem no banco no mesmo instante em que percebia um cartaz dizendo "Proibido o Uso de Capacetes". Dois segundos depois, quatro homens vestindo jeans, casacos de couro e capacetes entraram no banco, e houve uma fração de segundo na qual Mr. Phillips reconheceu a coincidência — ora, vejam, aqueles homens estão de capacete, e imagino que não saibam que é proibido entrar no banco assim —, antes que os homens começassem a gritar ordens, forçando a todos a se deitarem no chão. Então, um dos sujeitos ergueu do chão uma mulher de meia-idade e permanente nos cabelos e apontou o que parecia ser uma espingarda serrada, um objeto de meio metro de comprimento, com cano duplo, para a cabeça dela. Ele disse aos funcionários do banco que se eles não abrissem a porta de segurança que levava à parte reservada aos caixas, separada do resto do banco por vidro à prova de bala, ele explodiria os miolos da mulher. Evidentemente, os funcionários abriram a porta eletrônica para que ele e um de seus companheiros entrassem, enquanto os outros dois ladrões ficavam do lado de fora patrulhando o saguão do banco.

Quantos cabeleireiros são necessários para trocar uma lâmpada? Cinco: um para trocar a lâmpada, quatro para ficar em volta, dizendo: "Lindo, Gary". Quantos terapeutas são necessários para trocar uma lâmpada? Nenhum: a lâmpada pode se trocar sozinha, mas somente se ela quiser. Quantas feministas são necessárias para trocar uma lâmpada? Uma, e não é engraçado.

Mr. Phillips é o único culpado por estar naquela situação. Ele não precisava, de fato, ter ido ao banco. Na verdade, durante todo o dia ele se esforçara para não pensar em ir ao banco para pedir um extrato atualizado de sua situação financeira, consultar seu saldo, que deve estar em torno de quinhentas libras, e sua conta de poupança, que tem aproximadamente três mil libras até ele receber a indenização de três meses de salário, isenta de impostos, e então passará a algo em torno de oito mil libras. No entanto, ele não sentia a menor disposição de se dedicar a isso e tratou de não pensar no assunto até o que lhe pareceu, naquele momento, um feliz acidente.

Mr. Phillips havia saído da igreja e caminhado até Shaftesbury Avenue. À medida que o dia ia passando, Londres parecia tornar-se mais e mais movimentada — mais gente, mais pressa, mais carros, mais turistas, mais ciclistas mensageiros e motociclistas mensageiros, mais ônibus vermelhos, táxis, lotações, mais homens e mulheres carregando coisas, todos com pressa. O clima estava um pouco menos quente do que antes, ao menos no lado da rua protegido contra o sol. Mr. Phillips sentia pontos gelados nas costas, onde a camisa havia se encharcado de suor. Sabia que seus pés estariam, àquela altura, totalmente submersos dentro das meias.

Um homem caminhava em sentido contrário em Shaftesbury Avenue, conduzindo um grupo de turistas asiáticos que havia, claramente, acabado de assistir à matinê de *Les Misérables*. Todos seguravam programas. O guia empunhava um guarda-chuva laranja e virava-se a todo instante a fim de se certificar de que seu rebanho continuava a segui-lo. Então, um ciclista passou por Mr. Phillips em alta velocidade, esgueirou-se entre um par de turistas de aparência européia e um jovem carregando uma sacola da Tower Records, pairou no ar quando sua bicicleta saltou sobre a guia da calçada, fechou um táxi e quase atropelou um pedestre que atravessava a rua, antes de endireitar-se na calçada e disparar na direção de Piccadilly Circus.

Eram quase quatro horas. Mr. Phillips precisava ocupar-se por mais duas horas e meia antes que pudesse chegar em casa. Por um breve e louco momento ocorreu-lhe que talvez ele pudesse percorrer o trajeto a pé... mas isso estava fora de cogitação, ele já estava cansado demais. Mais duas horas andando o matariam.

Atravessou a rua e seguiu na direção de Piccadilly, no rastro do ciclista endemoniado. Aproximadamente cinqüenta metros adiante, um ponto de ônibus temporário fora erguido para compensar o fato de que o ponto permanente estava submerso debaixo de uma pilha de material para construção, onde algo estava sendo construído, ou demolido, ou pintado, ou limpo. Quando ele se aproximava do ponto, um ônibus Routemaster, cuspindo a fumaça preta de óleo diesel, estacionou ao seu lado, e vinte ou trinta pessoas começaram a desembarcar, os mais jovens sem esperar que o ônibus parasse, saltando para o chão e saindo em disparada. O primeiro, um jovem negro, desembarcou em um amplo salto de dançarino, oscilou por um momento, esforçando-se para recuperar o equilíbrio ao atingir o chão, e saiu correndo na direção de Chinatown.

Quando costumava ter coisas para fazer, Mr. Phillips não reparava quanto as pessoas na cidade pareciam ocupadas e apressadas.

Mr. Phillips embarcou no ônibus. Subiu a escada para o deque superior e sentou-se em um banco da frente.

Aquele ônibus percorria todas as regiões glamourosas de Londres. Primeiro passou por Trocadero, Haymarket, depois seguiu pela Regent Street até Piccadilly para então passar pela Royal Academy, Ritz, Green Park, Hyde Park Corner e Knightsbridge. Essas eram partes de Londres que Mr. Phillips nunca visitava. Elas pertenciam a outros tipos de pessoas. A sensação de riqueza e prosperidade era presente, quase palpável, em todos aqueles lugares, e fez Mr. Phillips se perguntar como a cidade seria se, em vez de tijolos, concreto e cimento, os edifícios fossem feitos de pilhas de notas de dinheiro, prensadas e coladas para formar tijolos. Uma casa em Leytonstone teria, digamos, dois metros e meio de altura, um tipo de cabana feita de notas de cinco libras, enquanto uma outra casa, em Knightsbridge, seria um arranha-céu de notas de vinte. E as pessoas também: se fossem nada mais que o total de seu valor capital, variariam de pequenos maços quase invisíveis de notas enroladas a torres de milhares de metros de altura, erguendo-se até as nuvens, causando problemas para o controle de tráfego aéreo e balões meteorológicos, vulneráveis a relâmpagos. Mr. Phillips seria uma respeitável pilha de notas, do tamanho de um homem, se contassem a parte não hipotecada de Wellesley Crescent, número vinte e sete, embora fosse começar a encolher muito em breve. Excluindo a casa, os bens partilhados com a sra. Phillips e aqueles registrados em nome dela, e deduzindo dívidas como a parte ainda não paga da hipoteca, ele seria bem menos saudável: uma valise não muito cheia.

Mr. Phillips sempre pensa no tempo das pessoas e em quanto ele custa. A idéia é de um taxímetro rodando para mostrar quanto o passageiro está gastando. Os números vermelhos seguindo em uma única direção. Na opinião de Mr. Phillips, todos nós deveríamos ter um pequeno aparelho como aquele ligado a nós: advogados no tribunal, políticos na televisão; um modelo especial, ultraleve, para jogadores de futebol e atletas; motoristas de ônibus, donas de casa, a sra. Phillips durante suas aulas de piano e Mr. Phillips no escritório. Somente quem estivesse de folga, ou desempregado, estaria isento; talvez essas pessoas pudessem usar marcadores desligados, ou parados na última leitura. Ou deveriam declarar seus ganhos médios em determinados períodos, de maneira que até mesmo os marcadores de desempregados rodassem lentamente? A finalidade seria saber como as pessoas se movimentam em diferentes ritmos: o sr. Mill, que custa quarenta e cinco mil libras por ano, teria um marcador rodando a quarenta e cinco mil dividido por duzentos e cinqüenta (dias de trabalho por ano), dividido por sete (horas de trabalho por dia de trabalho), que é igual a vinte e cinco libras e setenta e um centavos de libra por hora, enquanto a querida e muito mais admirada Karen rodaria a dezoito mil libras dividido por duzentos e cinqüenta (dias de trabalho por ano), dividido por sete (horas de trabalho por dia de trabalho), que é igual a dez e vinte e nove por hora, com todos os funcionários da firma, desde Eric, o carismático chefe da sala de correspondência, ao próprio sr. Wilkins, que era visto por funcionários da contabilidade mais ou menos duas vezes por ano rodando seus marcadores em seus ritmos pessoais, tal processo fornecendo uma nova visão a todas as transações interpessoais na firma, algo para perceber e refletir a respeito, embora acabasse se tornando rapidamente invisível à medida que as pessoas se acostumassem à novidade, como sempre acontece. (Isso aconteceria, é claro, mesmo que homenzinhos verdes pousassem na Terra e aparecessem no noticiário das nove horas — após algumas semanas de excitação inicial, a humanidade voltaria à sua costumeira rotina.)

O sistema poderia se tornar mais elaborado. Por exemplo, os atores poderiam ter de usar dois marcadores, um que mostrasse seu ritmo pessoal e outro para o ritmo dos personagens que estivessem representando, indicados talvez por números verdes, em contraste com os vermelhos. Veríamos um ator representando um papel, o patriarca de um drama histórico, com as inevitáveis pernas de carneiro, e então deixaríamos de vê-lo durante meses, ou até mesmo um ano ou dois, até que ele reaparecesse como o mordomo em um comercial de vinho do porto, e saberíamos através de seu marcador, cuja contagem fora suspensa no final do seriado dramático, que ele estivera "descansando" naquele ínterim.

Algumas vezes, um ator famoso e muito bem pago estaria representando um vagabundo sem vintém, e a diferença entre os dois marcadores seria horrivelmente confusa. Marcadores de músicos rodariam quando eles estivessem tocando no *Top of the Pops*, apresentadores de telejornais e políticos quando estivessem falando, mendigos quando se sentassem na rua, motoristas de ônibus, enfermeiras, garçons, trabalhadores de construção, todas as pessoas. Os marcadores teriam regulagens diferentes para refletir ganhos no dia, ganhos por tarefa, ganhos na vida. O primeiro-ministro receberia cinqüenta e sete mil e dezoito libras, somadas, é claro, ao seu salário como membro do Parlamento, mas quanto ele rodava por horas dependeria de ele ser ou não considerado em serviço o tempo todo, se suas férias eram mesmo respeitadas como férias etc. O presidente dos Estados Unidos receberia, aproximadamente, cento e vinte e cinco mil libras, e o mesmo raciocínio se aplicaria a ele.

O ônibus de Mr. Phillips emergiu de Hyde Park Corner e começou a seguir por Knightsbridge. O tráfego estrangulou-se momentaneamente para ultrapassar um BMW que havia sido parado por um policial em uma motocicleta. O policial conversava com o motorista, um negro alto, usando óculos escuros.

E agora, quando o ônibus passava em frente à Harrods, Mr. Phillips, que estivera observando as pessoas na rua sem maior curiosidade, foi tomado de surpresa e excitação. Ele a vira! Era Clarissa Colingford, sem qualquer sombra de dúvida, a personalidade da televisão com quem ele vinha sonhando e se masturbando havia meses. Ela estava atravessando a rua, saindo de uma loja de roupas, carregando debaixo do braço um pacote com o rótulo "Chez Guevara". Caminhava com rapidez, tropeçando no meio-fio, linda, ocupada, preocupada. Era mais baixa do que aparentava ser na televisão e menos cheia de vida — parecia-se menos consigo mesma do que com a idéia genérica de uma mulher jovem, loira e magra vestindo roupas caras. Na verdade, se Mr. Phillips a houvesse visto na vida real em primeiro lugar, talvez não houvesse lhe dado maior atenção. Mas não fora o que acontecera e, profundamente curioso para vê-la mais de perto, saltou do ônibus no ponto seguinte, deu meia-volta e pôs-se a segui-la por Knightsbridge, transformando-se em caçador, ou detetive particular, durante uns três minutos até ela virar à direita subitamente e entrar no banco, justamente uma agência do mesmo onde Mr. Phillips tinha conta.

Um homem de verdade mata o seu próprio cachorro. Mr. Phillips decidiu ser um homem: entraria no banco, retiraria algum dinheiro e pediria que um extrato atualizado e completo fosse enviado à sua casa. Se por acaso ele esbarrasse em Clarissa Colingford, suas mãos se tocando quando os dois tentassem alcançar um comprovante de depósito ao mesmo tempo, não primeiro as damas, não eu insisto, demorei um pouco a encontrá-los, esta não é a minha agência, sim sul de Londres, é mesmo que interessante, sim uma xícara de café seria ótimo... bem, seria apenas uma dessas coincidências incríveis. E foi assim que Mr. Phillips acabou deitado de bruços no chão daquele banco, a três metros de Clarissa Colingford. Tratava-se, definitivamente, de uma dessas coincidências incríveis.

Daquela distância, ele podia ver que ela usava uma roupa espetacular. A fina camisa castanha parece confeccionada em camurça, e a calça de tecido leve, cor de creme, infelizmente, parece ser do tipo que atrai todo tipo de sujeiras e manchas do carpete do Barclays. Daquela distância, ela se parece mais com a figura da televisão do que mais de longe. Tem a mesma aura invisível que a faz brilhar, parecendo ser boa demais para ser verdadeira, embora seja uns cinco quilos mais magra do que aparenta ser na tela, o que a faz parecer mais nervosa, menos voluptuosa, mas imediatamente desejável. E ela parece estar... não exatamente suando, mas se ele chegasse mais perto, certamente veria a fina camada de transpiração na base de seu pescoço, na parte interna dos cotovelos, e sentiria o seu perfume, realçado pelo calor de seu corpo. Mr. Phillips conclui que está perdidamente apaixonado.

Por outro lado, aquele carpete começa a preocupá-lo. Quando se está deitado, os braços abertos em cruz, sobre um chão qualquer — prostrado, como diriam na igreja em referência à posição que os padres adotam quando são ordenados —, começa-se a pensar sobre o que mais esteve naquele chão antes de nós. No caso de um carpete de uma agência de banco urbana, excessivamente pisado, há a questão de fezes de cachorro nos sapatos das pessoas. Há também as fezes de pombos, urina, lixo, coisas derramadas; mas, principalmente, fezes de cachorro. Seriam apanhadas na rua, levadas até ali e pisadas, de maneira que se entranhassem no carpete que, no momento, encontra-se a dois centímetros do nariz de Mr. Phillips, uma forração azul-pálida feita de alguma substância industrializada e firmemente emaranhada, capaz de melhor capturar milhões de minúsculas moléculas de excremento canino transportado, do tipo que deixaria crianças cegas se o comessem. Por que elas comeriam, poderíamos perguntar, e a resposta seria acidentes acontecem.

Certa vez, Mr. Phillips passou por uma fase de profunda preocupação com fezes de cachorros nos parques de Londres, por causa de seus filhos. Temia, por exemplo, que

Martin chutasse a bola sobre excrementos, apanhasse a bola sem perceber a sujeira, esfregasse os olhos ou segurasse uma maçã com a mão contaminada e ficasse doente. As fezes tinham relação com os vermes. Então a preocupação se fora, aparentemente, por vontade própria. Agora está de volta. É como se ele pudesse ver minúsculas partículas de fezes de cachorro, onde quer que olhasse.

Clarissa Colingford havia entrado no banco e se dirigido diretamente ao caixa automático. Na verdade, não tão diretamente; ela havia olhado em volta, parecendo distraída por um momento e, então, postara-se na fila atrás de um homem incrivelmente gordo, que estava encontrando tremenda dificuldade para inserir o cartão na máquina. Mr. Phillips conhecia muito bem aquela arte e sabia que era tudo uma questão de fazer cada movimento no momento certo, mas os movimentos rudes daquele homem — se é que o cartão estava mesmo na posição correta! — e o ruído surdo da máquina rejeitando o cartão tornavam obsceno o seu fracasso. Finalmente, Clarissa Colingford lançou-se em socorro ao bruto, postando-se ao lado dele e, com a mais doce voz, perguntando:

— Posso tentar?

O grandalhão entregou-lhe o cartão, que ela inseriu suavemente na máquina na primeira tentativa.

— Ora, obrigado — ele agradeceu.

Ela se limitou a sorrir, como se ao dizer qualquer coisa pudesse comprometer a masculinidade dele, e recuou alguns passos enquanto ele franzia o cenho para a tela. Mr. Phillips foi tomado de intenso ciúme. Afastou-se rapidamente antes que o apanhassem espiando e aproximou-se do balcão onde se preenchiam comprovantes, faziam-se cálculos e retiravam-se panfletos. Era lá que ele estava quando os ladrões entraram no banco.

É claro que ela poderia ter usado o caixa automático do lado de fora, se só queria sacar dinheiro. Mr. Phillips suspeita que sabe a razão pela qual ela não fez isso. O caixa de Knightsbridge é conhecido por ter, ao menos, um mendigo sentado ou de pé ao seu lado, com lamúrias (geralmente) ou agressividade (ocasionalmente), pedindo dinheiro, geralmente dizendo: "Um trocado, por favor". Naquele dia havia uma mulher, provavelmente de trinta e poucos anos mas parecendo dez anos mais velha, sentada, parcialmente envolta por roupas demais para tanto calor — calça pesada, duas ou três camisas, um casaco, um chapéu de lã, com duas ou três sacolas de plástico espalhadas ao seu redor. A figura provocava piedade, mas na experiência de Mr. Phillips isso nem sempre despertava a vontade de dar dinheiro a alguém. Aquele local junto ao caixa automático deve ser território altamente disputado; Mr. Phillips especulou se os mendigos se revezavam ali. Na visão de Mr. Phillips, há algo difícil de ignorar na justaposição de alguém pedindo dinheiro, talvez precisando dele desesperadamente, e o dinheiro que a máquina vomita para as pessoas que a utilizam. É como se houvesse uma maneira correta e outra errada de se pedir dinheiro: sente-se na calçada e peça aos seus semelhantes e ouvirá uma recusa; fique de pé e peça a uma máquina e poderá ter quanto quiser.

Às vezes Mr. Phillips sente uma onda de raiva, ou revolta, quando passa por um mendigo. Quando dá dinheiro a alguém, geralmente cinqüenta centavos, uma vez que não são aceitas pelos parquímetros, a emoção que ele sente não é primariamente dirigida ao mendigo, mas a si mesmo, um agradável calor provocado por autocongratulação filantrópica. Da mesma maneira, os outros sentimentos também se dirigem a ele mesmo, à sua falta de generosidade e sua capacidade de endurecer o próprio coração. É exatamente isso o que faz com que as pessoas detestem mendigos, pelo que eles nos obrigam a fazer a eles — como ninguém pode dar dinheiro a todo mendigo que vê, a existência dos mendigos transforma a todos no tipo de pessoa que ignora os mendigos. É difícil perdoá-los por isso.

Os homens que estão roubando o banco não estão pedindo dinheiro, mas simplesmente apoderando-se dele e demorando um bocado para isso, na opinião de Mr. Phillips. Embora ele tenha de admitir que sua capacidade de calcular quanto tempo se passou, provavelmente, não está em sua melhor forma. Parecem vinte minutos, mas devem ter sido só dois. Esse seria um bom assunto sobre o qual conversar quando chegasse em casa, mas se contar a história ele terá de dizer onde estava e o que estava fazendo em Knightsbridge às quatro horas da tarde, o que ele, definitivamente, não sente a menor vontade de fazer. Esse é um outro assunto sobre o qual ele prefere não pensar.

— Reviste aquele ali! — grita um dos homens de detrás do balcão.

Mr. Phillips não quer olhar e ver o que está acontecendo, mas adivinha que, provavelmente, trata-se de algo relacionado a encher sacos de dinheiro. Um fato curioso é que, porque os ladrões gritam o tempo todo — o que Mr. Phillips sabe, de tanto assistir ao seriado *Crimewatch UK*, é apenas um truque para dificultar a identificação de suas vozes ou sotaques pelas pessoas —, eles o fazem lembrar do chefe de departamento que ele teve na Grimshaw's, um homem chamado, ou melhor, apelidado de Knobber. Ele também gritava o tempo todo e parecia dono de uma fonte inesgotável de uma ira aparentemente genuína. Uma vez ele descrevera o desempenho de seu departamento na preparação de uma indenização de vinte e quatro horas para uma auditoria como sendo o pior dia na história da profissão de contador.

Mr. Phillips nunca esteve tão perto da violência real em toda a sua vida adulta, excluindo as ocasionais violências de rua, não que ele tenha tomado parte em alguma, mas porque as vê da janela do carro ou do trem. Mr. Phillips deve ter testemunhado milhares de incidentes violentos, como tiroteios, explosões, facadas, seqüestros, estupros, brigas de rua, assassinatos, carros em chamas, edifícios parcialmente destruídos por granadas seguidas de metralhadoras automáticas, explosões de postos de gasolina provocadas por cigarros acesos deliberadamente atirados no chão, mas tudo isso foi na televisão (ou, ocasionalmente, no cinema). A última briga de socos a que ele assistira acontecera dezenove anos antes, na época em que ele passou seis meses trabalhando na filial de Banbury, poucos anos depois de ter começado a trabalhar na Wilkins and Co. Um capataz de Newcastle acusara um montador de Londres, um jovem *cockney* grandalhão de quem ninguém gostava muito — a filial fora o primeiro lugar no qual Mr. Phillips se dera conta de quanto os *cockneys*, como eram chamados todos os londrinos, eram discriminados — de ser ladrão. Primeiro vinte libras, e depois uma quantia bem maior, haviam desaparecido do armário do capataz. O capataz vencera ao fazer o nariz do londrino sangrar tanto que a luta tivera de ser interrompida para que ele fosse levado ao pronto-socorro. Não houve mais furtos, embora nunca ninguém tenha descoberto quem havia roubado o dinheiro do capataz. Como aconteceria em um filme, mais tarde os dois homens tornaram-se amigos inseparáveis.

Os dois ladrões na parte da frente do banco andam de um lado para outro, mantendo a ordem. De quando em quando, um dos dois aproxima-se tanto de Mr. Phillips que ele consegue examinar detalhadamente os seus sapatos. Um deles calça um par de tênis novos, aparentemente caros, de uma das marcas que as crianças usam e que, nos dias de hoje, roubam e matam para possuir. O outro também está de tênis, mas um par mais velho, com um ar incongruente de vulgaridade — é o tipo de tênis que um corretor de ações, proprietário de duas casas, usaria no campo nos fins de semana, nos dias em que não se dá ao trabalho de fazer a barba. Os dois usam calças jeans.

Há aproximadamente uma dúzia de clientes no banco. Mr. Phillips pergunta-se quantos deles reconheceram Clarissa Colingford e se algum deles sente, não o mesmo que ele, uma vez que isso seria impossível, mas algo, digamos, ligeiramente semelhante. Três ou quatro dos clientes são homens: três executivos e um jovem desgrenhado que quinze anos atrás seria chamado de *punk*. Felizmente, nenhuma das mulheres trouxe filhos consigo. Talvez tenha sido mero acaso, ou então os ladrões foram muito cuidadosos ao escolher o momento do assalto.

Um ladrão de bancos deve ter de penar em uma infinidade de detalhes. Pode parecer um trabalho para os teimosos e destemidos, mas também é necessário muito planejamento. É o tipo de atividade que deve atrair um tipo de pessoa muito interessante, disposto a arriscar a própria vida e ameaçar as de outras pessoas, mas também preparado para desgastar-se em decisões como rotas de fuga, o tipo de veículo a ser utilizado na fuga, como escapar do trânsito, a melhor hora do dia para roubar o banco, quanto tempo a polícia demoraria para chegar e por aí afora. Não era o tipo de coisa que, depois de tomar algumas cervejas, um sujeito fosse tomado pelo forte impulso de colocar um capacete, apanhar uma metralhadora e sair para roubar um banco.

As recompensas devem justificar os riscos. Faz sentido. Muitos ladrões devem ser bem-sucedidos o bastante para que a profissão se mantenha viva. Mas, o que é ser bem-sucedido o bastante? Deve ser difícil avaliar com precisão os ganhos dos ladrões. Alguns devem se dar bem, outros não tão bem, e como "não tão bem" envolve passar alguns anos na prisão, não há uma maneira sensata de avaliá-los. Como comparar um ano em que se conseguiu roubar cem mil libras (livres de impostos, claro) e levar a família para Barbados a um ano em que se foi mandado para a prisão para cumprir uma pena de uma década? Mas, provavelmente, se ele contasse aos ladrões armados que havia trabalhado em uma firma por mais de um quarto de século, ganhando um salário de trinta e duas mil libras anuais (tendo sido esse o seu maior salário), e que acabara de ser demitido, eles achariam a história hilária. Na verdade, passar oito horas por dia, durante trinta anos, em um escritório era o mesmo que passar dez anos na prisão vinte e quatro horas por dia — e somente os ladrões muito azarados passavam dez anos na prisão, uma vez que se cumpre uma pena bem menor do que a sentença recebida, e na prisão pode-se ler livros, estudar para obter um diploma e coisas assim. Não faltaria tempo para fazer nada.

Nos filmes, existem pessoas nas prisões que cuidam de enormes sindicatos criminosos, do conforto e segurança de suas próprias celas. Diga a Levinsky que se ele voltar e pedir com humildade, além de nos dar noventa por cento do lucro bruto, não cortarei seu pau fora nem o enfiarei por sua garganta, rosna Mr. Phillips, o chefe da máfia, a seu trêmulo capanga que lhe trouxe o fornecimento semanal de champanhe e caviar em uma sacola da Harrods, bem debaixo do nariz dos aterrorizados carcereiros. Diga àquele garoto de Streatham que ele precisa demonstrar maior respeito. Não pegue muito pesado — quebre-lhe os braços apenas, e incendeie seu carro. Está se sentindo bem, Joe? Parece pálido. Talvez não esteja se alimentando direito. Ou talvez esteja ficando acordado até muito tarde, trepando com aquela vadiazinha que arranjou. Sim, isso mesmo! As notícias sempre chegam aos meus ouvidos. Devia respeitar mais a sua esposa. Um homem que não se dedica à própria família não é um homem de verdade. Como estão Janie e as crianças? Fiquei sabendo que Luigi foi para a St. Paul's. Deve estar orgulhoso. Um prisioneiro modelo, reverenciado pelos companheiros no confortável regime de prisão semi-aberta, aceitando de boa vontade seus presentes de cigarros e cartões de telefone.

Aparentemente, ladrões armados eram respeitados na prisão. Mr. Phillips leu sobre isso em algum lugar. Criminosos sexuais eram a mais baixa forma de vida, enquanto ladrões armados eram os aristocratas.

O que você diz a uma mulher com os dois olhos roxos? Nada, você já disse duas vezes. Essa foi contada por Martin. Talvez Mr. Phillips devesse contá-la aos ladrões. Talvez seja o tipo de piada que os agrada.

Mr. Phillips ouve uma mulher chorando a pouco mais de quatro metros de onde ele está. É um tipo de choro abafado, gemido, como se ela estivesse fazendo todo o esforço possível para minimizar o barulho, o que torna as coisas piores, claro. Mr. Phillips lembra-se do próprio esforço para não chorar no enterro do pai e da sensação de que seu peito explodiria; fora como se estivesse lutando para conter forças vulcânicas. Tal esforço fazia com que seus ombros sacudissem e seu queixo tremesse e sons abafados e estrangulados escapassem de seus lábios. Naqueles tempos, homens não choravam em enterros. O efeito da repressão envolvida no processo era tão descomunal e violento, quanto qualquer expressão ostensiva de sofrimento.

Uma vez, quando Mr. Phillips tinha por volta de nove anos e cortou o joelho ao cair sobre pedregulhos (ele já não se lembra onde isso ocorreu, mas as palavras do pai continuam vivas em sua memória), seu pai ordenou-lhe que parasse de chorar, pois tal comportamento o fazia parecer uma menina. O incidente ocorreu mais de quarenta anos atrás e ainda é uma das lembranças mais nítidas de Mr. Phillips. É como se, naquele momento, a torrente de lágrimas houvesse sido desviada para algum esconderijo subterrâneo e nunca mais vista desde então. E, ao longo do tempo, houvesse se infiltrado fora de vista, como um pequeno e invisível vazamento dos canos principais, infiltrando-se pelos alicerces de uma casa. Na infância, até onde Mr. Phillips consegue se lembrar, o choro trazia dentro de si a idéia de que aquele sentimento perduraria para sempre, que a dor ou o que quer que estivesse provocando aquele pranto era infinita e que o possuiria para sempre. Ou ele viveria dentro dela para sempre. Agora ele vê tal sensação como a primeira vaga noção do que é a morte: permanecer no mesmo estado em um processo sem fim.

A sra. Phillips chora com facilidade em filmes e mais raramente ouvindo músicas, mas não chora tanto quanto Mr. Phillips choraria se fosse mulher, ou ao menos é o que ele pensa. Ela não estremece nem soluça. As lágrimas simplesmente brotam sem seus olhos e escorrem por suas faces, acompanhadas por sons baixos e discretos. É como uma nascente, ou algum outro fenômeno não vulcânico. Tanto Martin quanto Thomas herdaram tal capacidade, que Mr. Phillips sempre se esforçou para não desencorajar. Sem sombra de dúvida, parte do esforço daquela mulher deve-se ao fato de ela estar deitada de bruços no chão, algo que Mr. Phillips nunca tentou fazer, nem tem planos de experimentar.

A morte é um outro assunto sobre o qual Mr. Phillips esforça-se ao máximo, nem sempre com sucesso, para não pensar. Conseguiu atingir o estágio atual, no qual só pensa sobre a morte quando alguém que ele conhece morre: Betty, sua primeira secretária, de câncer no ano anterior; Finker, seu amigo de faculdade, de ataque cardíaco no Natal; o sr. Elton, professor de futebol preferido de Thomas, em um acidente de carro em janeiro. Esses foram os mais recentes. Essas mortes sempre trazem consigo uma onda de ansiedade e de pensamentos como "eu também", "eu, o próximo", "como será". Uma das fantasias que menos agradam Mr. Phillips é a idéia de estar deitado em uma cama de hospital ouvindo o "bip" de um monitor, perguntando-se se dessa vez *aquilo* vai acontecer. Quando se é jovem, *aquilo* significa sexo; à medida que se vai envelhecendo, *aquilo* passa a significar morte.

O que realmente apavora Mr. Phillips não é a idéia de estar morto, mas sim de morrer. Trata-se de uma questão que divide as pessoas, e ele conhece os argumentos do ponto de vista contrário, especialmente porque a sra. Phillips os defende.

— O horror do nada. Perder tudo isso — ela explicou.

Estavam sentados à mesa da cozinha, que estremecia ao barulho de vizinhos idiotas acelerando ao máximo os motores de seus carros, como era a norma de todos os sábados, mas mesmo assim Mr. Phillips entendeu o que ela queria dizer.

No entanto, ela não vê a questão dessa maneira. Não estar aqui não é nada que se deva temer. O momento de transição, porém — o momento de atravessar o véu entre o estar aqui e o partir para o nada, que presumivelmente envolve um terrível momento de rendição no qual a pessoa tem plena consciência do que está acontecendo —, isso sim parece algo a se temer. Se Mr. Phillips pudesse ter uma garantia por escrito, assinada pelos devidos responsáveis, declarando que a morte seria algo que ele nem sequer notaria — estar aqui em um instante, morto no seguinte, sem qualquer experiência de transição —, ele se sentiria perfeitamente otimista, até mesmo entusiástico, sobre toda a questão. No entanto, a idéia de que ele estaria consciente do que estava se passando enquanto morria implicava em que, em algum ponto de seu futuro, haveria um momento do mais puro terror, o que resultava em um breve vislumbre de tal medo toda vez que sua mente contemplava o assunto, mesmo que por apenas um ou dois segundos.

Hoje, deitado no chão do banco, deve ser o momento mais próximo da morte que Mr. Phillips experimentou durante muitos anos — talvez desde o dia em que seu amigo Tony Wilson, que se mudou para Dorset para administrar uma pequena empresa de táxis e que ele não encontrava havia quinze anos, bateu o carro quando os dois voltavam de uma festa de casamento em Suffolk. Tony estava embriagado — não chegava a tropeçar, mas já enrolava a língua. Entrou em uma curva depressa demais, derrapou e caiu em uma vala a três metros da estrutura de concreto do sistema de drenagem. Se houvessem colidido com o concreto, teriam morrido.

— Tiveram muita sorte, jovens — os policiais lhes disseram.

— Se tivemos tanta sorte, o que estávamos fazendo dentro da vala? — Tony retrucou, sabendo que perderia a carteira de motorista de qualquer maneira.

A sra. Phillips, que havia ficado em casa por estar grávida de oito meses e meio de Martin e não ter a menor condição de enfrentar a viagem de ida a volta a East Anglia, proibiu o marido de jamais voltar a entrar em um carro dirigido por Tony. Isso foi há um quarto de século. Desde então, o mais próximo que Mr. Phillips chegou da morte foi através dos riscos comuns, relacionados a infartos, derrames, hemorragias, coisas que podem surgir do nada e atacá-lo, apanhando-o de surpresa a qualquer momento, assim como os assassinos a longo prazo, mais sorrateiros, que se aproximam por detrás e nos seqüestram para o país desprovido de árvores onde habitam as doenças terminais, como câncer e doenças degenerativas. Nesse sentido, ele tem vivido na mesma proximidade da morte que qualquer outro homem sedentário na casa dos cinqüenta, com um emprego de colarinho branco, o tipo de intimidade que se tem com um conhecido que pode aparecer para uma visita a qualquer momento mas que, ao mesmo tempo, não se tem qualquer motivo para esperar que apareça naquele dia em particular ou em qualquer outro dia, por algum tempo ainda.

Essa idéia traz à tona a questão de quanto a morte é provável, em qualquer dia. Foi o que aconteceu em uma manhã, alguns meses antes, quando estavam todos sentados antes da reunião de avaliação do progresso mensal do Departamento de Contabilidade.

— Espere um instante — disse Abbot, o mais jovem deles. — A probabilidade de se ganhar na loteria é de catorze milhões para um, certo?

— Essa é a probabilidade de ganhar o prêmio acumulado — corrigiu Monroe com sua voz profunda. — Seis dividido por quarenta e nove, vezes cinco, dividido por quarenta e oito, vezes quatro, dividido por quarenta e sete, vezes três, dividido por quarenta e seis, vezes dois, dividido por quarenta e cinco, vezes um, dividido por quarenta e quatro, que é 0,00000007151, ou um em 13.983.816, geralmente citado como um em catorze milhões.

— Supondo que todo o dinheiro vá para um único ganhador, o que não é garantido — disse alguém.

— Catorze milhões para um de que se acerte os seis números — disse Monroe. — Há, porém, um outro risco que afeta a probabilidade de ganhar. Alguém sabe dizer qual é?

Mr. Phillips, que sabia a resposta porque ouvira Monroe discorrer sobre o assunto antes, ficou em silêncio para não estragar a diversão do amigo.

— Nenhum ganhador. Isso mesmo. O fator adicional que tem de ser levado em consideração é a chance de se estar morto quando o resultado da loteria for anunciado — uma vez que, evidentemente, a probabilidade de alguém morrer em uma dada semana é muito, muito mais alta que a chance de ganhar na loteria.

Fez-se uma pausa, o típico som de seis contadores tentando resolver mentalmente um problema matemático.

— Qual é a taxa de mortalidade? Quantas pessoas morrem a cada semana? — indagou Austen.

— Segundo as mais importantes agências do governo — Monroe respondeu —, a população da Inglaterra, na época da última estimativa, era de quarenta e nove milhões e trezentos mil habitantes. No ano anterior o total de mortes foi quinhentos e vinte e seis mil, seiscentos e cinqüenta. A média semanal de mortes foi, portanto, de dez mil cento e vinte e oito. Usando essas informações, concluímos que a chance de um inglês morrer em qualquer semana do ano é de 0,0002054, ou uma em quatro mil oitocentas e oitenta.

— Então, a chance de se ganhar na loteria — disse Abbot, com sua calculadora em punho —, é... duas mil oitocentas e setenta e três vezes menos do que a chance de estar morto quando o prêmio da loteria for sorteado.

— Mas estamos supondo que o bilhete foi comprado no início da semana — Monroe continuou. — Em outras palavras, se um sujeito comprar o bilhete no início da semana e guardá-lo até o momento do sorteio, a chance de estar morto quando o resultado for anunciado é muito maior do que a chance de ganhar. No entanto, a maioria das pessoas não compra bilhetes no domingo, mas sim no meio da semana, antes do sorteio e, por isso, suas chances são bem maiores. Se comprarmos o bilhete às quatro horas da tarde de sexta-feira, a chance de não morrer antes do resultado deve aumentar significativamente.

Todos já estavam fazendo os cálculos.

— Supondo que as mortes distribuam-se regularmente no calendário...

...algo que Mr. Phillips não acredita que se possa supor. Com certeza, mais pessoas morrem durante o inverno e nos fins de semana por embriaguez e brigas, além do estresse de se ver amarrado à família por tanto tempo, e por aí afora. Porém, ele não disse nada...

— Isso significa que a chance de morrer, para um indivíduo comum da população, é de 0,0107 por ano, ou 0,0000293 por dia, ou 0,00000122 por hora, ou 0,0000000203 por minuto. Em outras palavras, cada um de nós tem uma chance em quarenta e nove milhões e duzentas mil de morrer em um dado minuto. Então, para que a probabilidade de ganhar o prêmio acumulado seja maior que a chance de estar morto antes do sorteio, é preciso fazer as apostas, no máximo... — Monroe digitou alguns números em sua calculadora —... três minutos e meio antes do sorteio.

— Jesus! — alguém exclamou.

— Mas tudo isso se baseia em cálculos padronizados por médias — Monroe prosseguiu. — Evidentemente, uma garota de dezenove anos que não beba, não fume, não tenha histórico familiar de doenças fatais, e cuja bisavó ainda esteja viva aos cento e dois anos de idade, tem maior probabilidade de não morrer antes do sorteio do que um homem de sessenta anos, fumante inveterado, alcoólatra, com habilitação de piloto particular. Precisaríamos utilizar tabelas atuariais apropriadas — concluiu, dando à palavra "apropriadas" uma ênfase sutil porém muito escocesa.

Naquele momento o sr. Mill, o inútil chefe do departamento, entrou na sala, a conversa se dissipou e a reunião teve início.

Monroe, porém, não se esqueceu da questão. Duas semanas depois, um pequeno cartaz foi afixado no quadro de avisos da cantina da empresa, dizendo: "ATENÇÃO, APOSTADORES DA LOTERIA", e logo abaixo fornecendo uma tabela, seguindo as linhas discutidas, do risco real de um indivíduo morrer comparado à chance de ele ganhar na loteria. A tabela fornecia o tempo máximo para que as chances de ganhar na loteria fossem maiores do que as de se estar morto no final da semana.

IDADE	TEMPO IDEAL PARA APOSTAS ANTES DO SORTEIO
Abaixo de 16	*1 hora 10 minutos*
16-24	*1 hora 8 minutos*
25-34	*51 minutos*
35-44	*28 minutos*
45-54	*11 minutos*
55-64	*4 minutos*
65-74	*1 minuto*
Acima de 75	*24 segundos*

Aquilo ficara gravado na mente. Mr. Phillips pergunta-se quais são suas chances de estar morto antes do sorteio da loteria daquela semana, nesse exato momento. Muito provavelmente, nunca foram maiores. Ou menores, dependendo do ponto de vista. Bastaria apenas um único movimento convulsivo do dedo de um dos assaltantes. A sensação é a mesma que se tem, às vezes, quando se está dirigindo, quando nos ocorre que bastaria um forte desvio no volante para que o carro vá de encontro com os que vêm em sentido contrário, ou diretamente contra um muro, ou uma amurada de ponte, ou para dentro de uma vala, ou uma vitrine de loja, qualquer daquelas coisas que as pessoas fazem em acidentes de filmes a fim de obter um efeito cômico ou excitante, mas que na vida real envolvem mortes. O sentimento é exatamente o mesmo. Tudo o que teria de acontecer seria um dos assaltantes adquirir uma antipatia por Mr. Phillips enquanto ele permanece ali deitado de bruços, o nariz colado ao chão, inalando minúsculas partículas de fezes de cachorro.

— Muito bem, o último. Quinze segundos! — grita um dos homens, do outro lado do balcão do banco.

Se fosse forçado a adivinhar, Mr. Phillips diria que o sujeito é da região de Liverpool. Se o assaltante voltar ao saguão do banco, carregando o que quer que esteja usando para levar o dinheiro pendurado no ombro — Mr. Phillips não enxerga, mas está claro que os homens estão enfiando notas de dinheiro em algum tipo de sacola ou mochila que trouxeram consigo — mais um item que talvez deva ser proibido em bancos, além dos capacetes — se ele sair de detrás do balcão, apontar sua espingarda de cano serrado para Mr. Phillips e estourar seus miolos, por qualquer razão, ou simplesmente sem motivo, esse dia, trinta e um de julho, será o dia que esteve ali, à espera dele, durante toda a sua vida, escondido no calendário, formando um paralelo secreto com nove de dezembro, dia do seu aniversário. Todos têm esse dia, escondido a pleno céu aberto, o único dia entre os trezentos e sessenta e cinco que tem um significado para nós que não estaremos aqui para conhecer. O dia de sua morte será o dia em que a sra. Phillips e seus filhos se lembrarão dele, ou se lembrarão com nitidez maior, especialmente a sra. Phillips. Para ela, o dia trinta e um de julho será como uma dor recorrente, todos os anos. Os filhos fariam um grande esforço para estar com ela, ao menos nos primeiros anos, mas então tal prática se tornaria menos rígida e desapareceria gradualmente, como algum costume nacional que as pessoas pouco a pouco vão esquecendo. Somente para a sra. Phillips o dia continuaria a ter seu peso especial no calendário, um dia que ela sempre detestaria, no qual ela não seria capaz de suportar o som de determinadas músicas.

Esse poderia ser o dia... qualquer dia poderia ser o dia, claro, aí está o problema, mas esse dia parece especialmente propício. Mr. Phillips coloca as mãos sob os ombros e ergue o corpo. Então, põe-se de pé. Ao se levantar, dá-se conta de que mantém as mãos erguidas acima dos ombros e que tal gesto já não faz o menor sentido e, por isso, ele as abaixa. Sua visão do que está acontecendo no banco é muito melhor dali de cima. Na verdade, não há termo de comparação. Mr. Phillips vê a maneira como as pessoas estão espalhadas pelo chão, deitadas de bruços, sem seguir qualquer ordem de posicionamento, mas simplesmente viradas para todas as direções. Clarissa Colingford, que está deitada com o rosto voltado para a direita, na direção oposta a ele, tem a calça esticada sobre as nádegas, não tão esticadas a ponto de fazer o tecido brilhar, mas quase. Uma visão e tanto. Ele também vê os dois assaltantes na parte da frente do banco. Ambos estão olhando para ele com expressão tão surpresa quanto é possível exibir de dentro de um capacete de motociclista. Os dois homens são muito magros. Mr. Phillips provavelmente pesa quase tanto quanto a soma dos pesos dos dois. Ele diz:

— Não vou mais fazer isso.

— Ora, seu... — diz um dos homens, avançando para Mr. Phillips sem apontar a arma diretamente para ele, mas apontando-a para algum ponto ao seu lado. Esqueceu-se de gritar, e seu sotaque é, definitivamente, de Liverpool.

— Trate de se deitar! — grita o assaltante posicionado atrás do balcão, que parece ser o chefe da gangue.

Já se passaram no mínimo dois minutos, desde que ele gritou que faltavam quinze segundos para terminar e, portanto, talvez algo esteja saindo errado. Ele não olha para Mr. Phillips quando grita, mas mantém os olhos fixos em um ponto abaixo do balcão, atrás do qual seu colega faz alguma coisa que ninguém pode ver.

— Não vou me deitar — Mr. Phillips replica. — Acho que todos deveriam ficar à vontade para se levantar.

A essa altura, todas as outras pessoas no banco estão olhando para ele, os pescoços virados nas posições mais improváveis para isso. Suas expressões são extraordinariamente neutras. Somando todas, não se obtém sequer algum indício de expressão. Não há como saber o que estão pensando. Até mesmo Clarissa Colingford, que virou a cabeça e agora está deitada com a face direita colada ao chão — ela se virou a fim de ter uma melhor visão de Mr. Phillips! — de maneira que se pode ver a marca vermelha deixada pelo carpete em sua face esquerda — até mesmo Clarissa Colingford parece estar olhando para uma câmera voltada na sua direção, enquanto a câmera principal, que transmite os acontecimentos ao vivo, focaliza outra pessoa. Seu rosto está de folga.

— Se não deitar no maldito chão vou estourar seus malditos miolos — grita o assaltante mais próximo — desta vez ele se lembra de gritar.

Sua arma está apontada para o estômago de Mr. Phillips. Mr. Phillips não se move.

— Acho que todos vocês deveriam se levantar também — ele diz aos demais clientes do banco. — O que de pior pode acontecer?

Todos ficam onde estão. É exatamente o que Mr. Phillips teria feito se estivesse no lugar deles. Uma velhinha começa a se movimentar no chão e, por um momento, Mr. Phillips acredita que ela está prestes a se levantar, mas logo descobre que ela está apenas fazendo uma manobra para encontrar uma posição mais confortável e ao mesmo tempo ter uma melhor visão do que está acontecendo. Os outros não fazem contato visual com Mr. Phillips — é psicologicamente e fisicamente difícil estabelecer contato visual com um homem de pé quando se está deitado de bruços no chão — e mantêm os olhos voltados na direção do espaço que ele ocupa em vez de olhar diretamente para ele.

Mr. Phillips é tomado por uma forte sensação de leveza. É como se sua vida fosse um peso aterrador, um enorme saco cheio de tijolos ao qual ele foi se habituando gradualmente até se esquecer de que estava ali, e agora, finalmente, conseguiu tirá-lo dos ombros, de maneira que a sensação de alívio é maravilhosa. Sente-se capaz de dar um salto de dez metros de altura. Ou talvez, com maior suavidade, simplesmente decidir flutuar no ar, para ter uma perspectiva mais apurada das pessoas deitadas no chão, de maneira que os assaltantes tivessem de olhar para cima, surpresos e chocados. Então ele continuaria subindo, atravessaria o telhado e olharia o edifício do banco de cima, além de ter uma excelente vista de Knightsbridge, do trânsito, da Harrods, e cada vez mais, até enxergar a Victoria e o Albert Museum, como se é capaz de voar em um sonho (embora, mesmo em sonhos, ele sempre saiba que voltará a cair, e Mr. Phillips não tem essa sensação agora) e continuar subindo mais e mais, o Tâmisa serpenteando ao fundo, Londres transformando-se em uma fotografia aérea e, então, em um mapa de si mesma, o horizonte estendendo-se cada vez mais, pássaros assustados desviando suas rotas para evitar colidir com ele, a primeira camada fina de nuvens e, mais acima, o límpido céu azul, a névoa de poluição que cobre a cidade tornando-se visível à medida que é deixada para trás, os campos também se estendendo e expandindo, ao mesmo tempo que Londres vai encolhendo. Então, a própria Inglaterra começa a encolher, transforma-se em uma ilha, enquanto ele sobe cada vez mais alto, até enxergar o Canal, as costas da Irlanda e da França, o pequeno ponto em que se transformou Paris e os Países Baixos. Em seguida é a Europa que encolhe, e ele pode ver o outro lado do Atlântico, a Rússia, para então avistar os limites da própria Terra, e Mr. Phillips voaria livremente do planeta, lançando-se no limpo vazio do espaço até a Terra parecer minúscula e frágil, verde e azul, diminuindo rapidamente, e a maior parte do universo se tornar escuridão, na qual as estrelas e planetas parecem ínfimos, decorativos, sem jamais perturbar a beleza e a calma do imenso vazio sem vida.

O assaltante mais próximo de Mr. Phillips está olhando para ele fixamente e parece estar tentando decidir o que fazer. Lança um breve olhar na direção dos outros assaltantes e então começa a erguer sua arma para apontá-la na direção da cabeça de Mr. Phillips. Nesse exato momento, uma voz alta e distorcida, vinda de um megafone, anuncia:

— Polícia! Joguem suas armas!

4.2

Segundo o muito simpático sargento-detetive que tomou o depoimento de Mr. Phillips, a polícia vinha agindo em conseqüência de uma denúncia. Haviam seguido a gangue por algum tempo antes do assalto e estavam apenas esperando que dessem início ao roubo propriamente dito antes de surpreendê-los e prendê-los.

— O problema foi que nós esperávamos três assaltantes e um motorista. Quando descobrimos que eram quatro assaltantes e o motorista, a situação tornou-se um pouco mais complicada. Por isso decidimos pegá-los quando saíssem do banco. Então o senhor teve aquela brilhante idéia, se não se importa por eu falar assim, e nós tivemos de agir imediatamente. Deu-nos um susto e tanto, senhor.

Foi um agitado período de dois minutos. Quando a polícia ordenou aos ladrões que largassem suas armas, o assaltante mais próximo de Mr. Phillips virou-se lentamente para encarar os colegas, e houve um breve momento durante o qual os quatro se limitaram a ficar ali parados, olhando um para o outro.

— Não sairemos daqui sem reféns — anunciou o que parecia ser o chefe.

Foi o primeiro a abandonar a arma, depositando-a sobre o balcão com gestos delicados, como se fosse feita de porcelana.

— Eles iam mesmo fazer reféns? — Mr. Phillips pergunta ao policial.

Ainda estão no banco, onde todos os clientes e funcionários envolvidos na tentativa de assalto estão sendo interrogados para prestar seus depoimentos. Alguém preparou xícaras de chá doce, dizendo que é bom para acalmar o choque, e Mr. Phillips aceitou uma. Está doce demais: afinal, é a primeira xícara de chá com açúcar que ele toma depois de trinta e tantos anos. Ele está sendo interrogado por dois policiais, mas somente um deles fala, enquanto o outro fica sentado em silêncio. O fato de eles anotarem manualmente os depoimentos parece reconfortante a Mr. Phillips. Além disso, o detetive não parece particularmente confiante com relação à própria capacidade de escrever. Ele se concentra com empenho enquanto faz as anotações.

— É difícil dizer — responde o policial. — Na verdade, isso depende do perfil da carreira de cada criminoso. Se o sujeito já foi condenado a cumprir dez, quinze anos de prisão, estará apenas acrescentando alguns anos à sua pena, em troca da possibilidade de escapar. Isso, se ele acredita que tem alguma chance de escapar, e esses ladrões deviam saber que tal probabilidade seria mínima para eles. Portanto, não creio que o senhor corresse grande perigo. Ao menos nesse aspecto.

— Para ser sincero, não considerei a possibilidade de ser feito refém — Mr. Phillips declara com honestidade.

Depois de terem decidido não fazer reféns, os assaltantes abandonaram suas armas e ergueram as mãos, e policiais usando bonés e coletes à prova de bala, armados de metralhadoras, entraram no banco, obrigaram os quatro a deitar no chão e os algemaram. Só então disseram aos clientes do banco que podiam se levantar. Um jovem funcionário do banco, vestindo camisa branca de mangas curtas e bolso frontal onde ele carregava canetas que vazaram enquanto ele estivera deitado no chão, fazendo parecer que havia sido alvejado no peito e destilado sangue azul, começou a rir, um riso tenso, quase histérico, mas ninguém mais se juntou a ele. Ouviram-se conversas abafadas:

— Pensei que nossa hora tivesse chegado...

— Acha que eles teriam mesmo...

— Nunca vi nada...

Então, mais policiais, estes sem armas ou coletes, entraram e começaram os interrogatórios. Havia um toque de dignidade nos criminosos algemados quando foram conduzidos para fora. Quando eram retirados do banco, cada um com no mínimo um policial atracado a cada braço, uma das velhinhas dirigiu-se a um deles em tom agudo e nervoso e, ao mesmo tempo, gentil — o mesmo tom que usamos para falar com alguém que não encontramos há anos mas contra quem colidimos na rua, no qual a hostilidade ainda está presente apesar da surpresa amigável em nossa voz.

— O que acha que conseguiram com tudo isso?

Por um momento pareceu que a pergunta da mulher ficaria sem resposta, mas então o último dos homens, não o que parecia chefe mas o colega que permanecera atrás do balcão com ele, respondeu em voz baixa e surpreendentemente educada:

— Uns dez anos, querida.

Mr. Phillips considera mais assustador contar o que aconteceu do que foi a experiência real. Ele pensa: Eu estava em um banco que foi assaltado! Mas os policiais mostraram-se plenamente seguros e confiantes com relação ao incidente, até chegar à incômoda questão do que ele estava fazendo lá, afinal.

— Poderia confirmar o seu local de trabalho, senhor? — pergunta o policial que o interroga.

— É preciso? — replica Mr. Phillips.

O efeito da pergunta é uma troca de olhares entre os dois policiais, que voltam a encará-lo em silêncio.

— Vim consultar o meu saldo — Mr. Phillips declara.

— Às quatro horas da tarde de uma segunda-feira — diz o até então silencioso detetive.

— Quando seu escritório situa-se no centro — complementa o até então simpático policial em tom amigável, como se pedisse esclarecimentos.

— Bem, quando disse que é meu escritório, na verdade eu quis dizer que era.

Faz-se um silêncio carregado de interrogações.

— Não trabalho mais lá.

— E onde trabalha?

— Eu... não trabalho.

— Ora, o senhor não parece desempregado — comenta o antipático.

Mr. Phillips, prestes a agradecer, recompõe-se e limita-se a assentir.

— Maleta, terno — continua o antipático.

— Eu diria que está vestido para trabalhar — diz o simpático.

— Sim — Mr. Phillips.

— Sim, o quê?

— Sim, estou vestido para trabalhar.

— Mas não trabalha.

— Não, não trabalho mais.

— Foi despedido, senhor? — pergunta o simpático.

— Sim.

Os dois detetives reclinam-se ligeiramente nas cadeiras.

— Vemos muitos casos como o seu, senhor. Ficaria surpreso se soubesse.

— Não que aconteça todos os dias, mas acontece com grande freqüência — comenta o ex-antipático.

— Mais do que imagina.

— Isso afeta as pessoas de maneiras bastante diferentes.

— Muitos desses efeitos poderiam ser considerados pequenos.

— Eles são grandes.

— As pessoas fazem coisas.

— Coisas tolas.

— Coisas que não fariam em circunstâncias normais.

— Também dizem coisas.

— E que coisas!

— Senhor!

— Lembra-se do caso de estrangulamento em Hampstead Heath, Kevin? Fizemos um mapa de todos os presentes. Interrogamos centenas de pessoas, cruzamos informações, cobrimos o mapa de alfinetes coloridos. Relatórios continuavam chegando sobre um sujeito sentado em um banco, vestindo terno de colete, fitando o vazio. Ficava lá o dia todo, todos os dias. No final, apuramos que ele havia sido demitido, assim como o senhor. E não havia contado à família.

— E era um bom sujeito, senhor.

— Pediu-nos que não revelássemos a situação à família.

— E nós atendemos.

— Ele se sentava lá havia três meses, não é, Kevin?

— Mais.

— Como pode ver, senhor, não é nada que não tenhamos visto antes.

— Nada.

— Vemos de tudo, o tempo todo.

— Somos como proctologistas — diz o mais simpático dos dois.

Então eles trocam um sorriso afetuoso, como se partilhassem uma adorada piada particular.

— Ainda posso ser útil? — pergunta Mr. Phillips quando os dois voltam a encará-lo.

O que fez as anotações responde:

— Muito obrigado, senhor. Vou passar seu depoimento a limpo e então pediremos que o senhor o leia e assine. Em seguida estará livre para partir.

— Ao contrário dos assaltantes — Mr. Phillips comenta, sem resistir à tentação de fazer uma piada.

Nenhum dos dois reage de maneira alguma.

4.3

Perto do final de Knightsbridge, Mr. Phillips passa pela estação do metrô, vira à direita e segue para o sul. Pergunta-se se vai aparecer nos noticiários daquela noite. Equipes de reportagens de emissoras de televisão amontoaram-se do lado de fora do banco enquanto os policiais tomavam os depoimentos. Alguém empunhando um microfone havia se aproximado de Mr. Phillips, dizendo: "Com licença", quando ele saía, mas Mr. Phillips não parou, e ninguém o perseguiu. Do outro lado da porta do banco, uma multidão de câmeras, mulheres com pranchetas, homens com microfones e gravadores, outros com blocos de anotações, formavam um círculo em torno de Clarissa Colingford. Sem dúvida, ela apareceria nos noticiários e ficaria ainda mais famosa. Talvez outros homens a vissem falar sobre a terrível experiência do assalto e se apaixonassem por ela, em conseqüência. Quanto a Mr. Phillips, ele sente que superou sua paixão por Clarissa Colingford. Isso foi passado, agora é presente.

Mr. Phillips passa diante das lojas caras de Sloane Street, depois por quarteirões pontilhados de mansões e jardins particulares, indo na direção do congestionamento permanente de Sloane Square. Os valores de aluguel e condomínio por ali devem ser astronômicos, empurrando para cima, de maneira invisível, os preços de cada peça de roupa, cada relógio, cada *cappuccino*. Ocorre a Mr. Phillips que o que Martin quer é ganhar dinheiro suficiente para se sentir à vontade em lugares como aquele; sentir que, se vir algo que queira ter, possa simplesmente entrar na loja e comprar o produto sem pensar duas vezes. Assim, lugares que para a maioria das pessoas pareceriam proibitivos estariam abertos, de braços abertos para ele, e Londres seria transparente, uma cidade de portas abertas.

Na faixa para pedestres diante de Mr. Phillips, uma garota usando botas e camiseta está vestindo a segunda candidata do dia à saia mais curta que ele já viu. É tão curta que se pode ver a curva inferior da região pubiana. Seria mesmo esse o efeito desejado?

Na esquina de Sloane Square, tentando livrar-se do congestionamento andando a pé, Mr. Phillips passa por um bar cuja maioria dos fregueses saiu para a calçada. Essas pessoas não têm pressa de chegar em casa. Muitos são funcionários de escritórios e jovens. Os homens que usam paletó e gravata para trabalhar tiraram o paletó e afrouxaram a gravata; aqueles que usavam apenas camiseta estão agora de peito nu, muitos deles avermelhados pelo calor. As mulheres estão alegres e animadas e aparentemente dispostas a acompanhar a ala masculina com bebidas coloridas e borbulhantes, embora seja possível avistar uma ou outra bebedora de cerveja entre elas. Mr. Phillips, em outras épocas — depois do casamento, até o nascimento de Martin —, era adepto ferrenho de paradas em bares depois do trabalho para beber uma ou duas cervejas, bem mais amargas naqueles tempos, especialmente nas noites de sexta-feira. A sra. Phillips nunca se queixava, embora pudesse ter tido motivos de sobra para se ressentir da implicação de que ele preferia passar duas ou três horas na companhia de pessoas com quem passava a semana inteira trabalhando, para então chegar em casa cheirando a cerveja e fumaça, quando poderia simplesmente ir direto para casa e ficar com ela. Naqueles tempos parecia que trabalho e bares eram, acima de tudo, coisas que os homens faziam para ficar longe das esposas. O que parece muito diferente agora. As mulheres se mostram tão espalhafatosas, tão confiantes e tão determinadas a se divertir quanto qualquer homem. É difícil dizer do que elas estão tentando se afastar.

A verdade é que Mr. Phillips sente que seria capaz de beber uma garrafa de cerveja de um só gole. E por que não? Atravessa a multidão entusiasmada que bebe, ri, flerta e fofoca diante do bar, e abre caminho até o interior escuro. Ali ergue-se uma parede de fumaça de cigarro, ecoa o tipo de música que Martin gosta e há menos pessoas do que na calçada. Os fregueses do lado de fora parecem estar ali por recreação, enquanto os de dentro parecem levar a situação mais a sério. Junto ao balcão, um grupo de homens que chegaram cedo e já estão, na maioria, bêbados, discute um artigo sobre futebol publicado no *Evening Standard.*

— Ele jamais faria isso. Simplesmente, não faria — diz um homem de camiseta amarela recostado no balcão, com os dois cotovelos apoiados nele em uma pose estranhamente de "alta classe".

— Aqui diz que fez — retruca um outro agitando o jornal no ar.

— Ele é capaz de qualquer coisa — resmunga um terceiro, falando dentro do copo que está levando aos lábios. — O idiota!

— Bem, no que me diz respeito, ele pode ir para o inferno — diz o primeiro.

— Agora sim, você disse algo com que posso concordar — comenta o dono do jornal, ganhando a aprovação dos demais.

Os dois funcionários que servem no balcão tratam de se manter fora da discussão, posicionando-se na extremidade oposta do bar. Mr. Phillips tenta inclinar-se sobre o balcão, sente o estômago prensado e sorri para eles. Não funciona.

— Por favor! — ele finalmente grita, a frase soando mais como um pedido de desculpas do que uma exigência.

Um dos *barmen* olha para ele e, com visível relutância, interrompe sua conversa com o colega e aproxima-se para atender Mr. Phillips. Veste o que deveria ser um uniforme de camisa branca de mangas curtas e calça preta, mas usa-o com tamanho desleixo e tantos botões abertos que sua figura transpira insubordinação. Quando ele pára diante de Mr. Phillips, simplesmente ergue as sobrancelhas. Está mascando chiclete.

— Uma cerveja — diz Mr. Phillips, esforçando-se conscientemente para reprimir o impulso de dizer: "por favor".

O jovem retira um copo de debaixo do balcão, coloca-o sob a bomba decorada de néon colorido e pressiona a alavanca para enchê-lo. O dia urbano é repleto de momentos como esse, em que as conversas e interações sociais seriam naturais, mas não acontecem porque o peso da cidade exerce pressão sobre cada relacionamento. Se uma pessoa começasse a conversar com estranhos, onde iria parar? Em algum recanto de seu coração, Mr. Phillips guarda a fantasia de uma vida no campo, totalmente diferente, onde o proprietário da mercearia entediaria o freguês durante dez minutos, contando como fora trapaceado para perder o concurso de rabanetes do condado, quando alguém entraria para comprar um litro de leite e onde cada visita ao bar seria uma longa imersão em lamentações coletivas e individuais contra forasteiros, proprietários de terras, a prefeitura, o governo, a União Européia, em resumo, contra todos os não presentes; uma vida na qual as pessoas cumprimentariam e conversariam com todos que encontrassem — exceto as pessoas com quem se estivesse travando algum tipo de disputa. E, talvez, essa vida, ou uma versão dela, seja possível agora, se conseguirem sacar as cem mil libras restantes de sua hipoteca e comprar uma casa no campo. Não no Sudoeste — com uma quantia como essa, teria de ser um lugar bonitinho porém barato; Herefordshire, por exemplo, um pequeno chalé de pedra, ou uma antiga agência de correio, ou um novo e confortável bangalô. A sra. Phillips poderia continuar a dar aulas de música — não seria tão difícil, pois as pessoas certamente procuram pelo que fazer, nesses lugares — Thomas poderia freqüentar a escola local pelo que seria apenas mais um ano, afinal de contas, Mr. Phillips se estabeleceria como um bem-sucedido e aposentado contador londrino, prestando favores aos mais rústicos. É claro que não se colocaria assim, mas seria essa a idéia. O campo deve estar cheio de pessoas que trabalham por conta própria e são totalmente ignorantes de suas obrigações e direitos, e que precisam de ajuda com suas contas. Tudo é possível.

— Dois e cinqüenta — diz o rapaz, derramando parte da cerveja ao depositar o copo no balcão diante de Mr. Phillips.

Erguendo as sobrancelhas a fim de registrar um protesto digno, Mr. Phillips enfia a mão no bolso para retirar a carteira e dá-se conta de que acabou se esquecendo de consultar seu saldo, que foi o motivo oficial de sua expedição ao banco. Guardando sua nota de cinco libras para transações com comerciantes mais bem-educados, ele estende uma nota de vinte. Trata-se de uma nota muito amarrotada, um lembrete, entre outras coisas, de quanto o papel usado na produção de dinheiro é resistente.

— Não tem nota menor? — pergunta o jovem de má vontade.

Nada menos que um londrino nato, Mr. Phillips também possui suas reservas de grosseria. Olhando diretamente e inexpressivamente para o *barman*, ele sacode a cabeça lentamente. (Apesar do troco da passagem de ônibus que ainda pesa no bolso de sua calça. Às vezes um homem tem de defender seu ponto de vista.) O jovem se afasta e produz intermináveis ruídos na caixa registradora, antes de voltar com uma nota de dez e um punhado de moedas.

— Não tenho nenhuma nota de cinco — ele diz, estendendo a mão cheia de moedas e despejando-as na mão aberta de Mr. Phillips.

Mr. Phillips, por sua vez, despeja a avalanche metálica no bolso. Apanha seu copo e se retira do deprimente e escuro interior do bar, passando pela placa que diz "É Proibido Beber na Calçada", e vai se juntar à multidão alegre que bebe na calçada. Encontra um pequeno pedaço de parede com uma saliência parecida a um peitoril de janela, onde coloca seu copo. Então deposita a maleta no chão a fim de demarcar seu território. A poucos metros dali um grupo de colegas de escritório ri às gargalhadas de um amigo que imita um homem praticando artes marciais chinesas em câmera lenta. Ele se equilibra sobre um pé só, ergue os braços acima da cabeça, faz bico com os lábios e emite um som estridente, parecido com um miado.

4.4

Ao desembarcar do trem, no Aterro, Mr. Phillips sente a cerveja sendo sacudida dentro dele, juntamente com tudo o que ele comeu naquele dia, formando um coquetel gigante de cerveja, mingau, bacon, escalopes, gim-tônica, café, banana e bolo de peixe. Provavelmente, o conteúdo de nosso estômago se parece com o que sai de nós quando vomitamos. Tal pensamento, somado às bolhas da cerveja e aos movimentos sacolejantes do trem, leva Mr. Phillips a se sentir levemente, mas definitivamente, nauseado. Mr. Phillips deixa a torrente de passageiros conduzi-lo pela escada rolante até o saguão. Ele sai da estação e se vê diante do local onde táxis e passageiros se misturam e segue pela alameda lateral, na direção da ponte para pedestres, sobre o Tâmisa. Há sempre alguns mendigos por ali, e esse dia não é exceção.

A ponte para pedestres é uma das favoritas de Mr. Phillips. Ele gosta do fato de ela ser estreita e de seu ar de fragilidade, da maneira como o faz sentir como se estivesse pairando no ar, sobre o rio.

Essa é a penúltima parte de sua jornada para casa, e em um mundo ideal Mr. Phillips pararia para olhar o rio, mas com filas de pessoas indo e vindo, apressadas, na ponte estreita, isso não é possível, e por isso ele faz a travessia com passos rápidos e chega ofegante à margem sul. Como sempre, a paisagem o faz pensar em um deselegante animal de concreto, morto. Ele atravessa a passagem, passando por um nada lisonjeiro busto de Nelson Mandela, e se dirige à estação de trem. Esse é o momento em que Mr. Phillips mais se aproxima do National Theatre; na verdade, Mr. Phillips só esteve dentro do edifício uma vez, para assistir a *Rei Lear*, quando Martin precisava fazer um trabalho para a escola. A sra. Phillips planejara a excursão e, então, em um ato desleal porém genuíno, apanhara uma forte gripe naquela mesma manhã. Mr. Phillips, com o senso de que estava se comportando muito bem, oferecera-se para ir no lugar dela. Em retrospectiva, ele vê a experiência como tendo sido as quatro horas mais longas de sua vida, incrivelmente parecida, em termos de desconforto, ansiedade e longa duração, à espera no pronto-socorro.

— O que você achou? — ele se arriscou a perguntar a Martin depois da peça, no caminho de volta para o estacionamento.

Aquela era uma região particularmente árida da cidade, o que por si só provava que se estava no sul de Londres, já que os estacionamentos do norte de Londres eram todos construídos claustrofobicamente no subsolo ou elaboradamente em topos de edifícios, com rampas e elevadores e placas de mão única. Os dois Phillips haviam concordado em se permitir uma refeição no McDonald's antes de voltar para casa.

— Foi longa — disse Martin. — É sempre longa.

— Senti pena do homem que teve de tirar toda a roupa — disse Mr. Phillips.

— Edgar — informou Martin. — E tinha o pinto pequeno também.

Mr. Phillips emerge do túnel que se abre para a estação de Waterloo. Uma das boas coisas trazidas pelas tantas mudanças ocorridas ao longo das duas últimas décadas é a súbita chegada ali de pequenas lojas onde se pode comprar não só um jornal, como sempre se pôde, mas também flores, chocolates, CDs, e há também uma loja inteira destinada a meias interessantes, e outra a *cappuccino*, e agora pode-se até mesmo descer a escada em um impulso e embarcar em um trem para Paris ou Bruxelas. Em pouco mais de três horas ele poderia estar em um café à margem esquerda do Sena, usando uma boina e comendo carne de cavalo e batatas fritas. Ou então poderia estar em Bruxelas, comendo o que quer que os belgas costumam comer. Ele poderia aprender a língua, conseguir um emprego como contador especializado em transações bilíngües, companhias que vendem *lingerie* para os ingleses ou lâmpadas aos franceses. O sistema não podia ser tão diferente, uma vez que a base da contabilidade de duplos registros estava no fato de ser tudo igual, em qualquer lugar. Mr. Phillips se sairia bem lá, eles gostariam de seu estilo e ficariam encantados com a sra. Phillips — tão despretensiosa —, tão natural — e ela toca como um anjo! Ele teria um apartamento no meio de Paris, porque os franceses tendem a morar em apartamentos, e uma pequena casa no campo, talvez na Normandia, com um vizinho que vigiasse sua propriedade e a quem ele pagaria anualmente com sua famosa sidra produzida em casa. Ou, como alternativa, ele poderia se transformar em mendigo, mas um mendigo francês, implorando francos para comprar *croissants* e vinho barato. Provavelmente acabaria se deslocando para o sul, onde o clima era melhor. Poderia comprar um pacote de giz e fazer desenhos na calçada. Poderia ter um pequeno cão francês por companhia. Se sacasse a quantia máxima de seu cartão de crédito agora e depois sacasse o máximo de sua conta bancária e comprasse uma passagem para Paris, e tentasse desaparecer, aonde conseguiria chegar? É o que Mr. Phillips se pergunta. Quanto um homem tinha de ser determinado, se não quisesse que sua vida jamais o alcançasse?

Há algo de reconfortante no imenso painel de partidas acima da entrada da plataforma principal. Não só Clapham Junction, mas Wimbledon, Sutton, Godalming, Putney Heath, Southfields, Queenstown Road, Southampton, Portsmouth. Todos esses lugares que, para alguém, são sinônimo de lar. Pela manhã Waterloo é um lugar ansioso, repleto de pessoas atrasadas para o trabalho, ao passo que, no final do dia, embora igualmente apinhado de pessoas apressadas, para Mr. Phillips parece obscuramente confortável.

Há um trem para Clapham Junction na plataforma quatro, com Portsmouth como destino final, às seis e três, e um outro quatro minutos mais tarde. A plataforma será fechada trinta segundos antes da partida, pois assim mais gente perderá o trem. Mesmo assim Mr. Phillips decide arriscar-se a tentar embarcar no trem das seis e três e lança-se no que só pode ser considerado uma corrida, se levarmos em conta a sua idade e preparo físico. Sem sombra de dúvida, ele praticou mais exercícios físicos nessa segunda-feira do que em todo o ano que se passou. Outros aspirantes a passageiros, com idéias semelhantes, também se lançam em uma corrida de última hora, e Mr. Phillips é ultrapassado por uma mulher de saia cáqui curta e por um homem que, por alguma razão, veste uma capa de chuva da mesma cor. Os dois estão rindo, de mãos dadas, enquanto correm pela plataforma e saltam para dentro do segundo vagão. Boa sorte para eles. Na experiência de Mr. Phillips, são tantas as pessoas que evitam o primeiro vagão, por acreditar que esse é o mais cheio, e embarcam no segundo, ou até mesmo nos seguintes, que geralmente são os outros vagões que ficam superlotados, enquanto o primeiro permanece, relativamente falando, razoavelmente vazio. À medida que se vai envelhecendo, passa-se a ganhar em esperteza o que se perde em velocidade.

Mr. Phillips embarca no primeiro vagão e senta-se no penúltimo banco disponível, preferindo o espaço ao lado de um homem roliço de terno ao lugar vago junto à garota que masca chiclete e olha para fora da janela, ou para o próprio reflexo. Ela parece ser uma garota de dezoito anos que parece ter quinze, com cabelos loiros, faces redondas e coradas e lábios carnudos e provocantes: o tipo que agrada a um velho sujo. Mr. Phillips gostaria de se sentar ao lado dela, mas sabe que seus motivos seriam transparentes demais; além disso, ele está preocupado com a possibilidade de estar cheirando a suor. E, ainda, o assento que ele escolheu tem um exemplar do *Evening Standard* que foi abandonado.

Dois passos atrás dele, um homem entre trinta e quarenta anos, que parece trabalhar no centro, entra no vagão e senta-se ao lado da garota. Ele nem sequer parece notar a presença dela. Está carregando uma maleta e uma sacola de náilon, da qual ele retira uma garrafa de vinho envolta por papel de seda. Com gestos cuidadosos, ele retira o papel da garrafa e, pousando-a sobre os joelhos, começa a ler, ou ao menos a olhar para o rótulo, em aparente transe de reverente concentração.

Com gratificante pontualidade, as portas do trem soam um alarme e, em seguida, se fecham. Sente-se um movimento brusco, e os vagões começam a seguir viagem, deixando para trás o abrigo da plataforma, passando pelo emaranhado de linhas na saída da estação, onde ocorre uma súbita expansão da vista do sul de Londres, predominantemente edifícios baixos, com os ocasionais e feios complexos de escritórios, ou desastrosos condomínios dos anos 60. Em dias de trabalho, aquele era o momento preferido das vinte e quatro horas do dia para Mr. Phillips: a última parte da viagem de volta para casa. Mesmo quando criança, sua viagem preferida sempre fora a de volta para casa, e seu melhor momento em qualquer excursão era o ponto em que o trajeto de ida da expedição chegava ao fim, e ele retomava o caminho de volta à base. Isso parece menos verdadeiro hoje. Ele não pode dizer que está particularmente ansioso por chegar em casa e pela perspectiva de uma noite em frente à televisão, fazendo mais ou menos nada.

Mr. Phillips folheia o *Evening Standard* rapidamente enquanto o trem segue adiante. Para ele, a etiqueta de apanhar um jornal deixado no trem diz que podem-se ler os artigos tanto durante a viagem quanto em qualquer outro lugar público, mas deve-se deixá-lo para trás, para que outra pessoa possa aproveitá-lo. Do contrário, é como se ele estivesse roubando alguma coisa. Por isso ele não tem muito tempo. A maioria das notícias é o de costume. Na página sete, porém, há uma história sobre um casal de artistas mímicos, que faziam parte do festival de teatro de rua que ocorria em Londres naqueles três dias até ser presos por atentado violento ao pudor. Eles se vestiram de vagabundo e garota de colégio e fingiam fazer amor em um trem do metrô. Seu erro foi embarcar em um vagão em que viajava um policial à paisana. O crime prevê sentença máxima de doze meses de prisão.

O trem passa em disparada pela estação Vauxhall, sem parar, e poucos minutos depois, começa a diminuir a velocidade, aproximando-se de Clapham Junction. Várias pessoas começam a fazer os preparativos "Esta É A Minha Estação". O homem com a garrafa de vinho começa a embrulhar seu precioso tesouro no papel de seda, com todo cuidado. A garota ao lado dele pára de admirar o próprio reflexo no vidro da janela e ajeita a pasta plástica que leva de encontro ao peito. Com tristeza Mr. Phillips nota que a pasta é, na verdade, um catálogo de uma agência de modelos, chamada Model Models. Ao que parece, uma garota bonita não pode mais ser, simplesmente, uma garota bonita, pois tal qualidade deve ser um trabalho ou uma ambição.

Mr. Phillips levanta-se e vai postar-se perto da porta, segurando na grade. O metal apresenta o frescor deslizante de um objeto que foi tocado por muitas mãos, desde que foi limpo pela última vez, e é difícil evitar pensamentos sobre vírus da gripe, germes tropicais, pessoas que não lavam as mãos depois de usar o banheiro. Mr. Phillips não sofre de nenhuma fobia ou hipersensibilidade a esse tipo de coisas, mas às vezes a idéia cruza sua mente. O trem pára, as portas produzem o barulho de sempre, para então se abrirem, e Mr. Phillips salta para a plataforma.

Mr. Phillips deixa a estação pela pouco utilizada saída lateral, de onde se vêem alguns condomínios desolados, muitos dos quais já foram residências oficiais de funcionários da prefeitura antes de terem sido vendidos a proprietários particulares. Há também um consultório de dentista de aspecto depressivo e um templo dos Adventistas do Sétimo Dia, ambos construídos com concreto e parecendo ter sido projetados para ser utilizados como abrigos, em caso de guerra ou alguma comoção civil mais grave.

Caminhando por entre os edifícios baixos, Mr. Phillips pergunta-se se o assalto ao banco já terá aparecido nos noticiários quando ele chegar em casa, ou se esse tipo de notícia é mesmo exibido na televisão. Nas três ou quatro vezes em que ele passara pelo que lhe pareceram terríveis acidentes de trânsito — uma vez, quando policiais lavavam o sangue do asfalto de Cromwell Road depois de um acidente entre, é claro, uma perua branca e uma motocicleta — ele sempre esperava assistir à notícia, com todos os seus detalhes mórbidos, quando se sentava diante da televisão, mas isso nunca havia acontecido. Essas coisas deviam ser corriqueiras demais para serem noticiadas. Talvez os assaltos a bancos e crimes parecidos também fossem assim, acontecendo o tempo todo e fazendo parte da rotina normal da vida na cidade.

No ponto onde Mr. Phillips chega a Kestrel Lane para os últimos cinco minutos de sua caminhada para casa, ele quase colide com uma velha senhora carregando três ou quatro sacolas de plástico, curvada como um ponto de interrogação pelo esforço. Ela se move tão lentamente que acabou se transformando em um obstáculo. Mr. Phillips desvia dela e a ultrapassa, satisfeito por ter conseguido evitar a colisão que teria terminado com um pedido de desculpas no qual ele não acredita. (Desculpe, costuma dizer Mr. Phillips quando alguém pisa em seu pé.)

Mr. Phillips não pensa muito na questão de como é ser velho, uma vez que não consegue imaginar-se vivendo mais do que seu pai, que morreu aos sessenta e um anos. Não que ele acredite que vá bater as botas a qualquer momento; ele simplesmente não consegue formar tal imagem, mas apenas uma noção muito vaga de si mesmo aos oitenta, mimando bisnetos ou assoprando com dificuldade uma única e pequena vela na concorrida festa de seus noventa anos. Ele consegue, no entanto, imaginar que as coisas só vão piorar mais e mais, e as dificuldades que ele acumulou com seu próprio corpo, o excesso de gordura e de suor, além da ocasional falta de ar, a dor nas costas pela manhã e a próstata que o obriga a urinar com tanta freqüência, o ácido impertinente e desobediente de seu estômago, a impressão de que o rosto no espelho é uma indesejada camada extra de pele que cresceu sobre seu verdadeiro rosto (que é trinta anos mais jovem); tudo isso só pode se tornar pior, de maneira que ele se tornaria imensamente gordo, constantemente ofegante, mal conseguindo andar, curvado, torturado pelas dores da artrite, urinando o tempo todo, sofrendo de dispepsia crônica, feio e malcheiroso, e ainda com todos os problemas inesperados que surgiriam subitamente, novas doenças, como fígado fraco, tonturas, impetigo, insônia, asma, diverticulite, enfim, qualquer surpresa desagradável, com exceção da Aids, por absoluta falta de oportunidade. Tudo isso espera por ele. A velhinha pela qual Mr. Phillips acabou de passar parece viver em um país onde todas essas coisas são, simplesmente, parte integrante do dia-a-dia.

Mr. Phillips dá meia-volta e segue na direção dela. No período de tempo que ele demorou para percorrer cem metros, ela não caminhou nem dez. Enquanto avança para a figura curvada e frágil, Mr. Phillips percebe que ela fica alarmada com sua aproximação. Com medo de mim? Ora, imagine!

— Com licença — diz Mr. Phillips —, posso ajudá-la?

Ela interrompe os passos lentos para ouvir. A expressão da mulher informa com grande clareza que o esforço de parar, prestar atenção às palavras e considerar a oferta não é bem-vindo. Ao mesmo tempo, um brilho de esperteza ilumina seu olhar. Ela está avaliando a possibilidade de ele apanhar suas sacolas e sair correndo. No entanto, ela tem um rosto simpático, com um fino bigode, mas olhos claros e inteligentes.

— Posso ajudá-la com as sacolas? — Mr. Phillips insiste.

Ela reflete por mais um momento e, então, sem dizer nada, deposita as sacolas na calçada, todas as quatro, mas não a bolsa, que ela mantém firme na curva do braço dobrado. A mulher exibe uma técnica surpreendentemente boa de se abaixar, dobrando os joelhos em vez de curvar ainda mais as costas.

— Obrigada — ela diz depois de deixar as sacolas no chão.

— A senhora mora longe?

— Logo ali — ela responde, apontando para um dos edifícios que foram, um dia, residências de funcionários públicos e que são agora um misto de moradias públicas e particulares.

A maior parte dos novos inquilinos é como Martin, *yuppy*. Esta mulher deve ser da geração mais velha dos inquilinos públicos, os habitantes aborígines daquela região da cidade, gradualmente expulsos dali pelo influxo de dinheiro.

— Está bem — Mr. Phillips murmura.

Ele se abaixa, apanha as sacolas, duas em cada mão, que somadas à sua maleta contam cinco volumes. As sacolas são do Asda, que fica a dez minutos de caminhada para Mr. Phillips, mas quem sabe quanto tempo para ela. Não são leves. Provavelmente ela espera receber a pensão para fazer todas as compras da semana de uma só vez. Mr. Phillips supõe que, se estivesse em condição parecida à dela, ele se sentiria inclinado a fazer suas compras em uma base diária, saindo para comprar uma lata de feijões e um filão de pão em um dia, duas costeletas de carneiro e uma batata assada no outro — uma excursão diária.

— Eu estava ficando um pouco ofegante — diz a velhinha em tom mais confiante e alegre.

— A senhora fez uma compra e tanto — Mr. Phillips comenta.

Ela solta uma risadinha.

— Segunda-feira é o meu dia de compras.

— Minha esposa faz todas as compras, em minha casa.

— É um homem de sorte.

Sou? Mr. Phillips pensa sobre isso. Chegam ao portão do condomínio, junto ao qual há um teclado metálico. A velhinha digita um código de quatro números: dois-um-quatro-seis, Mr. Phillips não pode deixar de notar. Se os moradores do condomínio jogam na loteria, muitos devem usar aquele mesmo código, de maneira que se os números forem sorteados naquela seqüência, poderá ocorrer uma misteriosa explosão de novos milionários nos apartamentos. As campainhas dos elevadores soariam juntamente com o som do estouro de muitas garrafas de champanhe, a área de estacionamento ficaria subitamente repleta de automóveis Bentley conversíveis. Ouve-se um zumbido e a tranca se solta automaticamente, e a velhinha cola o ombro ao portão, utilizando o peso do próprio corpo para abri-lo completamente. Mr. Phillips a segue.

— Já estamos chegando — ela diz, percebendo com nitidez o esforço que ele está fazendo.

Mr. Phillips já começa a ofegar. Eles atravessam um pátio de concreto onde a determinação de alguém em alegrar a paisagem com canteiros de flores e tintas nas paredes só fez ressaltar o efeito de desolação. Uma mangueira deixada sobre um dos canteiros de flores está vazando e formando uma grande poça marrom. Ainda bem que não moro aqui, pensa Mr. Phillips. Ainda bem que não sou velho. Em algum lugar não muito longe dali, mas fora de vista, vozes de crianças se erguem, seja em uma briga ou em uma brincadeira.

As portas do andar térreo do edifício são de vidro opaco, reforçado por uma tela de aço. Uma das paredes é coberta por caixas de correspondência, uma vez que o elegante aparador de madeira é obviamente pequeno demais para a moderna quantidade de folhetos e panfletos de propaganda enviados pelo correio nos dias de hoje, e mesmo assim muitas das caixas estão completamente lotadas de papéis, como se fossem urnas em uma eleição muito disputada. E ainda há uma infinidade de folhetos e cardápios para entrega espalhados pelo chão. Na parede ao lado há uma escada escura e um elevador de aparência pouco convidativa. O hall de entrada é iluminado por uma lâmpada fluorescente que faz Mr. Phillips pensar que está prestes a desmaiar ou ter algum tipo de ataque, até perceber que os efeitos piscantes são da luz e não de seus olhos.

A velhinha aperta o botão e a porta do elevador se abre instantaneamente. Elevadores, assim como túneis, não são o forte de Mr. Phillips, com exceção dos elevadores modernos, cujas paredes são de vidro para que se possa enxergar o lado de fora. Esse não é assim: trata-se de uma caixa de metal polido, longa e mais estreita nas extremidades do que no centro — o formato de um caixão. É claro que uma das funções do elevador é levar caixões quando os residentes mais velhos morrem e seus filhos e netos vendem os apartamentos. Apesar do fato de que todos os que moram ali estejam ficando inexoravelmente mais velhos, a média de idade torna-se cada vez mais baixa, em um aparente desafio às leis da física.

Por mais que deteste a aparência do elevador, a essa altura não há a menor possibilidade de evitar a viagem e, portanto, Mr. Phillips entra nele com sentimentos de agitação. A primeira coisa que ele faz sempre que entra em um elevador é se certificar de que existe uma saída de emergência no teto — não que ele tenha qualquer intenção de subir ali, mas é reconfortante saber que se pode abrir uma portinhola para obter mais oxigênio, caso o elevador quebre. A segunda coisa que faz é verificar o alarme, ou alto-falante (melhor), ou interfone (melhor ainda). Este elevador, porém, não tem nada além de um teto sem qualquer abertura e, embora conte com um interfone, uma placa dizendo "Fora de Serviço" indica sua atual condição. Deve ser o pior elevador do mundo.

A velhinha pressiona o botão do décimo quarto andar. O botão se acende, a porta se fecha e, depois de um pequeno mas horroroso mergulho abaixo, o elevador sacode e começa a subir. Inspecionando discretamente o mostrador acima da porta, Mr. Phillips descobre que o décimo quarto andar é, na verdade, o décimo terceiro, cujo número foi alterado em uma concessão à superstição. Aí está uma questão que ele nunca foi capaz de compreender. Se alguém acredita que existe algum perigo no número treze, certamente o décimo terceiro andar é perigoso, independentemente de como nos referimos a ele, uma vez que é de fato o treze, e não a palavra, que carrega o problema. Tratava-se apenas de agradar aos deuses, ou ao destino, ou ao próprio Deus — não que seja o tipo de coisa com que Ele se preocuparia — como se Ele fosse distraído a ponto de não perceber a manobra.

O elevador, que sacudiu e produziu ruídos aterrorizantes durante toda a subida, pára no assim chamado décimo quarto andar. Segue-se um terrível momento de absoluta imobilidade antes que a porta se abra. A mulher, assumindo o comando, sai para o corredor pintado de cinza-esverdeado, ou talvez verde-acinzentado, também iluminado por uma lâmpada fluorescente que pisca. Ela segue para a esquerda, pelo corredor estreito, passa por duas portas, sendo que de uma delas Mr. Phillips ouve a música alta tocada por um rádio de qualidade duvidosa. A terceira porta é a dela e ostenta uma argola de latão, uma campainha, uma placa do mesmo latão com o número quarenta e seis gravado e uma tranca extra. Ela já retirou a chave da bolsa quando se planta diante da porta e manipula a tranca com a facilidade da longa experiência. Trata-se de uma atitude comum a moradores de cidades grandes hoje em dia, e Mr. Phillips sabe disso porque assistiu a uma reportagem sobre o assunto no programa *Crimewatch*. Deve-se ter as chaves em mãos com antecedência, pois dessa maneira diminui-se a probabilidade de dar tempo para que alguém se aproxime por detrás e nos atinja com um golpe na cabeça.

O interior do apartamento é uma surpresa. Quando entra na sala atrás da velhinha, Mr. Phillips descobre-se diante de uma imensa janela de vidro através da qual pode-se ver o céu azul do final da tarde, que mais parece uma pintura abstrata. De um lado, ocupando toda uma parede, há uma estante baixa, muito limpa e arrumada, com dezenas de porta-retratos sobre as prateleiras. Muitas das fotos exibem versões mais jovens daquela mulher ao lado de um homem grande, aproximadamente da mesma idade. Ela é muito bonita nas fotos mais antigas. O homem é do tipo forte, de aparência estranhamente familiar, com espessos cabelos negros e, depois, brancos. É bem mais alto que ela e, na maioria das cenas, usa gravata.

Imitando a boa técnica de agachamento da mulher, Mr. Phillips dobra os joelhos e deposita as sacolas e a maleta no chão. As alças de plásticos deixaram marcas profundas e vermelhas em suas mãos que dão a impressão de que jamais desaparecerão. Ao olhar à sua volta Mr. Phillips vê pela primeira vez o que está bem ao seu lado: um aquário enorme, cuja extensão toma toda uma parede, repleto dos peixes mais coloridos que ele já viu. O aquário é decorado com pedras cinzentas e musgo verde, e os peixes brilham como se fossem jóias. Há um pequeno cardume de peixinhos muito pequenos, pretos com listras vermelhas, que nadam de um lado para outro, e um grande peixe-elétrico azul flutuando imóvel a um canto, cujo único movimento é o de abrir e fechar a boca. Vários outros peixes de tamanhos indetermináveis flutuam e brilham, e um, verde e azul, com expressão altiva, paira junto às bolhas de ar lançadas por uma abertura no centro do aquário, fazendo lembrar um homem desfrutando de um prazer decadente, como a fumaça de um narguilé.

— Peixes interessantes — Mr. Phillips comenta.

— Eram de meu marido — a mulher explica da cozinha, para onde levou duas das sacolas que Mr. Phillips depositou no chão.

Alguns segundos depois ela volta trazendo uma grande lata de comida para peixes e se aproxima do aquário.

— Eu estava me perguntando o que pesava tanto em suas sacolas — diz Mr. Phillips.

— Ficaria surpreso em saber quanto eles comem — ela diz antes de começar a despejar a comida na água, andando para um lado e para outro a fim de garantir que todos os peixes recebam uma porção justa. Então acrescenta: — Sou Martha.

— Sou Victor. Muito prazer — Mr. Phillips replica.

— Eram a paixão de meu marido — ela diz, apontando para os peixes.

— São lindos.

— Ele preferia cachorros, mas não seria justo ter um cão em um espaço tão limitado.

— De fato.

— Não que seja a mesma coisa criar peixes. Eles vivem menos.

— Que peixe é este? — Mr. Phillips pergunta, mostrando a criatura imóvel no centro do aquário.

— Esse é Boris. É um bodião. Brian deu-lhe esse nome em homenagem a um homem que conhecia.

— É muito bonito.

— Come mais que todos os outros juntos.

Mr. Phillips ouviu dizer que os peixinhos vermelhos, se escapassem para uma vida em liberdade, cresceriam a proporções ilimitadas. No entanto, ele não consegue pensar em uma maneira de fazer tal pergunta com tato.

— Eles alegram o apartamento — diz a mulher em tom conclusivo antes de apanhar as outras duas sacolas e levá-las à cozinha, de onde pergunta: — Aceita uma xícara de chá?

— É melhor não — Mr. Phillips responde.

— Vou preparar uma para mim, de qualquer maneira — Martha insiste.

— Bem, nesse caso vou aceitar a gentileza — Mr. Phillips volta atrás.

— Fique à vontade. Só vou demorar um instante — ela diz.

Em algum ponto da conversa, quando ele não estava olhando, Martha livrou-se do casaco.

Mr. Phillips vai até a janela. A vista é espetacular; de repente compreende por que tantas pessoas querem morar naqueles apartamentos. Está olhando para nordeste, através do centro de Londres, e vê a Torre do Correio, o Parlamento e a Catedral St. Paul ao mesmo tempo. Um resíduo de sua educação católica é o fato de lugares altos sempre fazerem com que pense no demônio tentando Jesus, levando-o às alturas e oferecendo-lhe o mundo. De seu atual posto de observação, até parece um bom negócio. Sua casa, a cinco minutos dali, não é visível, uma vez que um pequeno edifício de escritórios bloqueia a visão. Mas pode-se ver a linha do trem que passa atrás das casas do outro lado da rua onde mora e o único campo verde, exageradamente chamado de Wilmington Park, aonde as pessoas levam seus cachorros para atender às suas necessidades fisiológicas.

Martha volta à sala trazendo uma bandeja com um bule de chá, xícaras e pires, um pote de cubos de açúcar e um prato de biscoitos. Ela acomoda a bandeja sobre uma mesa longa e baixa ao lado da poltrona posicionada diante da televisão, que é pequena e antiga. Um toque de energia em seus movimentos indica a Mr. Phillips que agrada-a o fato de ter companhia.

— Açúcar?

— Não, obrigado.

Mr. Phillips experimenta o chá.

— A melhor bebida do dia — Martha diz, corando. — Brian costumava dizer essa frase todos os dias.

— O que seu marido fazia? — Mr. Phillips pergunta.

Como não há nenhuma fotografia de crianças nos porta-retratos, ele não se sente à vontade para tocar no assunto.

— Ele era professor — Martha responde. — Lecionou Ensino Religioso no St. Aloysius por mais de trinta anos.

— Eu estudei no St. Aloysius — diz Mr. Phillips. — Qual era o sobrenome dele?

— Erith.

— Sr. Erith! Ele foi meu professor! Lembro-me dele! Bem que pensei tê-lo reconhecido nas fotos! Ele era muito...

Mr. Phillips vê-se diante de um problema nesse instante. O sr. Erith fora o professor lunático de Ensino Religioso que falava de Santo Agostinho e do pecado o tempo todo. "Louco" era a palavra que terminaria, com honestidade, sua frase.

— ...ele era muito bom professor — Mr. Phillips completa.

Ele se levanta e se aproxima das fotografias. Sem sombra de dúvida, aquele é o sr. Erith, parecendo mais relaxado e casual do que se mostrava na escola, mas o mesmo homem. E só agora Mr. Phillips percebe os títulos dos livros. "Gravidade e Graça", "Dogmas da Igreja", "Mero Cristianismo", "Variedades da Experiência Religiosa". Sim, sr. Erith.

— Ele... Eu não sabia que ele criava peixes.

— Peixes tropicais.

— Foi um professor memorável — diz Mr. Phillips. — Ainda penso nele com freqüência.

Com imensa dignidade, Martha limita-se a sorrir. Então estende a mão para debaixo de sua poltrona, de onde retira um álbum que ela abre com timidez e entrega a Mr. Phillips. Por um instante ele pensa tratar-se de mais fotografias, mas logo vê que é uma série de ditados bordados, obviamente feitos pela própria Martha. O primeiro, bordado em rosa contra um fundo azul decorado de flores, diz: "As massas precisam de algo que lhes dê o gosto pelo poder. Uma nova era de interpretação mágica do mundo está ao nosso alcance, de interpretação em termos de vontade e não de inteligência". Abaixo das frases, bordado em letras menores, mas no mesmo tom de rosa, está o nome "Adolph Hitler".

— Muito bom — Mr. Phillips murmura.

— Ele tinha um pequeno diário onde registrava ditados e frases de que gostava — Martha conta. — Comecei a transformá-los em bordados depois que ele morreu, como...

Mr. Phillips decide que ela pretendia dizer como algo para ocupar o tempo, ou como uma maneira de se lembrar dele. Há várias outras páginas bordadas no álbum. A seguinte diz: "A felicidade é a concordância máxima entre realidade e desejo. Joseph Stalin". São letras amarelas sobre fundo azul de estampa abstrata. O terceiro diz: "O desperdício, mesmo em uma vida afortunada, o isolamento, mesmo em uma vida rica em intimidade, não pode ser sentido de outra forma senão profundamente, e é o sentimento central da tragédia. William Empson". Esse foi todo confeccionado em diferentes tons de verde. "Nada, seja ação, palavra, pensamento, ou texto, jamais existe em relação, positiva ou negativa, a qualquer coisa que precede, sucede ou existe em outro lugar, mas apenas como um ato aleatório, cujo poder, assim como o poder da morte, deve-se ao acaso de sua ocorrência. Paul de Man."

— Nossa! — Mr. Phillips exclama, e fecha o álbum. — Importa-se se eu lhe fizer uma pergunta? Os garotos da escola sempre especulavam o que Mr. Erith fazia antes de se tornar professor. Não sei por quê, sinceramente. Ele simplesmente não parecia um professor típico.

— Recebi muitas cartas, depois que Brian morreu. Alguns de seus ex-alunos disseram isso. E outros ainda escrevem.

— Quanto... quanto tempo faz?

— Cinco anos — Martha responde. — Às vezes parecem vinte anos, outras vezes dez minutos.

— Sim, é como nos sentimos.

Martha parece estar relembrando coisas. Seguem-se alguns minutos de silêncio e, então, ela diz:

— Ele estudou para ser padre. Freqüentou o seminário durante dois anos quando jovem, e depois saiu de lá. Começou a discordar de diversos pontos específicos da doutrina. O problema principal era que ele se convenceu de que Deus não criou o mundo. Ele dizia que nada no mundo fazia sentido, se pensássemos que foi feito por Deus, ao passo que se pensássemos que foi feito pelo Demônio, muitas coisas se tornariam mais claras. Nossa tarefa seria deixar tudo isso para trás, e nos aproximarmos de Deus. Portanto, deveríamos rejeitar este mundo em favor de um mundo superior. Mas ele passou a guardar tudo isso para si, mais tarde, em sua vida. — Volta a sorrir. — Ele falava muito em pecado?

— Sim, muito.

— Ele sempre fez isso. Costumava dizer que era o único item da educação religiosa pela qual os garotos se interessavam.

— Espero que não se ofenda com o que vou dizer, mas nós pensávamos que ele era meio maluco.

Martha faz uma careta.

— Ele sabia que a maioria dos alunos pensava assim. Dizia que era uma boa maneira de fazê-los ouvir o que ele tinha a dizer.

— Eu não sabia que ele morava aqui. Se soubesse, teria vindo visitá-lo.

Mesmo enquanto pronuncia as palavras, Mr. Phillips pergunta-se se são mesmo verdadeiras. Ele e Martha tomam o chá.

4.5

De volta à rua, com joelhos trêmulos e latejantes da descida de treze andares pela escada escura, Mr. Phillips retoma a reta final de sua volta para casa. Segue por Kestrel Lane, passando pela barbearia afro-caribenha, pela agência de viagens e pelos dois pequenos supermercados e, então, atravessa para o sossego residencial de Middleton Way. Os carros que buscam o atalho desapareceram no início da noite. Na calçada diante dele, no que só pode ser um ângulo extremamente desconfortável, está um par de pernas. Elas pertencem a um homem que está deitado de costas debaixo de um velho Ford Fiesta azul. Ao lado das pernas estão uma caixa de ferramentas aberta, uma lata de óleo WD40 e um trapo sujo de graxa. A cena não surpreende Mr. Phillips, uma vez que seu quase vizinho pode ser encontrado com alta freqüência naquela exata posição, especialmente à noite e nos fins de semana. Deixar a caixa de ferramentas ali, onde qualquer um poderia roubá-la, enquanto ele está preso debaixo do carro, parece um gesto de confiança, como um cachorro bem treinado, deitando-se de costas para dormir.

Ao dobrar a esquina, Mr. Phillips quase é atropelado por um garoto de patins, vestido da cabeça aos pés em reluzentes trajes de ciclismo — short de Lycra, camiseta laranja, capacete azul.

— Desculpe — grita o garoto por cima do ombro, ao passar por ele em disparada.

Mr. Phillips não o reconhece.

Então, Mr. Phillips vira em Wellesley Crescent. A maioria das pessoas já chegou em casa, e restam poucas vagas de estacionamento. Felizmente, não há o menor sinal do sr. Palmer, também conhecido como Norman, O Vizinho Antipático. O sr. e a sra. Wu, da Associação dos Moradores do Bairro, estão diante da porta de sua casa, conversando com um homem de macacão que Mr. Phillips nunca viu antes. Do outro lado da rua, porém em frente à casa de Mr. Phillips, a visão é muito mais surpreendente. Thomas está sem camisa, parado ao lado de um balde cheio de água com sabão, empunhando uma esponja que ele mergulha no balde, posiciona sobre o pára-brisa do carro de Mr. Phillips, espreme e depois esfrega contra o vidro. Resumindo, Thomas está lavando o carro. Trata-se de uma visão tão inesperada que Mr. Phillips pára abruptamente. Mas ele não quer que Thomas o veja ali parado, simplesmente observando e, por isso, volta a caminhar e se aproxima do filho, que se vira no momento em que o pai pára junto ao agora reluzente Honda.

— Thomas! — diz Mr. Phillips. — Você está lavando o carro.

Thomas ri e retoma os movimentos de mergulhar e espremer a esponja e esfregá-la no pára-brisa, cujos limpadores estão virados para trás, apontando para o ar, como as antenas de um inseto.

— Tive vontade — explica Thomas. — Está atrasado. Mamãe já estava começando a se preocupar — acrescentou.

— Eu me esqueci de uma coisa — Mr. Phillips replica.

Pensa em perguntar a Tom se ele vai ficar em casa naquela noite, mas decide em contrário, por temer que o filho pense que ele está abusando da própria sorte. E o carro realmente parece muito limpo.

— Bem, vejo você mais tarde — Mr. Phillips murmura. — Foi muita gentileza sua lavar o carro.

— Tudo bem.

Mr. Phillips empurra a porta da frente, mas está trancada. Ele recoloca a tampa de uma lata de lixo que foi derrubada pelo vento, ou por alguém, e procura pelas chaves, que acaba encontrando no bolso esquerdo do paletó, e abre a porta. Não faz a menor idéia do que acontecerá a seguir.